國政亦如此、凡事有害民之患者、姑且不举而及民敗国危而後急救变更則其不扶持也雖欲可不慎耶、

雷說

天敲震時人心同畏故曰雷同于之閒雷始鳴長脆及人殺者非、末見所娚蚋後輶燵體灸信一事有男娚者于掌諭无偉見吿父目逮事末當不非之故於行路中遇天色則並怒不欲相不逷恒頭肖西而走然其所以伍頭肖西見能無心者此揚自欵者开文有一穿末冤又情

故一新於後心方安也。

理量說

夫有類焦不培支者凡二問于不得已恭備理之先是其二問為森兩所溺疑又于知之固題其理一問為一兩兩問亟令晚光文是錯理也。

其漏復文者權捕練採皆齋於不可用故其實有煩。其経一兩者屋材者完固可復用故其實有。

乎於是謂之曰其在人身亦甫知非而不道改，則其敗已不當若末之搐商不用過勿憚改，則未嘗復為善人不當若屋材可復用，非惮先弄。

| Human & Books
뉴에이지 문학선 **1**

와규장각 도서의 비밀 1권

조완선 장편소설

1판 1쇄 발행 | 2008. 6. 2
1판 5쇄 발행 | 2009. 5. 6

발행처 | Human & Books
발행인 | 하응백
출판등록 | 2002년 6월 5일 제2002-113호

서울특별시 종로구 경운동 88 수운회관 1009호
기획 홍보부 02-6327-3535, 편집부 02-6327-3537, 팩시밀리 02-6327-5353
이메일 | hbooks@empal.com

값은 뒤표지에 있습니다.

ISBN 978-89-6078-037-8 04810
　　　978-89-6078-036-1 (전2권)

뉴에이지
문학선 1

외규장각 도서의 비밀

1

조완선 장편소설

Human & Books

휴먼앤북스 뉴에이지 문학선을 발간하며

한국 문학에 위기가 찾아왔다고들 했다. 2000년대에 진입하면서 한국 소설은 방향성을 잃어버리고 비틀거리고 있다고들 했다. 혹자는 그것이 아니라 독서의 위기라고 말하기도 했다. 좋은 소설과 인문학 도서가 독자들에게 외면당하고 말초적인 외국 소설과 처세를 다루는 자기계발서가 베스트셀러에 포진하고 있는 사실을 두고 하는 말이다.

하지만 여전히 문단에서는 진지한 소설이 생산되고 있고, 기존 작가들의 노력 또한 눈물겹다. 새로운 문학을 꿈꾸는 젊은 작가들의 노력 또한 필사적이다. 작가와 독자 사이에서 그들을 매개해야 할 비평이나 출판과 같은 문학적 제도가 보수화되고 날이 갈수록 아카데미즘에 경도되면서, 한국 소설의 추동력은 그 날갯짓에 힘을 잃어버렸다. 그런 가운데 외국의 삼류소설이 소설이라는 간판을 내걸고, 또한 무신경하게 제작된 일회용 가판 소설에 준하는 소설 아닌 소설들이 소설이라는 이름으로 대중들의 눈을 현혹시키고 있다. 여기에 책을 책으로 보지 않고 단순하게 소비되는 상품으로 보는 출판사까지 가담하여 한국 소설 시장은 더욱더 혼란의 와중에서 좌충우돌하고 있다. 황사에다 안개까지 뒤덮인 형국이다.

21세기에 접어들면서 문학의 사회적 역할에 대한 채무가 줄어들고 대중들의 취향이 급변해가는 가운데, 잠재적 소설가들 혹은 새로운 젊은 작가들은 자신들의 문학의 별빛을 발견하지 못하고 이념의 푯대도 세우지 못한 채, 한 눈으로는 기성 문단의 눈치를 보고 다른 한 눈으로는 대중들에게 구애의 눈짓을 하면서, 문학의 강가에서 어슬렁거리고 있다.

이러한 현실인식 속에서, 휴먼앤북스는 한국 문학의 다양성과 잠재력을 제대로 펼칠 계기를 마련하기 위해 뉴에이지 문학선을 새롭게 세상에 내놓는다. 문학적 기초 소양을 가지면서도 소설의 다양한 모든 하위 장르를 아우를 휴먼앤북스 뉴에이지 문학선은, 작가들의 분방한 상상력으로 무장하여 대중들의 문학적 욕구를 소화하면서 한국 소설의 새로운 지평을 열 것이다.

문학은 모든 문화콘텐츠의 어머니이다. 그 문화콘텐츠의 방대한 영역에 뛰어들어 한국 문학의 다양성과 상상력의 한 걸음 도약을 위해 휴먼앤북스 뉴에이지 문학선은 최선의 노력을 기울일 것이다.

차례

1부

BNF의 지하 별고	011
모든 살인은 흔적을 남긴다	066
전설의 책	129
문자와 기록의 신	172
게마트리아 숫자의 비밀	235
위험한 함정	284

1

BNF의 지하 별고

리슐리외 도서관은 깊은 물속에 잠긴 것처럼 고요하다. 저만치 어둠을 밀어낸 불빛 사이로 고른 숨결이 들려온다. 천년 가까이 유폐되어 있는 고문서들, 이들의 영혼은 아직도 긴 잠에 빠져 있다.

'거대한 음모가 있었던 거야……'

세자르는 조심스럽게 오감을 열었다. 지하 별고에 들어서자, 어둠 끝에 웅크리고 있던 휑한 실루엣이 등줄기에 서늘한 소름을 만들고 사라졌다. 발끝을 옮길 때마다 오싹한 전율이 온몸을 휘감고 올라왔다.

왕웨이는 살해당한 것이다! 세자르는 아랫입술을 지그시 깨물었다. 누군가 그의 죽음을 교통사고로 교묘하게 위장한 것이다. 왕웨이가 남긴 편지는 그날의 비밀을 고스란히 간직하고 있었다. 그들은 지하 별고에 있는 이 책을 30년 넘게 감쪽같이 속여 왔고, 조직적으로 은폐해 왔다. '전설의 책'을 둘러싸고 그들만의 암묵적인 커넥션이 존재했던 것이다.

언제까지 이 위대한 고문서의 진실을 감출 수는 없다. 이제 이들의 영혼을 깨워 인류의 숲으로 보내야 한다.

옛날과 현재의 예의와 법규를
문장으로 상세하게 정리한 책

이 책은 8백 년 전, 고대 문헌 속에만 등장하던 '전설의 책'이었다. 그동안 많은 사람들이 이 책의 존재를 인정하지 않았다. 이 책이 태어난 한국에서조차 현존하지 않는 책으로 알려져 있었고, 세자르 역시 그렇게 믿고 있었다. 그러나 8백 년을 내려온 전설은 현실이 되었다. 프랑스 국립도서관(BNF)의 지하 별고는 전설을 현실로 만드는 경이로운 보고(寶庫)였다.

앞으로 이틀 후면 이 책은 어둠의 밀실에서 깨어 일어나 빛의 광장으로 뚜벅뚜벅 걸어 나올 것이다. 세계의 지성과 언론은 다시 한 번 BNF의 위대한 유산에 찬사를 보낼 것이다.

세자르는 잠시 무아지경에 빠져들었다. 이 책을 처음 눈 끝으로 확인하는 순간, 한 줄기 빛이 천상에서 내려오는 것 같았다. 지금까지 살아오면서 이처럼 황홀한 기분을 느껴본 적이 없었다. 그러나 그런 흥분도 잠깐이었다.

지하 별고를 나서려던 세자르는 우뚝 걸음을 멈추었다. 그는 구부정하게 몸을 움츠리며 주위를 휘휘 둘러보았다. 오늘도 변함없이 송곳 같은 날카로운 시선이 그의 등골을 파고들었다. 루브르 골동품 거리에서도, 기메 박물관과 동양어대학에서도, 심지어 미테랑 도서관의 집무실에서도 그런 시선을 느꼈다. 그때마다 뒤를 돌아보면 검은 그림자가 유령처럼 버티고 서서 별일 아니라는 듯 낄낄거리며 웃고 있었다.

"세자르 관장님!"

지하 별고의 마지막 보안 시스템을 통과하려는 순간, 낯익은 얼굴이 그 앞에 아래턱을 내밀었다. 피에르 부관장이었다.

"피에르!"

"여긴 어쩐 일입니까?"

"으응?"

세자르는 급소를 맞은 것처럼 움찔했다.

"볼일이 있어서 왔네."

리슐리외 도서관 지하 별고의 출입자는 극히 제한되어 있다. 프랑스 국립도서관의 3천 명에 이르는 사서 중에서도 지하 별고를 드나들 수 있는 사람은 고작 십여 명에 불과하다.

"한국과의 협상 준비는 잘되어 갑니까?"

피에르의 입가에 묘한 미소가 흘렀다.

"협상이란 게 늘 우리 뜻대로 되는 건 아니지 않는가. 최선을 다한 뒤 하늘에 맡겨야지."

"도서관 사서들도 이번 협상을 예의 주시하고 있습니다."

"나도 잘 알고 있네."

"어쨌든 좋은 결과가 있기를 바랍니다."

말은 그렇게 하고 있으나 피에르의 얼굴은 못마땅한 기색이 역력했다.

"자네는 어떤가? 듣자하니 독일과의 협상이 잘 진척되고 있는 걸로 알고 있는데."

"며칠 전까지만 해도 협상이 순조로웠습니다."

"그런데 무슨 일이라도 생긴 건가?"

"갑자기 생각지도 못한 방해꾼이 나타났습니다."

"방해꾼?"

피에르의 눈빛이 야수처럼 번뜩였다. 세자르는 그 눈빛이 너무 매서워 자신도 모르게 어깨를 움츠렸다.

"다음에 시간이 있으면 차차 말씀드리겠습니다."

"너무 개의치 말게. 협상이란 게 늘 예상치 못한 암초에 걸리기 마련 아닌가."

"암초야 피해가면 되지만 사람은 어찌 해야 할지 모르겠습니다."

다분히 시비조가 깔려 있는 어투였다. 그러나 세자르는 불쾌한 심기를 드러내지 않았다.

"하여튼 자네도 잘 성사되길 바라네."

세자르는 피에르를 홀로 남겨둔 채 유유히 지하 별고를 빠져나갔다. 세자르의 뒷모습이 사라질 때까지 피에르는 칼날 같은 시선을 거두지 않았다.

'세자르, 결코 당신 뜻대로 되지 않을 것이오.'
피에르의 안면 근육이 험하게 꿈틀거렸다.

어둠이 내려서면서 파리는 화려하고 매혹적인 옷으로 갈아입었다. 파리의 야경은 팔색조다. 때로는 고흐의 그림처럼 역동적이고 때로는 모네의 그림처럼 온유하다. 오늘처럼 안개비가 내리는 날은 세잔의 그림처럼 은은하다.

미테랑 도서관 집무실로 돌아온 세자르는 웃옷을 벗고 자리에 앉았다. 오늘은 유난히 피곤했다. 리슐리외 도서관의 지하 별고에 다녀올 때마다 젖은 솜처럼 몸이 축 늘어졌다.

"방금 전에 또 R2P 회원들이 다녀갔어요. 오늘은 분위기가 얼마나 험악했는지 몰라요."

세자르의 여비서인 자스민이 커피를 가지고 들어왔다.

"신경 쓸 거 없어."

세자르는 별 관심 없다는 듯 시큰둥한 표정을 지었다.

외규장각 도서 협상 날짜가 정해진 뒤부터 R2P는 조직적으로 이번 협상을 반대하고 나섰다. 이들은 각 언론에 한국과의 협상을 반대하는 칼럼을 싣는 한편 문화재 수호를 위한 공청회를 열어 반대 여론을 주도해 나갔다. 그러나 세자르는 이들의 압력에 굴복하지 않았다. 오히려 한국과 협상 테이블에 앉기도 전에 이를 저지하려는 것은 문화대국인 프랑스를 모독하는 행위라고 역공을 펼쳤다. 이런 세자르의 주장은 자존심이 강한 프랑스 국민들의 가슴을 파고들었다.

"잠깐 자스민. 물어볼 게 있어. 왕웨이가 사망할 당시……."

"또 그 얘기예요?"

자스민은 인상을 찡그렸다. 왕웨이의 얘기를 들려준 것이 벌써 몇 번째인가.

"도서관 분위기는 어땠나?"

"꽤나 어수선했어요. 누군가는 교통사고가 아니라고도 했죠."

"교통사고가 아니라면?"

"그건 저도 잘 몰라요. 어쨌든 왕웨이의 사인을 두고 이런저런 말이 많았어요. 중국 정부까지 나서서 왕웨이의 죽음에 의문을 제기했을 정도였으니까요. 결국 재수사는 이루어지지 않고 종결되었지만 뒷맛이 개운치 않았어요."

"자스민은 혹시 루빈이라는 이름을 들어본 적이 있나?"

"루빈이요? 중국 사람인가요?"

세자르는 고개를 끄덕였다.

"글쎄요. 처음 들어보는 이름인데요. 근데 갑자기 왜 왕웨이에 대해 관심이 많은 거죠?"

"으응?"

"왕웨이는 이미 죽은 사람이잖아요."

"아니야. 어쨌든 고마워."

자스민은 빙그레 웃으며 자리에서 일어났다.

"저 먼저 퇴근할게요. 9시에 클라쎄 신부님 만나는 것 잊지 마세요."

세자르는 골똘히 생각에 잠겼다.

왕웨이 사건은 3년 전에 교통사고사로 종결된 사건이었다. 이 사건은 여러 의혹만 남긴 채 사람들의 기억 속에서 흔적도 없이 사라졌다. 그러나 왕웨이 사건은 그들의 바람대로 끝난 것이 아니었다. 왕웨이의 죽음을 감출 수는 있어도 영원히 덮을 수는 없었다.

"그 책을 공개해서는 안 돼요. 그들이 당신을 가만두지 않을 겁니다……."

그때 열린 창 틈 사이로 마사코의 얼굴이 떠올랐다.

마사코는 왜 이 책이 외부에 공개되는 것을 두려워했던 것일까? 이 책이 얼마나 귀중하고 위대한 책인지 마사코가 모를 리가 없었다. 그런데도 마사코는 이 책이 공개되는 것을 막으려고 안간힘을 썼다. 나중에는 등골을 오싹하게 만드는 말투로 세자르를 은근히 협박하기도 했다. 왕웨이와 마사코……. 이들은 30년 전 '전설의 책'의 비밀을 알고 있는 프랑스 국립도서관의 동양학문헌실 사서였다.

세자르는 길게 기지개를 켰다. 그의 갈색 오크 책상 위에 놓인 액자 안에는 로잘리가 해맑은 얼굴로 웃고 있었다.

오늘따라 로잘리가 몹시 보고 싶었다. 로잘리를 본 것이 지난 혁명기념일이었으니 벌써 1년이 훌쩍 넘어섰다. 로잘리가 미국 하버드 대학에 유학간 뒤로 세자르는 독신과 다름없는 생활을 하고 있었다. 세자르는 로잘리에게 이메일을 보내려고 컴퓨터를 켰다.

'사랑하는 나의 딸 로잘리……'

세자르는 자판을 두드리다 말고 뭔가 생각난 듯 서랍에서 편지지를 꺼냈다. 오늘만큼은 로잘리에게 직접 편지를 써서 보내고 싶었다. 그는 웃옷에서 파커 만년필을 꺼내 편지지에 글을 적어 내려갔다.

'사랑하는 나의 딸 로잘리에게.
오늘따라 너의 미소가 무척 보고 싶구나. 로잘리, 기억나니? 위대한 발견은 늘 사소한 우연으로부터 시작된다고 했지. 그러나 이런 우연은 끊임없는 노력이 있기에 가능한 것이란다……. 이 편지가 너에게 도착하는 날, 역사는 또 새로운 한 페이지를 장식하게 될 것임을 믿어 의심치 않는다……'

편지를 다 쓰고 나자, 기다렸다는 듯이 전화벨 소리가 울렸다.
"여보세요."
"……."
수화기에서는 가쁜 숨만 흘러나올 뿐 아무런 대답이 없었다.
"여보세요? 말씀하세요.?"
"……."
한 차례 긴 한숨 소리와 함께 굵고 낮은 목소리가 흘러나왔다.
"세자르 관장님이신가요?"
"그렇습니다."
"전…… 왕웨이의 죽음을 잘 알고 있는 사람입니다."
"예?"
"왕웨이가 쓴 편지 받으셨죠?"
"그, 그렇습니다. 댁은 누구시죠?"

세자르는 수화기를 귀에 바짝 갖다 댔다.

"조만간 찾아뵙겠습니다. 그럼."

"여보세요, 여보세요."

전화는 그 소리만 남기고 달랑 끊겼다. 세자르는 한동안 멍하니 전화기만 바라보았다. 갑자기 입안이 칼칼하고 귓불이 근질거렸다. 방금 전 귓불을 흔들던 그 소리는, 저 까마득한 지하에서 울려 퍼지는 유령의 목소리 같았다.

2

예사롭지 않은 그림이다.

붓끝은 살쾡이 발톱처럼 날카롭기는 한데 부드럽지 못하다. 화폭을 가득 채운 눈길은 세세하기는 하지만, 물 흐르듯 유연하지 못하다. 이 그림은 결코 조선의 전문 화공(畫工)의 솜씨가 아니다. 꼼꼼하게 모사(模寫)한 것은 봐줄 만하나 색감은 조잡하기 이를 데 없다. 도화서(圖畵署) 화공이라기보다는 글깨나 썼을 법한 문필가의 그림이 분명하다. 그림 상단에 힘차게 뻗어 있는 필체가 그걸 대신해주고 있었다.

江道奎章外閣丙寅年九月曺慶煥.

강도 규장외각 병인년 9월 조경환. 조잡한 그림 솜씨와는 달리 우아하고 품위 있는 행초서(行草書)였다. 행초서는 서예의 꽃이면서 서예가의 기량과 개성이 가장 잘 드러나는 서체이다. 이 그림을 그린 조경환은 누구일까?

최동규 교수는 그림에 대해서는 문외한이지만, 조선의 빼어난 화가들의 그림을 자주 보아온 터라 어느 정도 눈썰미가 있었다. 부드러운 곡선과 우아한 색채는 도화서 화공들이 즐겨 쓰는 기법이었다. 원근법도 제대로 맞추지 못한 이런 그림은 범작 축에도 끼지 못했다. 그러나 최동규는 이 조잡한 그림에서 눈길을 떼지 못했다. 이 그림에는 특별히 눈길을 끄는 것이 있었는데, 바로 외규장각 그림 아래 표시한 '비소(秘所)' 라는 붉은색의 두 글자였다. 조선의 문필가들은 여간해서 글을 쓸 때 색을 넣지 않는다. 그런데 이 비소라는 두 글자는 마치 붉은 주작이 하늘로 오르듯이 힘차게 뻗어 있었다.

'비소라면, 비밀스런 곳을 뜻하는 것이 아닌가!'

대체 이 비소는 무엇을 뜻하며, 어떻게 이 그림이 파리의 루브르 골동품 상가에 있었던 것일까?

"교수님."

최동규는 김 조교가 들어서자 자리에서 벌떡 일어났다. 김 조교의 얼굴은 잠을 못 잤는지 누렇게 떠 있었다. 그는 조경환의 자료를 찾느라 이틀 동안 꼬박 서울대 규장각과 정신문화연구원에서 살다시피 했다.

"그래, 찾아봤나?"

"예. 그런데 외규장각 그림과 관련된 것은 찾기가 힘드네요."

김 조교는 복사본을 최 교수 앞에 내밀었다.

"조경환은 강화 화도면 출신으로 강화 행궁의 외규장각을 관할하는 검서관(檢書官)입니다. 강화로 내려오기 전에는 규장각 내의 교서관에서 장서를 관리했죠."

"그럼, 규장각에서 파견된 검서관이란 말인가?"

"파견된 것이 아니라 축출된 겁니다."

"축출?"

"예. 동료 검서관이 조경환을 천주교 신자로 모함해 파직당했죠. 다행히 김병기의 도움으로 강화 외규장각으로 좌천된 듯합니다."

"김병기라면 규장각의 대제학(大提學)이 아닌가?"

"그렇습니다. 조경환은 원래 정족산성에서 조선왕조실록을 관리하던 서리였는데 강화 행궁에 들른 김병기의 눈에 들어 특별히 발탁된 것 같습니다."

조경환은 조선 후기 꽤 유명한 책장수인 그의 조부의 영향을 받아 어려서부터 책과 가까이 지냈다. 그는 관직에서 물러난 강화의 대학자들 사이에서 학문을 깨치고 시와 문장 쓰기에 탁월한 솜씨를 발휘해 강화의 '문동(文童)'이라고 불렸다.

"그런데 조경환은 이건창(李建昌)과도 남다른 관계였더군요. 조경환의 제자가 이건창이었다고 합니다."

이건창은 조선 후기 강화 태생의 양명학자였다. 조선 전기에 다섯 살에 글을 지은 신동으로 매월당 김시습을 꼽는다면, 조선 후기에는 바로 이건창이라는 신동이 있었다.

"묘한 인연이로군."

"이건창의 조부가 철종 때 이조판서를 지낸 이시원(李是遠)이죠?"

"맞아. 이시원은 병인양요 당시 강화를 지키지 못한 죄책감 때문에 스스로 목숨을 끊은 인물이지."

김 조교는 최동규 책상 앞에 놓인 조경환의 그림을 물끄러미 바라보았다. 김 조교 역시 조경환의 그림을 예사롭게 보지 않았다.

"어떻게 이 그림이 파리에까지 건너간 걸까요?"

"그러게 말이야……. 조경환의 그림은 그 구도가 강화부궁전도(江華府宮殿圖)와 흡사한 것 같아."

강화부궁전도는 1866년 병인양요 때 소실된 행궁과 외규장각, 장녕전, 만녕전 등을 복원하기 위해 고종이 모사한 그림이다. 모두 4폭의 절본식으로 되어 있는 채색도첩(彩色圖帖)이다. 이 도첩은 당채로 그려 색채가 아름답고 필치가 정교해 역사학자는 물론 건축학자에게도 건축 방법이나 정원의 조경법을 연구할 수 있는 조선 후기의 중요한 자료다.

"이것은 강화부궁전도의 4폭의 도첩 중에 2폭에 속하는 외규장각도를 그린 거야. 여길 봐. 외규장각 담장 뒤에 있는 커다란 소나무나 위장숙소, 회곽 등 주변의 자잘한 건축물도 이 그림과 정확히 일치하지 않나."

"그렇군요."

비소라고 쓰인 두 글자는 바로 외규장각 건물 아래 쓰여 있었다.

최동규가 조선 회화로서 사료 가치가 전혀 없는 조경환의 그림에 집착하는 데는 그만한 이유가 있었다. 그는 외규장각 도서 반환 협상팀의 한국측 책임자인 것이다.

최동규에게 외규장각 도서의 의미는 각별했다. 2년 전 외규장각 도서 반환 협상팀에 참여한 뒤로 앞만 보고 숨 가쁘게 달려왔다. 문화재 반환과 관련된 국제법 학자들을 만나고, 세계 각국의 문화재 관리 담당자를 만났다. 협상의 질을 높이기 위해 별도의 심리 트레이닝까지 받았다. 지난봄부터 협상팀의 책임자라는 중책을 맡은 뒤로는 강의도 대폭 줄였다.

이제 협상 일자는 코앞으로 다가왔다. 앞으로 열흘 후면 파리로 건너가 외규장각 도서 반환 협상을 벌여야 한다. 그런 와중에 프랑스 파리에서 외규장각이 그려진 그림 한 점이 도착한 것이다.

"저 먼저 들어가 보겠습니다."

"그래. 가서 좀 쉬게."

"내일은 곧바로 강화에 갈 겁니다. 그곳 향토 사학자가 외규장각 자료를 많이 가지고 있다고 하더군요."

"알았네."

최동규는 김 조교가 가지고 온 자료를 꼼꼼히 훑어보았다. 조경환의 글은 주로 강도문집(江道文集)에 실려 있었다. 강도문집은 철종 때부터 강화의 학자와 문인들이 비정기적으로 간행한 문집으로 19세기 조선의 지방 학자들의 실상을 엿볼 수 있는 책이었다. 조경환의 글은 강도문집의 제9권부터 보이기 시작했는데, 그가 오랫동안 규장각 교서관에 머문 탓인지 책과 인쇄에 대한 나름대로의 의견을 피력하고 있었다.

> 무릇 마음이란 허(虛)하되 영(靈)이 있고 적(寂)하되 감(感)이 있어
> 무리의 이치를 갖추고 만사에 응한다. 이런 마음을 잡아주는 것이 시

서예악(詩書禮樂)을 지닌 책이다. 책에는 우주의 섭리가 있고, 만사 형통의 진리가 있다. 허한 마음에 단비를 내리고 육신이 멍든 자에게 약을 내린다. 그런데 오늘날 권세를 논하는 자는 개천의 미꾸라지처럼 득실거리나 진리를 살피려는 자는 소한(小寒)의 죽순(竹筍)처럼 적으니 이 어찌 슬픈 일이 아닌가.

문명한 세상을 만드는 데는 책만큼 유용한 것이 없듯 이런 책을 널리 보급하는 것이 책 만드는 자의 순리요 도리다. 해동(海東)의 요순(堯舜)은 구리를 녹여 활자를 만들고 책을 얻으면 얻는 즉시 족족 인쇄하여 널리 백성이 읽도록 했으니 어찌 성인이라 칭하지 않을 수 있는가. 조선의 활자는 중국에 뒤지지 않아 사신으로 온 그들의 눈을 현혹하는 데 조금도 부족하지 않다. 구리 활자가 단정하고 명확할 뿐만 아니라 활자의 모양 또한 정교하고 품위가 있다.

김 조교가 가져온 자료에는 특별히 눈에 띌 만한 것은 없었다. 비소는 고사하고 외규장각에 대해서도 이렇다 할 내용이 없었다. 조경환의 글은 우국충절의 고매한 인품이 엿보이기는 하지만, 조정을 바라보는 시선은 매우 비판적이었다. 그가 글을 쓸 당시 대원군의 세도정치가 극에 달했는지 우회적으로 대원군을 비판하는 글도 눈에 띄었다.

조경환의 자료를 거의 다 읽어갈 무렵, 최동규의 눈길을 잡아끄는 글이 있었다. 글의 제목은 사지(四知)였다.

요즘 나는 어린 시절 내 눈과 귀를 사로잡았던 십팔사략(十八史略)의 양진전(楊震傳) 편을 자주 떠올린다. 바로 여기에는 후한 때의 관리인 양진의 일화가 기록되어 있다. 평소 학문을 좋아했던 양진은 한 고을의 군수가 되었다. 그런데 어느 날 군의 하급 관리인 현령이 몰래 많은 금품을 가지고 왔다. 그는 지금은 밤이 깊으니 아무도 아는 사람이 없을 것이라면서 금품을 양진에게 건네주려고 했다. 이에 양진은 다음과 같이 말했다. 하늘이 알고 땅이 알고 그대가 알고 내가 알고 있는데(天知地知子知我知), 어찌 아는 사람이 없다고 말하는 것이오? 현령은 크게 부끄러워하며 그대로 물러갔다. 훗날 양진은 삼공(三公)의 지위에 오르게 되었지만, 환관과 황제의 유모인 왕성의 청탁을 거절했다가 모함을 받게 되자 스스로 독약을 마시고 자살하였다. 바로 이것이 사지(四知)라 일컫는 말이 되어 오늘에 이르지 않았는가. 세상에는 비밀이란 있을 수 없음을 이르는 말인데 내 어찌 이 심정이 아니란 말인가. 나 역시 양진처럼 되지 말라는 법이 어찌 없을 수 있단 말인가.

사지라……. 하늘이 알고(天知) 땅이 알고(地知) 그대가 알고(子知) 내가 알고(我知) 있는데……. 대체 이 사지(四知)는 무엇이란 말인가.

3

마들렌 성당에서 나온 세자르는 시계를 바라보았다. 10시 25분, 루브르 골동품 상가에서 루앙을 만날 시간이 35분 남았다. 센 강변도로가 막히지 않는다면 충분한 시간이었다. 세자르는 성당 주차장으로 다가가 1999년형 푸조에 올랐다.

끄르륵!

'또 말썽이로군.'

이 튼튼한 푸조도 세월을 속일 수 없는지 종종 잔고장이 나서 애를 먹였다. 얼마 전에는 비가 오는 날에 차창이 닫히지 않아 비를 쫄딱 맞으며 운전한 적도 있었다. 프랑스 국립도서관장에 취임한 이후 정부는 그에게 최신형 르노를 제공했지만, 세자르는 언제나 이 1999년형 푸조를 고집했다.

십여 차례나 차 열쇠를 비틀어서야 겨우 길게 트림을 하며 시동이 걸렸다. 푸조는 언제 그리 속을 썩였냐는 듯이 부드러운 곡선을 그으며 성당을 빠져나갔다.

HCD+227

왕웨이가 남긴 암호가 슬며시 고개를 들었다.

한 달 전, 그의 집무실에 익명의 우편물이 배달되었다. 우편물의 발신자에는 이름도 주소도 없었다. 작은 서류 봉투 안에는 왕웨이의 수첩과 편지만이 있을 뿐이었다. 그러나 이 수첩과 편지는 엄청난 내용을 담고 있었다.

'HCD+227'은 현장(玄奘)의 『대당서역기(大唐西域記)』만큼 위대한 책이다. 이 필사본은 높은 문학적 가치를 지니고 있을 뿐만 아니라 우수한 필재를 보여주고 있다. 간결한 필치와 정확한 표현력은 동서양 문물 교류사의 큰 발자국을 남겨놓은 일대 장거이다. 지금까지 아시아 대륙의 중심부를 해로와 육로로 일주한 사람은 없었다.

루빈 선생님. 드디어 오랜 제 꿈이 이루어졌습니다. 'HCD+227'은 프랑스 국립도서관의 서지 목록에도 없는 책입니다. 천년 동안 돈황의 막고굴에 있던 이 책은 서구 열강들이 약탈해간 우리의 위대한 유산입니다. 그러나 이 책은 백년 넘게 프랑스 국립도서관 지하 별고에 유폐되어 있었습니다. 이제 이 위대한 책의 존재를 일깨워야 합니다.

'왕웨이가 말한 이 고서는 무엇일까?'
세자르는 짧막한 암호에 담긴 의미를 곱씹었다. 왕웨이는 고서의 제목 대신 'HCD+227'이라는 별칭을 사용하고 있었다. 이 고서가 외부에 알려지는 것을 막기 위해 그 스스로 만든 암호 같았다.
이 고서 또한 '전설의 책'만큼 귀중한 책이 틀림없었다. 세자르는 왕웨이의 기록만으로 'HCD+227'이 어떤 책인지 충분히 짐작이 가고도 남았다. 『대당서역기』는 646년, 현장이 16년간에 걸친 구법여행(求法旅

行)을 적은 여행기로, 중국에서는 최고의 기행문으로 손꼽는 불후의 고전이다. 'HCD+227'이 『대당서역기』와 견줄 만한 책이라면 보통 책이 아닌 것이다.

'전설의 책'과 'HCD+227'.

세자르는 이 두 권의 위대한 고서가 코앞에 있다는 것이 믿어지지 않았다. '전설의 책'은 얼마 전 그가 지하 별고에서 찾아낸 책이었고, 'HCD+227'는 앞으로 그가 찾아야 할 책이었다. 'HCD+227' 역시 지하 별고 어딘가에 외롭게 유폐되어 있을 것이다.

'앞으로 시간은 얼마든지 있어.'

세자르는 고개를 절레절레 흔들었다. 당분간 왕웨이의 사인이나 'HCD+227'에 대해서는 잊기로 했다. 우선 '전설의 책'을 세상에 먼저 알리는 것이 순서였다. 그 다음에 이 책의 암호를 풀어도, 왕웨이의 정확한 사인을 밝혀도 늦지 않았다.

세자르는 조수석 등받이에 몸을 기대고 있는 검은색 루이비통 가방을 바라보았다. 루이비통 가방은 로잘리가 미국으로 유학을 떠나기 전 그의 생일 선물로 사준 것이다. 천연 소가죽으로 만든 이 가방 안에는 역사의 한 페이지를 장식할 귀중한 것이 들어 있다. 비록 실물을 촬영한 사진이지만, 진품임을 의심할 여지가 없다.

옛날과 현재의 예의와 법규를
문장으로 상세하게 정리한 책

지난 며칠간 동분서주한 일이 까마득한 옛 일 같았다. 하늘이 도운 탓인지 지하 별고에서 살다시피 한 지난날의 노력이 헛되지 않았다.

이제 전설이라는 이름의 꼬리표가 사라질 날도 얼마 남지 않았다. 왕웨이의 편지는 8백 년 동안 유폐된 이 책의 존재를 일깨워주었다. 그것은 전설이 아닌, 엄연히 BNF에 존재하는 인류의 큰 발자취였다.

역사의 기록이란 얼마나 오묘한 것인가! 그런 기록이 있기에, 역사의 미스터리는 하나하나 베일을 벗을 수 있었다. 4천 년 이집트의 찬란한 문명과 신화의 비밀도 샹폴리옹이라는 천재 언어학자가 있었기에 가능하지 않았던가.

"때로 비밀은 비극의 씨앗이 되기도 하고 달콤한 열매가 되기도 하지. 안 그런가? 하하."

세자르는 방금 전 마들렌 성당에서 만난 클라쎄 신부의 말을 떠올렸다.

'아무래도 느낌이 이상해.'

오늘은 클라쎄 신부가 아닌, 전혀 낯선 사람과 마주한 듯한 느낌이 들었다. 평소 조용히 귀를 기울이던 때와는 달리 클라쎄 신부는 오늘따라 유난히 말이 많았다. 게다가 세자르가 듣기에도 거북한 말들을 주저 없이 내뱉었다.

"중국에는 이런 속담이 있지. 남의 비밀을 잘 알아내는 자는 그 끝이 불행하다."

세자르는 클라쎄 신부에게 비밀에 관한 얘기나, 도서관 내부에 관한 얘기를 한 번도 나누어본 적이 없었다. 그런데 클라쎄 신부는 자신이 지하 별고에 드나드는 것을 훤히 알고 있었다. 틈틈이 대화 도중에 가는 실눈으로 쳐다보는 클라쎄 신부의 눈초리도 여간 껄끄러운 것이 아니었다.

'너무 신경이 예민해진 탓일까?'

센 강변은 안개비에 촉촉이 젖어 있었다. 1999년형 푸조는 센 강의 안개비를 맞으며 파리 시립병원을 지나 노트르담 다리를 건너고 있었다. 차가 파리 시립극장 앞의 신호등에 걸리자, 세자르는 주머니에서 휴대전화를 꺼냈다.

"토머스, 나 세자르 관장일세."

"누, 누구요? 세자르 관장님?"

토머스는 의외란 듯 두 차례나 되물었다. 세자르가 기자들에게 먼저 연락을 하는 것은 처음 있는 일이다. 세자르는 한국과의 외규장각 도서 반환 협상을 앞두고 되도록 말을 아끼고 조신하게 처신했다.

"이틀 후에 파리 주재 특파원들과 간담회를 가질 예정이니 모임을 주선해주게. 장소는 오르세 미술관 쪽이면 좋겠네."

"무슨 일인데요?"

"세계가 깜짝 놀랄 톱뉴스가 기다리고 있을 걸세."

"톱뉴스요? 그게 뭡니까?"

"이틀 후면 알게 될 걸세."

"힌트라도 주십시오."

토머스의 목소리가 간절하게 울렸다.

"힌트? 음. 전설 속에 묻혀 있던 진주라고나 할까?"

"예? 진주요?"

"하하. 그 정도만 알고 있게. 그럼 이틀 후에 보자고."

세자르는 약속 장소와 시간을 확인한 뒤 전화를 끊었다. 이번에는 정현선 박사에게 전화를 걸었다. 그때 신호등이 파란색으로 바뀌었다.

'어차피 정현선 박사도 내일이면 알게 될 것이 아닌가.'

세자르는 휴대전화를 끊고 엑셀을 힘껏 밟았다. 정현선 박사와는 내일 오전 9시에 리슐리외 도서관 전시장에서 만나기로 되어 있었다. 누구보다 이 '전설의 책'은 정현선 박사가 가장 먼저 알아야 할 일이었다.

차는 파리 시립극장 앞을 지나고 있었다. 세자르는 힐끔 백미러를 쳐다보았다. 검은색 세단 한 대가 그의 뒤를 줄기차게 따라오고 있었다. 마들렌 성당 주차장에서부터 일정한 간격을 두고 따라오던 바로 그 차였다. 처음에는 같은 방향의 차이거니 생각했다. 그러나 옆의 차선이 한가한 데도 불구하고 검은색 세단은 차선을 변경하지 않고 줄곧 그의 뒤를 따라왔다.

세자르는 목적지인 루브르 골동품 상가로 가지 않고 차를 샤틀레 극장 쪽으로 우회전했다. 그리고 생자크 탑을 돌아 다시 센 강변 쪽으로 차를 몰았다.

'미행하는 차가 분명하다!'

세자르의 차는 다시 파리 시립극장 앞에 멈추었다. 파리 시립극장을 끼고 한 블록을 그대로 빙빙 돈 것이다. 그런데도 검은색 세단은 그의 차 뒤에 바짝 붙어 있었다.

'그들이 당신을 가만두지 않을 겁니다······.'

순간 마사코의 차가운 목소리가 고막을 흔들었다. 그와 동시에 그의 주변을 맴돌던 낯선 시선들이 꾸물꾸물 몰려들었다.

시계는 10시 45분을 가리켰다. 세자르는 루앙을 만나는 것을 포기하고 차를 반대편의 센 강변으로 몰았다. 검은색 세단도 속도를 높이며 바짝 따라붙었다.

'강변은 위험해. 시내로 가는 게 좋겠어.'

센 강변도로는 차가 거의 보이지 않을 정도로 한산했다. 세자르는 시내 쪽으로 가는 것이 안전할 것이라고 생각했다. 그는 차의 속도를 줄이고 생제르맹 다리 앞에서 핸들을 힘껏 꺾었다. 그때였다. 유턴한 그의 차 앞으로 검은색 세단이 쏜살같이 달려들었다.

끼이익!

세자르는 급히 브레이크를 밟았다. 조금만 늦었어도 정면으로 충돌할 위기의 순간이었다. 세자르는 입을 쩍 벌리고 놀란 가슴을 쓸어내렸다.

이윽고 검은색 세단에서 한 사내가 내렸다. 강변 가로등에 비친 사내는 검은 수도복을 입고 있었다. 대체 저 사내는 누구일까. 핸들을 잡은 세자르의 손이 파르르 떨리고 있었다. 안개비가 내리는 센 강변도로는 쥐죽은 듯이 적막했다. 이런 한적한 도로에서는 예기치 않은 일이 발생해도 아무도 알 수 없을 것 같았다. 순간 세자르는 자신의 위대한 발견이 수포로 돌아갈지 모른다는 생각에 몸을 떨었다. 수도복을 입은 사내는 점점 간격을 좁히며 다가오고 있었다.

'이대로 끝날 수는 없지.'

세자르는 차 문을 꼭 잠그고 루이비통 가방을 열었다.

4

확대경을 내려놓은 장덕진은 손등으로 두 눈을 비볐다. 노안이 시작된 것인지 눈앞이 가물거리고 집중이 되지 않았다. 제아무리 몸에 좋다는 보약으로 꾸미려 해도 나이가 들어가는 것은 어쩔 수 없는 일이다.

장덕진은 엄지손가락으로 젖가슴 어루만지듯 종이를 비벼보았다. 가칠가칠한 느낌이 흔히 창호지라 불리는 농선지(籠扇紙)가 틀림없었다.

"이건 조선의 화공 솜씨가 아니야."

장덕진은 최동규를 힐끔 바라보았다.

"조선의 화공은 이런 창호지를 쓰지 않아. 이처럼 세밀한 작업을 해야 하는 행궁도에는 먹을 잘 흡수하는 화선지가 제격이지."

"맞습니다. 조경환은 화공이 아니라 학자입니다."

최동규는 깍듯이 예를 갖추며 말했다. 장덕진은 이 바닥에서 다섯 손가락에 꼽히는 고미술품 전문 감정가였다. 이름깨나 알려진 사학자들 중에 그의 도움을 받지 않은 사람은 거의 없었다.

"그럼 그렇지. 조선의 화공이 이런 농선지를 쓸 리가 없어. 조선의 궁궐과 관아를 그리는 화공은 종이만큼은 무척 까다롭게 고르거든. 그런데 배첩(褙貼) 기술은 무척 뛰어나군."

배첩이란 글씨나 그림에 종이, 비단 등을 붙여 족자나 액자 등을 만들어 아름다움은 물론 실용성과 보존성을 높여주는 전통적인 서화처리법이다. 조선시대에는 배첩장이라는 전문가가 등장할 만큼 배첩이 성황을 이루었다. 이들은 도화서 소속으로 궁중의 서화처리를 전담하던 전문 기술자였다. 조경환의 그림은 족자 형태의 두루마리로 그림 밑은 제법 값이 나갈 법한 비단천으로 만들어져 있었다. 이는 그림을 오래도록 보존하기 위한 방법임을 알 수 있었다.

"그런데 이 비소라는 건 뭔가?"

그나마 이 그림이 눈길을 끈 것은 외규장각 아래 쓰여 있는 '비소'라는 두 글자였다. 지금까지 숱한 고문서와 고미술품을 감정해봤지만, 그림 속 중앙에 붉은색 글자를 적어 넣은 것은 본 일이 없었다.

"저도 실은 그것 때문에 선생님을 찾아뵌 겁니다."

"거 참, 신기한 일이로군. 그림 구도상으로 봐서는 이 비소를 그려 넣기 위해 일부러 외규장각을 그린 것 같아."

비소라는 두 글자는 그림 정면에 있어서 두 눈에 확 들어왔다. 그림 전체를 볼 때도 주위의 자잘한 풍경이 비소라는 두 글자를 향해 모여드는 듯한 느낌을 주었다.

"이와 유사한 그림을 본 적은 없습니까?"

"나도 이런 그림은 처음이야. 근데 이게 어디서 난 건가?"

"파리 루브르 골동품 상가에서 발견된 겁니다."

"루브르 골동품 상가?"

"제가 잘 알고 있는 교수님이 루브르 골동품 상가에서 이 그림을 우연히 발견한 뒤에 제게 보낸 겁니다."

최동규가 조경환의 그림을 받아든 것은 지난주 토요일이었다. 파리에 출장 중인 남일우 교수를 통해서였다. 대개의 역사학자들은 해외 출장 때 그 지방의 고서점이나 골동품 상가를 자주 방문하곤 했다. 남일우 교수는 루브르 골동품 상가에서 이 그림을 발견한 뒤 최동규에게 도움이 될지 몰라 국제우편으로 부친 것이었다.

장덕진은 다시 확대경을 주위들었다. 이런 하잘것없는 그림이 어떻게 루브르 골동품 상가에서 발견되었을까?

"자네, 루브르 골동품 상가 거리가 어떤 곳인 줄 아나?"

"……."

"세계의 희귀 고문서와 그림들이 은밀하게 유통되는 곳이지. 지금이야 예전 같지 않겠지만, 한때 이름깨나 날린 장물아비치고 이곳에서 활동하지 않은 인물이 없었어. 한창 물이 올랐을 때는 하루에도 수천만 달러가 오고갔던 곳이야. 근데 이런 볼품없는 그림이 어떻게 그곳에 있던 걸까?"

"모리스 쿠랑이나 플랑시가 프랑스로 갈 때 함께 가져간 것이 아닐까요?"

"그건 아닐 거야. 쿠랑이나 플랑시는 우리 문화재에 조예가 깊은 친구들이 아닌가. 그 눈 높은 친구들이 굳이 이런 조잡한 그림을 가져갔을 리가 있겠나?"

듣고 보니 일리 있는 소리였다. 외교관이며 고서 수집가인 모리스 쿠랑이나 초대 주한 프랑스 공사를 지낸 플랑시는 동양학에 조예가 깊은 인물이었다. 그 당시 프랑스 외교관들은 개국한 지 얼마 되지 않은 미지의 동양에 부임하게 되면, 현지의 고서들을 수집하여 본국으로 보내는 것이 전통처럼 되어 있었다.

"내가 보기엔 병인양요 당시 프랑스 군대가 외규장각 도서를 약탈할 때 별 생각 없이 가져간 것 같아. 솔직히 그 친구들이 이 그림이 뭔지나 알겠어?"

장덕진은 그림 상단에 있는 글을 유심히 바라보았다.

"방금 조경환이 학자라고 했나?"

"예. 교서관 출신의 검서관입니다."

"교서관이라…… 그럼 금속활자를 만드는 데 있었나?"

"그건 모르겠습니다."

조선시대 금속활자를 만드는 곳은 주자소(鑄字所)였다. 그러나 철종 때 주자소가 화재로 소실된 이후에는 그 임무가 교서관으로 이전되었다. 대원군 시절의 교서관은 정조 때와는 달리 서적 인출이나 관리, 활자 등을 인쇄하는 데 국한되었다.

장덕진은 조경환의 족자를 치켜든 뒤 이리저리 살펴보았다. 그는 곧 창고에서 양초를 가져와 불을 붙인 뒤 불 위에 조경환의 그림을 갖다대었다.

"여기 뭔가 보이지 않나?"

장덕진은 조경환의 그림 오른쪽 아래를 가리켰다. 양초 불 위에 조경환의 그림을 들이대자, 그 안에 무언가 희미한 윤곽이 드러났다. 장덕진은 조경환의 족자 두루마리를 탁자 위에 펼친 뒤 오른쪽 아래 부분을 물을 먹인 붓으로 살짝 문질렀다. 그리고 물을 먹은 종이를 얇은 칼끝으로 살짝 드러냈다. 종이를 받치고 있는 비단천 부분에 깨알 같은 글자가 보였다.

"아!"

최동규는 자신도 모르게 탄성을 질렀다. 비단에 맞닿은 종이를 들어내자, 비단천에 흐릿한 글자가 보이는 것이 아닌가! 최동규는 두 눈을 동그랗게 뜨고 비단천에 적혀 있는 글자를 바라보았다.

揆園史話集, 東經大典, 龍潭遺詞, 傳習錄, 天主失儀……

"이, 이게 어찌된 일입니까?"
장덕진의 얼굴에 엷은 미소가 번져갔다.
"교서관 관리들이 책을 은밀하게 보관할 때 쓰던 방법 중에 하나지. 그들은 이처럼 족자를 만들어 비단천에 글을 적은 뒤 서화가 그려진 종이로 가리곤 했어."
"정말 놀라운 일이로군요."
장덕진은 빙그레 웃어 보였다. 혹시나 해서 써본 것인데, 멋들어지게 맞아떨어졌다.
"이것뿐이 아니야. 우리 고서에는 수많은 비밀이 있지."
장덕진은 안채에서 파본된 고서 한 권을 가져왔다.
"잘 보게."
장덕진은 고서의 표지에 백지를 대고 연필로 문질렀다. 그러자 표지에 숨어 있던 문양이 서서히 드러나기 시작했다. 표지에 드러난 문양은 연꽃이었다.
"어떤가, 하하."
최동규는 마치 마술쇼를 보는 것 같았다.

"이 표지에 숨어 있는 문양을 능화문(菱花紋)이라고 하지."

능화문의 기능은 책을 아름답게 장식하는 데 있다. 능화문의 종류는 다양해서 연꽃을 연이어 새긴 것, 수복을 상징하는 박쥐, 다산을 상징하는 석류, 그리고 두 마리 용을 새긴 것도 있다.

"음, 이건 우리 고서의 책제목이로군. 이제 내 할 일은 끝났으니 다음은 자네가 풀어보게."

장덕진은 길게 하품을 하며 안채로 들어갔다.

연구실로 돌아온 최동규는 조경환의 그림을 책상 위에 펼쳤다. 그림 속에 숨어 있는 글들은 대략 이십여 개 정도 되어 보였다.

揆園史話集, 東經大典, 龍潭遺詞, 傳習錄, 天主失儀……

조경환은 왜 그림 속에 이런 책제목을 적어 넣은 것일까?

언뜻 짚이는 것이 하나 있었다. 조경환은 이 그림을 통해 무언가를 말하고 싶은 것이다. 겉으로는 드러낼 수 없는 그만의 비밀을.

최동규는 낯익은 제목의 고문서들을 세밀하게 살폈다.

규원사화집(揆園史話集)

조선 숙종 2년(1675년) 3월 상순 북애노인(北崖老人)이 지은 역사책이다. 고조선을 세운 왕검(王儉)부터 고열가(古列加)까지 47대 단군의 재위기간과 치적 등을 기록하였다. 본문의 내용은 역대 단군의 재위기간과 치적 외에 중국에 대한 사대주의에 빠진 유학자들을 비판하면서 주체의식이 부족한 민족의 장래를 걱정하고 있다. 또 청나라와 연합하여 옛 땅을 되찾자는 연청북벌론(聯淸北伐論)에 대한 주장 등도 담고 있다.

전습록(傳習錄)

중국 명대 중기의 사상가 왕양명(王陽明)의 어록과 서간집이다. 상권은 40세 때의 어록, 하권은 50세 때의 어록을 제자가 모은 것이다. 상권의 내용은 지행합일론(知行合一論) 대학의 신해석 등이고, 하권은 치량지설(致良知說) 등을 중심으로 하여 널리 수양방법을 설명하였다. 중권은 제자와 벗에게 보낸 편지로, 주자학을 격렬하게 비판한 전투적인 문장으로 구성되어 있다.

명기집략(明記輯略)

명나라 주린(朱璘)이 저술한 역사서로, 이 책에는 조선 태조 이성계가 고려기 권신 이인임의 아들이란 내용이 들어 있으며, 인조반정을 부정하고 광해군을 옹호하는 내용이 담겨 있다. 주린은 명기집략 이외에도 강감회찬(綱鑑會纂), 명사강목(明史綱目) 등을 저술했는데, 영조는 이 책들을 모두 폐기토록 했으며, 이에 불응한 자는 지위를 막론하고 극형에 처했다.

'이 고문서들은 조선의 금서가 아닌가!'
최동규는 『명기집략』을 보는 순간 이 고문서들의 공통점을 찾아냈다.

명기집략은 조선 영조 때의 대표적인 금서였다. 명기집략 사건으로 인해 조선의 책쾌들이 체포되었고, 이 책을 지니고 있던 관리들은 관직을 박탈당했다. 중국 정부는 1757년 그 책을 문제 서적으로 지목하고 판목과 간행본을 수거해 없앴다. 이 책들이 금서 목록이라는 것은 『정감록(鄭鑑錄)』과 『천주실의(天主失儀)』에서 확연히 드러났다.

그때 휴대전화가 요란하게 울렸다. 김 조교였다.

"교수님, 지금 강화에 오실 수 있습니까?"

"강화에? 무슨 일인데?"

"말로는 설명하기가 힘들어요. 저 지금 여기 향토사학자와 함께 있거든요."

"급한 일인가?"

"일단 오시면 알게 될 겁니다. 참, 조경환이가 독살당했다고 하는군요."

"독살?"

"예."

"자네 있는 곳이 어딘가?"

"전등사 아래 사하촌입니다."

5

　프랑스의 문화와 교양, 그리고 지식의 중심지는 프랑스 국립도서관 (BNF)이다. 프랑스 사람들은 프랑스 국립도서관을 단순히 책을 소장하고 열람하는 곳으로 생각하지 않는다. 그들은 현재의 프랑스가 문화강국으로 자리 잡은 데는 프랑스 국립도서관이 가장 큰 역할을 했다고 믿고 있다. 중세 유럽의 대표적인 건축물인 노트르담 대성당이나 세계 최고의 문화재를 소장한 루브르 박물관보다 프랑스 국립도서관을 더 자랑스럽게 여긴다. 그들에게 프랑스 국립도서관은 고대 이집트인의 표현처럼 '영혼의 치유장'이며, 인류의 문명을 끊임없이 발전시킨 '지혜의 보고'인 것이다.

　프랑스 국립도서관은 파리 외곽 13구에 있는 미테랑 도서관과 2구에 위치한 리슐리외 도서관, 4구의 아스날 도서관, 9구에 있는 오페라 도서관을 모두 합친 것을 말한다. 이 네 개의 도서관 중 가장 유서가 깊은 곳은 리슐리외 도서관이다. 리슐리외 도서관은 1995년 미테랑 도서관이 건립되기 이전까지 프랑스 지식의 메카였다. 새로운 지식과 미지의 세계를 갈망하는 순례자들은 이곳을 지식의 성지로 여기며 프랑스 각지에서 모여들었다. 6백 년 전 프랑스 왕립도서관의 모태가 된 리슐리외 도서관은 세계 각국에서 수집한 필사본, 목판본, 지도 등 백 만 점에 이르는 희귀 자료들을 소장하고 있다.

　리슐리외 도서관에는 일반인에게는 공개하지 않는 특별한 서고가 있다. 그곳이 바로 '지옥방'이다. '지옥방'은 도서관이 지정한 특정구역으로 금서만을 보존하는 비공개 장소를 일컫는다. 이곳에는 정치적인 목적으로 절대왕권을 비판하거나 왕실의 비밀을 폭로하고 미풍양속을 해친다고 하여 금서가 되었던 책들이 소장되어 있다. 원래 분서(焚書) 처분을 당하도록 되어 있는 이 책들은 같은 책이 어느 정도 모일 때까지 일시적으로 특정 서가에 보관된다. 프랑스 사상가 볼테르의「오를레앙의 처녀」, 미라보 백작의「들춰진 커튼」등의 작품과 보들레르, 랭보 등의 시집도 이 '지옥방'에 갇혀 있다.

그러나 리슐리외 도서관에서 '지옥방'보다 더 철저하게 통제하는 곳이 있다. 그곳이 바로 '금단(禁斷)의 방'이라 불리는 지하 별고이다. 리슐리외 도서관의 지하 별고는 애초부터 비밀 소장품을 염두에 두고 치밀하게 설계되었다. 이 도서관을 설계한 건축가 앙리 라브루스트가 가장 심혈을 기울였던 곳도 바로 지하 별고였다. 라브루스트는 리슐리외 건물의 설계를 1년 6개월에 걸쳐 끝냈지만, 지하 별고를 설계하는 데는 본 건물의 두 배인 3년의 세월이 걸렸다.

1995년 최첨단 현대식 건물인 미테랑 도서관이 건립된 이후 리슐리외 도서관에 소장된 수많은 장서들이 미테랑 도서관으로 옮겨졌다. 그러나 필사본, 고문서 등의 희귀본들은 이곳에 그대로 남아 있다. 가장 안전하게 보관할 수 있는 리슐리외 도서관 지하 별고의 특수성 때문이다. 이 지하 별고에 소장된 장서 중 1만 여 점에 이르는 희귀본은 세계 역사를 바꿀 만큼 귀중한 자료들이다. 그러나 그것들은 지금까지 일반인에게 공개된 적이 단 한 번도 없다.

리슐리외 도서관 2층에 자리 잡은 임시 전시장에는 궂은 날씨에도 불구하고 많은 관람객들이 몰려들었다. 눈망울이 초롱초롱 빛나는 유치원생에서부터 백발이 성성한 노인들까지 발길이 끊이지 않았다.

'세자르에게 무슨 일이 생긴 건가?'

도서관 벽시계는 9시 15분을 가리키고 있었다. 정현선 박사는 전시관 입구 쪽으로 고개를 내밀었다. 지금까지 세자르는 단 한 번도 약속 시간을 어긴 적이 없었다. 늘 약속 시간보다 일찍 나와 그녀를 기다리곤 했다. 그런 까닭에 별 대수롭지 않은 15분이 아주 길고도 불길하게 느껴졌다.

"안녕하십니까, 박사님."

그때 전시장 안으로 문형식이 꾸벅 인사를 하며 다가왔다. 문형식은 한국 대사관 직원으로, 이번 외규장각 도서 협상의 일정을 맡고 있는 외교관이었다.

"어서 와요."

정현선이 밝은 얼굴로 그를 맞이했다. 문형식은 거대한 원통형 아래 마련된 임시 전시장을 둘러보았다.

'동서양 고문서의 향취를 찾아서'

이번 전시회에서 가장 눈길을 끄는 것은 한국의 고서인『직지심체요절(直指心體要節)』과 구텐베르크의 라틴어 성경이다. 리슐리외 도서관의 '지옥방'에서 어렵게 꺼낸 금서들도 이 두 고문서의 빛에 가려 찬밥 신세를 면치 못했다.『직지』와 라틴어 성경의 두 고문서는 동서양을 대표하는 최고(最古)의 금속활자본이다. 시기적으로『직지』가 구텐베르크의 성경보다 70여 년이나 앞서 발간되었다.

"전 리슐리외 도서관에 올 때마다 로마의 검투사들이 떠오릅니다. 라브루스트는 정말 대단한 건축가예요. 지식의 전당이라고 하는 도서관에 어떻게 이런 기발한 착상을 한 걸까요?"

문형식이 물었다.

"그래서 프랑스 지식인들은 이 도서관을 '지식의 경기장'이라고 부르잖아요."

리슐리외 도서관 중앙 한복판은 마치 고대 원형 경기장 한복판에서 검투사가 목숨을 걸고 싸우는 모습을 연상케 했다.

"『직지』의 인기가 대단하네요. 하하. 구텐베르크가 영 맥을 못 추는데요."

『직지』가 전시된 진열장 앞에는 초등학생으로 보이는 이십여 명의 아이들이 귀를 쫑긋 세우고 인솔 교사의 이야기를 듣고 있었다.

"라틴어 성경은 어디서 구했나요? 독일 정부가 쉽게 내주지 않았을 텐데요."

"세자르 관장이 일본 천리대학(天理大學)으로부터 도움을 받은 거예요."

『직지』와 함께 쌍벽을 이룬 구텐베르크의 라틴어 성경도 파리에 도착하기까지 숱한 어려움을 겪었다. 세자르는 독일 정부의 반대로 구텐베르크 박물관에 보관되어 있는 라틴어 성경을 입수하지 못했다. 그러던 중 일본 천리대학에서 구텐베르크의 금속활자 발명 이후 약 1백년 동안 인쇄된 초기 간본들을 전시하고 있다는 소식이 들려왔다. 전시 작품 중에는 『뉘른베르크의 연대기』와 구텐베르크의 『42행 성서』의 잔편도 있었다. 세자르는 천리대학 담당자와 연락을 취해 가까스로 이 전시회를 개최할 수 있었다.

"『직지』가 전시장에 나온 것도 오랜만이죠?"

문형식이 고개를 주억거리며 물었다.

"그래요, 1972년 유네스코가 지정한 '세계 도서의 해'에서 처음 일반에 공개된 이후 고작 세 차례밖에 외출을 하지 못했죠."

"그게 다 알렉스 때문이 아닌가요?"

"……."

그랬다. 『직지』는 알렉스가 프랑스 국립도서관장에서 물러날 때까지 리슐리외 도서관 지하 별고에 철저히 유폐되어 왔다. 세계의 유명 도서관과 박물관에서 이 책을 전시할 수 있게 프랑스 국립도서관에 협조를 요청했으나, 알렉스의 반대로 번번이 무산되었던 것이다.

"호랑이도 제 말하면 온다더니, 저기 알렉스가 들어오는 데요."

문형식이 전시장 입구 쪽을 가리켰다. 전시장 안으로 잿빛 중절모를 쓴 노신사가 들어섰다. 노신사의 얼굴은 여든이 넘은 나이답지 않게 촉촉한 윤기가 흘렀다. 그는 전시장을 한 번 둘러보더니 입구에 서 있는 정현선 앞으로 다가왔다.

"오랜만이로군. 로렌."

"……."

정현선은 마지못해 노신사에게 가볍게 고개를 숙였다. 노신사는 그다지 반갑지 않은 인물이었다.

"생각보다 전시회 반응이 좋군 그래."

노신사의 말은 비꼬는 투가 역력했다. 노신사는 유네스코 세계문화유산위원회의 사무총장인 알렉스이다. 알렉스는 지난 1999년 프랑스 언론이 뽑은 '20세기 프랑스 지성인'에 선정된, 프랑스 지성을 대표하는 인물이다. '20세기 프랑스 지성인'에는 카뮈, 사르트르, 장 콕토 등이 이름을 올렸으며, 생존하는 인물로는 그가 유일하게 선정되었다.

"세자르는 어디 갔나?"

알렉스는 전시회장 주변을 두리번거렸다.

"모르겠어요."

"요즘 한국과의 협상 때문에 정신이 없겠군."

"……."

"세자르도 알고 보면 참 고지식한 데가 있어. 굳이 이런 미묘한 시기에 전시회를 열 필요가 있었나? 협상은 타이밍이 가장 중요한 데 말야."

알렉스는 홀로 투덜거리며 『직지』가 진열된 전시장 중앙으로 발걸음을 옮겼다.

『직지』는 정현선이 베르사유 별관 지하 수장고에서 찾아낸 책이었다. 이 책은 백여 년 동안 중국 책 틈에서 잠들어 있다가 비로소 세상에 알려지게 되었다. 그때 프랑스 국립도서관장이 바로 알렉스였다. 당시 이 책의 발견은 프랑스는 물론 전 유럽에서 화제가 되었다. 정현선은 「르몽드」가 '구텐베르크의 혁명'이라는 제목 밑에 다음과 같은 기사를 실은 것을 똑똑히 기억하고 있었다.

BNF의 방대한 장서 가운데서 한국의 금속활자본은 단연 눈길을 끈다. 금속활자로 인쇄한 이 책의 연대는 1377년이다. 그런데 유럽 최초의 금속활자본인 구텐베르크의 라틴어 성경의 연대는 1455년이다. 이 한국의 고서는 고딕체 글씨의 우아함, 새 것 같은 흰 종이가 보는 이의 탄성을 자아내게 만든다. 구텐베르크의 인쇄술보다 더 정교하고 완벽에 도달했다는 것을 한눈에 알아볼 수 있다.

『직지』를 바라보는 알렉스의 눈길에는 알 수 없는 회한이 복잡하게 스며 있었다. 한동안 『직지』 앞에 서 있던 알렉스는 다시 정현선 앞으로 성큼 다가왔다.

"로렌, 세자르를 만나거든 내 말 좀 전해주게."

"……"

"급한 일이니 꼭 전화해달라고 말이야."

알렉스는 잿빛 중절모를 고쳐 쓴 뒤 전시장을 빠져나갔다. 그가 전시장에 들어와 본 책은 단 한 권, 『직지』뿐이었다.

"『직지』가 전시된 게 영 못마땅한 표정이군요. 세자르가 알렉스 등쌀에 고생 좀 했겠어요."

문형식의 말대로 알렉스는 평소에도 프랑스 국립도서관에 소장되어 있는 희귀본이 전시장에 나오는 것을 꺼려했다.

"이번 외규장각 도서 협상은 잘 진행되고 있죠?"

정현선이 전시장 벽에 걸린 시계를 보며 물었다.

"최선을 다하고 있습니다. 최동규 교수도 이번엔 단단히 벼르고 있어요. 지난 2년 동안 차분히 준비해왔으니 좋은 결과가 있을 겁니다."

"최 교수는 언제쯤 파리에 온다고 하던가요?"

"아마 다음주면 올 것 같습니다. 그런데 세자르 관장은 어디 갔습니까?"

"글쎄요. 9시에 만나기로 했는데 아직도 소식이 없네."

9시 30분. 그새 30분이 훌쩍 지나갔다.

'세자르에게 무슨 일이 생긴 게 틀림없어.'

정현선의 입술이 바싹 타들어갔다. 두 번이나 전화를 해도 세자르의 휴대전화는 내내 불통이었다. 갑자기 살갗이 오그라들며 팔뚝에 좁쌀 같은 것이 도톨도톨 돋아났다. 불길한 전조였다.

"로렌 박사님."

그때 리슐리외 도서관 직원이 정현선에게 다가왔다.

"사무실에 가서 전화 받으세요."

"전화요?"

"자스민이 박사님을 찾는데요."

순간 뭔가 예사롭지 않은 것이 얼굴을 훑고 지나쳤다. 자스민이 갑자기 왜 자신을 찾는 것일까. 정현선은 도서관 사무실로 가서 전화를 받았다.

"로렌 박사님?"

"오, 자스민. 나예요."

"크, 큰일났어요."

수화기에서 자스민의 흐느끼는 소리가 들려왔다.

"자스민, 왜 그래요?"

"세, 세자르 관장님이……."

"세자르 관장이 왜요?"

"오늘 새벽에 도, 돌아가셨어요."

6

다 떨어진 개량 한복을 입고 있는 남길준은 꼿꼿한 자세로 앉아 있었다. 검은 뿔테 안경과 덥수룩한 수염, 어깨까지 길게 늘어뜨린 반백의 머리칼은 여느 평범한 노인의 모습이 아니었다. 계룡산 자락에서 갓 내려온 듯한 도사 차림새 앞에서 최동규는 자신도 모르게 주눅이 들었다. 그러나 남길준의 얼굴은 병색이 역력했다. 두어 말을 뱉은 뒤에는 여지없이 잔기침을 토해냈다. 김 조교는 어디에 있는지 보이지 않았다.

"거길 봐. 자네가 찾는 게 있을지 모르겠어. 쿨럭쿨럭."

남길준은 대뜸 반말이었다. 그는 다섯 권의 고서적 중에 한 권을 가리켰다.

> 조경환의 주검은 필시 독살된 것이 분명하다. 조경환은 두 눈을 지그시 감고 있었고, 입은 약간 벌린 채였으며, 코에서는 피가 흘러 나왔다. 온몸의 살빛은 누런색이었고, 배는 팽창하지 않았다. 몸은 구타

나 상처 등의 훼손이 없는 온전한 상태였다. 행여 독을 먹었는지 의심스러워 은비녀를 항문에 집어넣었더니 금방 검은색으로 변한 것은 물론 변을 채취하여 가열했더니 흰색의 소금 결정 등이 나타났다. 이는 고염(苦鹽)을 마시고 죽은 '복로치사(服鹵致死)'가 틀림없다.

조경환의 주검을 독살로 단정지은 이 글의 출처는, 병인양요 직후에 출간된 『청계일지(淸溪日誌)』로 이 글의 지은이는 김탁우였다.
"김탁우가 누굽니까?"
"규장각 교서관의 진권회(眞卷會) 회원으로 조경환과는 막역한 사이지. 이 글을 보아 하니 김탁우는 조경환이 변을 당했을 때 강화에 있던 것 같아."
"진권회라면……"
"교서관 젊은 사서들의 친목 단체로 보면 될 거야. 이들은 모두 책벌레로 통하는 인물들이지. 쿨럭쿨럭. 규장각 내 수만 권에 이르는 장서들을 훤히 꿰차고 있었거든. 규장각 각신들이 남 몰래 기생방을 출입할 때도, 잔치를 벌여 벼슬 흥정을 할 때도 이들은 오직 책을 모으는 데만 열중했지."
『청계일지』는 규장각 교서관 출신의 사서들이 일기체 형식으로 쓴 책이다. 이 책에는 글을 기록한 날짜와 날씨, 생활 풍속 등 세세한 일들을 빠짐없이 기록하고 있었다. 책의 저자는 여러 명이 참여하고 있었는데, 글의 내용에 따라 지은이가 매번 바뀌었다. 이를테면 연작 형식의 일기 책인 셈이다.

최동규는 이 글이 쓰여진 날짜를 주목했다. 병인년 11월 22일, 그러니까 병인양요 당시 프랑스 군대가 퇴각한 지 열흘 뒤였다.

"고염이란 무얼 뜻하는 겁니까?"

"요즘 말로 하면 간수를 말하는 거야. 옛날부터 두부를 만들 때 응고제로 이용되었어."

"두부요?"

"그래. 김탁우는 조경환의 집에 이런 간수가 발견된 것부터 수상하게 여긴 것 같아. 그래서 독살로 단정지은 거지."

"여기 은비녀를 보니……."

"그걸 바로 법물(法物)이라고 하지. 검시에 활용되는 일종의 보조 도구인 셈이야. 조선 후기의 살인사건 수사는 매우 뛰어나고 정교했지. 쿨럭쿨럭. 이를테면 조선 초에는 시신이 불에 타 죽은 것인지, 살해된 후 불타 죽은 것인지를 구별할 때 입과 콧속의 그을음만 확인했는데, 조선 후기에는 입과 콧속뿐 아니라 목구멍과 머리 뒷부분도 조사했어. 사망 시점을 재는 방법도 조선 전기보다 훨씬 나아졌지. 살찌고 젊은 사람의 시신은 빨리 상하는 반면 마르고 늙은 사람의 시신은 천천히 부패한다든지, 남과 북의 기후가 같지 않으므로 지역의 편차를 고려해야 한다는 등 세세한 부분까지 지적했지."

최동규는 소리 없이 탄성을 질렀다. 남길준의 조선 시대 법의학 상식이 만만치 않았던 것이다. 하긴 이 방의 문턱에 들어설 때부터 방 안 분위기가 예사롭지 않았다.

백여 평에 이르는 허름한 건물 안은 오래된 책으로 가득했다. 거실에도, 주방에도, 심지어 사과 궤짝으로 엉성하게 만든 신발장 위에도 책들이 차지하고 있었다. 서가에 꽂히지 못하고 바닥에서부터 사람 키만큼 올라간 책만 해도 족히 1천 권은 되어 보였다. 서울에 이름깨나 있는 장서가들의 집을 가보아도 이보다는 많지 않았다. 거실 한가운데 사람이 앉을 공간을 빼고는 사방이 책 천지였다. 전등사 입구에 있는 허름한 양옥 문을 들어설 때만 해도 이런 책 천지를 보게 될 줄은 몰랐다.

"조경환의 검안 기록은 없습니까? 조선 시대의 살인사건 수사 기록은 반드시 관아의 입회 하에 상세히 기록하게 되어 있는 걸로 알고 있는데요."

"제법 잘 아는군. 쿨럭쿨럭. 그런데 시절이 하도 어수선해서 어디 제대로 된 검시가 이루어졌겠어? 병인양요 당시 불란서 군대가 물러가고 강화의 민심은 이놈저놈 쳐죽일 듯이 흉흉했거든. 누군가 불란서 군대와 내통하고 있다는 소문이 들끓었던 거야. 관아는 일손을 놓고 첩자를 색출하는 데만 혈안이었어. 쿨럭쿨럭."

남길준은 가래침을 뱉은 뒤 말을 이었다.

"보나마나 둘 중 하나가 분명해. 조경환이 불란서 군대와 내통한 첩자이거나 대원군 시해 사건에 연루되어 이런 변을 당한 거야."

"대원군 시해 사건이라뇨?"

최동규가 자리를 고쳐 앉으며 물었다.

대원군 시해 음모 사건은 역사에 기록되지 않은 사건이다. 대원군을 상세하게 그린 황현(黃玹)의 『매천야록(梅泉野錄)』에도 그런 기록은 나오지 않는다.

"대원군은 고종이 즉위하자마자 스스로 대원군에 봉작되고 여러 곳을 손보지 않았나. 그 본보기가 되었던 곳이 규장각이지. 대원군은 입만 벌리면 문자를 구구절절 늘어놓으며 유식한 체하는 문신들을 체질적으로 싫어했지. 자네도 그 정도는 알고 있겠지?"

"예. 대원군은 출신 성분을 따지지 않고 솔직담백한 성격의 사람을 좋아했죠."

"정조가 죽은 후 제 힘을 쓰지 못한 규장각이 하찮은 기관으로 전락하는 것은 불을 보듯 뻔하지 않은가. 쿨럭쿨럭. 그래서 몇몇 젊은 검서관들은 대원군을 몰아낼 음모를 꾸몄던 거야. 진권회의 수장격인 김병기도 이 일로 제주에 유배되지 않았나. 아마 당시 젊은 검서관들도 여럿 큰 변을 당했을 거야."

최동규는 고개를 갸웃거렸다. 남길준은 야사에도 기록되지 않은 풍문을 마치 현실의 일처럼 잘도 그려내고 있었다. 규장각 대제학인 김병기가 제주로 유배당한 것은 대원군 시해 사건에 연루되어서가 아니라 천주교 박해 때 불란서 신부를 도왔기 때문이었다.

"좀 전에 조경환이 프랑스 군대의 첩자 노릇을 했다고 말씀하셨는데……."

"음. 그게 더 타당한 것 같군. 불란서 군대가 양화진까지 치고 들어왔을 때 이들을 안내한 세 명의 첩자가 있었지. 쿨럭쿨럭. 아마 그때 조경환이 세 명의 첩자 중에 한 명일지도 몰라."

그럴 리가 없을 것이다. 외규장각을 관리하던 검서관 출신의 학자가 설마 프랑스 군대와 내통을 했을까. 그러나 최동규는 남길준의 말에 토를 달지 않았다.

"오셨습니까? 교수님."

그때 김 조교가 약 봉지를 들고 들어섰다.

"약방이 근처에 없어서 읍내까지 가느라 늦었습니다."

김 조교는 약 봉지를 남길준에게 건넸다.

"고마워 젊은이. 요즘 몸이 통 예전 같지 않아. 쿨럭쿨럭."

남길준은 약을 먹은 뒤 길게 한숨을 내쉬었다.

"원래 죽은 자는 말이 없는 법이지. 제아무리 생전에 날고 기어도 천명 앞에서는 어디 재주가 있남. 허허."

"혹시 교서관의 진권회 회원들이 조선의 금서를 모으거나 따로 관리하지는 않았습니까?"

"그야 당연한 일이지. 책이라면 사족을 쓰지 못하는 친구들인데, 금서 같은 책에는 더 애착을 가졌겠지. 이들은 책을 모으는 데는 논어나 육담집이나 어떤 차별도 두지 않았어. 쿨럭쿨럭. 근데 조경환에 대해서는 왜 알려고 하는가? 예까지 내려온 걸 보면 보통 일은 아닌 것 같은데."

최동규는 가방에서 조경환의 그림을 꺼냈다.

"이건 조경환이 그린 그림입니다. 여길 보십시오."

최동규는 그림 오른쪽 아래 부분의 종이를 살짝 들어올렸다.

"으음!"

김 조교도 조경환의 그림 앞으로 바짝 다가왔다.

"이것은…… 외규장각을 그린 것이 아닌가?"

"예. 여기 족자 비단천에 적혀 있는 것은 조선시대 금서 목록입니다."

"이, 이게 어디서 난 건가?"

"프랑스 파리입니다."

"파리?"

남길준의 시선이 그림 중앙에 있는 비소에 꽂혔다.

"아는 그림입니까, 어르신?"

'어디서 보았더라……'

외규장각을 어설프게 본뜬 이 그림이 낯설지가 않았다. 그의 집 안에 있는 수많은 고서 중에, 인체도가 그려진 조선의 의학 책을 제외하면 그림이 들어 있는 책은 드물었다. 더군다나 행궁이나 관아가 그려져 있는 책은 극히 일부였다.

남길준은 무릎을 짚고 일어나 입구 쪽으로 천천히 걸어갔다. 갑자기 몸이 휘청거리고 입에서 거센 기침이 쏟아져 나왔다.

"쿨룩쿨룩. 쿨룩쿨룩."

최동규는 그의 몸을 부축했다.

"으음. 나 좀 누워야겠네."

김 조교가 거실 한쪽에 있는 이불을 가져왔다.

"오늘은 이만 돌아가. 쿨럭쿨럭."

"괜찮겠습니까, 어르신?"

"그래. 한숨 푹 자면 나아질 거야."

최동규의 눈길이 바닥에 있는 고서에 쏠렸다.

"어르신, 이 책 좀 빌려가도 되겠습니까?"

최동규가 자리에서 일어나며 조심스럽게 물었다.

"안 돼. 절대 안 돼! 쿨럭쿨럭. 어떤 놈도 내 책을 가져갈 수 없어!"

남길준은 갑자기 손사래를 치며 목소리를 높였다. 책에 손끝이라도 닿으면 당장이라도 귀싸대기를 올려붙일 듯한 얼굴이었다. 최동규는 갑작스런 그의 호통 소리에 어안이 벙벙했다.

"어여 가게. 멀리 나가지 않겠네."

"다음에 다시 찾아뵙겠습니다. 어르신."

최동규는 깍듯하게 인사를 하고 남길준의 집을 나왔다.

시원한 바닷바람이 차창 틈으로 스며들어왔다. 해안 도로 맞은편에는 나들이 차량들이 속속 밀려오고 있었다.

"제가 왜 오시라는 줄 아셨죠?"

조수석에 앉은 김 조교가 소리 없이 웃었다.

"그래도 교수님께는 잘 대해준 겁니다. 저한테는 멱살을 쥐고 회초리까지 들었다니까요. 모두 도적놈들이라면서 한 권도 내줄 수 없다는 거예요."

"그 노인은 어떻게 안 거야?"

"강화구청 문화재관리과에 갔더니 그 노인을 알려주더군요. 강화의 산증인이라고 하면서 말이죠. 듣자 하니 그 노인의 조부가 강화의 유명한 책장수였다고 합니다. 해방 전에는 종로통에서 큰 고서점을 운영했다고 하더군요."

"나도 저렇게 많은 책은 처음 봤어."

최동규는 남길준의 집을 나오는 것이 못내 아쉬웠다. 다음에 남길준을 다시 만난다면, 물어볼 것이 너무 많았다.

"교수님, 그런데 이건 뭡니까?"

김 조교가 비단천 속에 숨어 있는 글자들을 가리켰다.

"조경환은 그림 속에 조선의 금서 목록을 적어 넣었더군. 자네도 장덕진 선생 잘 알지?"

"고미술품 감정가 말입니까?"

"그래. 장 선생이 찾아낸 거야. 이건 곧 금서를 보관하고 있다는 뜻이 아니겠어."

"그럼, 금서를 보관한 장소가 비소라는 건가요?"

"그건 아직 모르겠어."

"어쨌든 보통 그림이 아니네요. 점점 미로에 빠져드는 기분입니다."

"동감이야."

진권회의 정체는 무엇일까?

최동규는 조선 후기 책벌레들로 통하는 이들에게 흥미를 느꼈다. 남길준의 말대로 규장각의 젊은 사서들은 책이라면 사족을 못 쓰는 책벌레들이었다. 책에 대한 그들의 애정은 목숨과도 바꿀 정도였다.

진권회, 조경환의 독살, 조선의 금서, 그리고 외규장각 비소……. 조잡한 그림 하나로 시작된 의문은 어느새 돌림병처럼 번져가고 있었다. 최동규는 그 세균의 일부가 이미 자신의 몸에 침투해 있는 것을 느꼈다.

'조경환은 왜 그림 속에 조선의 금서를 적어 넣은 것일까?'

7

미테랑 도서관은 깊은 슬픔에 잠겨 있었다. 도서관 입구에 들어서는 순간부터 건물 전체가 꺼질 듯이 착 가라앉아 있었다. 정현선은 곧바로 세자르의 집무실이 있는 9층으로 향했다. 도서관 복도에는 제복 입은 경찰들이 분주하게 움직이고 있었다.

"자스민."

정현선은 가장 먼저 자스민을 찾았다. 자스민의 얼굴에는 아직도 눈물 자국이 희미하게 남아 있었다.

"이게 대체 어떻게 된 일이죠. 세자르가 사망했다니."

"오늘 새벽에 센 강변도로에서……."

"교통사고인가요?"

"아니에요. 심장마비로 돌아가신 것 같아요."

"오오, 이럴 수가!"

도서관으로 오는 동안 이 엄청난 일이 꿈이기를 간절히 바랐다. 그러나 자스민의 침통한 얼굴은 그녀에게 가혹한 현실을 그대로 보여주고 있었다. 조용하고 안락한 날들이 갑자기 실타래처럼 헝클어진 느낌이었다. 엊그제만 해도 멀쩡했던 사람이 이리 갑작스럽게 사망할 수 있단 말인가. 한 치 앞을 내다보지 못하는 것이 사람 목숨이라고 하나 이렇게 허망하게 가버릴 줄은 몰랐다.

"지금 세자르는 어느 병원에 있어요?"

정현선이 물었다.

"저도 잘 모르겠어요."

"그게 무슨 소리죠? 세자르가 있는 곳을 모른다니."

자스민은 제복 입은 경찰을 눈짓으로 가리켰다. 정현선은 마치 실성한 사람처럼 파리 경찰들을 붙잡고 세자르의 시신이 어디에 있는지를 물었다. 그러나 그 누구도 세자르의 시신이 안치된 곳을 알지 못했다.

눈물은 멈추지 않았다. 집에 돌아온 뒤에도 고장난 수도꼭지처럼 흘러내렸다. 지금까지 살아오는 동안 이토록 많은 눈물을 흘리기는 처음이었다.

세자르는 그녀에게 가장 소중한, 친동생과도 같은 사람이었다. 때로는 평생 학문의 길로 들어선 지기(知己)로서, 때로는 삶의 풍요로운 시간을 채워주는 인생의 대선배로서 그들의 사이는 각별했다. 40년 가까이 세자르와 지내는 동안 단 한 번도 서로 얼굴을 붉히는 일이 없었다. 세자르가 프랑스 국립도서관장에 취임했을 때 이를 가장 기뻐했던 사람도 바로 그녀였다.

정현선은 이틀 전에 자신을 찾아온 세자르의 얼굴을 떠올렸다. 그때 세자르는 무언가에 쫓기듯이 서두르고 있었다. 평소 느긋하고 침착하던 세자르답지 않게 그날따라 두서없이 이것저것 캐물었다.

"선생님, 앞으로 며칠 후면 인류는 위대한 성찬을 맞이해야 할 겁니다. 전설의 책이 곧 현실의 책으로 나타날 테니까요."

세자르가 마지막으로 남긴 말이 아련하게 들려왔다. 전설의 책, 인류의 위대한 성찬…… 그러나 그런 성찬을 차려줄 사람은 허망하게 가버리고 말았다.

"계십니까?"

문밖에서 창문을 두드리는 소리가 들려왔다. 토머스 기자였다. 정현선은 재빨리 눈물 자국을 닦았다.

"자네가 여긴 웬일인가?"

"박사님께 여쭈어볼 게 있어서 왔습니다."

토머스는 AP통신의 미국 기자다. 하버드대 고고학과 출신인 그는 한때 대학에서 학생들을 가르치다가 기자로 전직한 독특한 이력을 가진 인물이다. 파리에 주재한 특파원 중에서 토머스처럼 고고학에 밝은 기자는 없었다. 토머스는 리슐리외 도서관에서 조선시대의 의궤를 열람한 뒤로 외규장각 도서에도 남다른 관심을 가지고 있었다.

정현선은 얼마 전 토머스와 단독 인터뷰를 가진 적이 있었다. 외규장각 도서 협상이 진행될 때마다 정현선은 늘 언론의 초점이 되곤 했다. 그녀는 30여 년 전 베르사유 별관에서 백년 넘게 잠들어 있던 외규장각 도서를 최초로 깨운 인물이었다.

"들게. 이건 한국 고유의 차라네."

분청백자 다기(茶器)를 잡은 정현선의 손이 파르르 떨려왔다. 차를 만들 때만큼은 늘 마음이 편안했지만 오늘은 좀처럼 진정이 되지 않았다.

"이런 말씀을 드리는 게 고인에게 결례가 될지 모르겠지만…… 세자르 관장의 사망에는 여러 의문점이 있습니다."

토머스가 찻잔을 내려놓으며 말했다.

"으응? 의문점이라니?"

"어젯밤 세자르 관장에게 전화가 왔었습니다. 파리 주재 특파원들과 간담회를 가질 예정이니 준비를 해달라고 말이죠. 예정대로라면 내일입니다."

토머스가 세자르의 전화를 받은 것은 밤 10시 30분경이었다. 파리 경찰은 세자르의 사망 시간을 새벽 2시 무렵으로 추정하고 있으니 불과 세 시간밖에 차이가 나지 않았다.

'세계가 깜짝 놀랄 만한 톱뉴스. 전설 속에 묻어둔 진주!'

세자르가 사망하기 전에 암호처럼 남긴 그 말이 온종일 귓가에서 떠나지를 않았다. 세자르는 성급한 인물이 아니다. 그는 학자 출신답게 매사에 꼼꼼하고 말을 할 때도 어휘를 가려 신중하게 말하는 인물이다. 그런 까닭에 세자르가 툭 내던진 '톱뉴스'가 더욱 궁금하고 간절해졌다.

"그야 이번 한국과의 외규장각 도서 협상 때문에 간담회를 마련한 것 아닌가?"

"그것말고 특별한 일이 있었던 것 같습니다. 세자르 관장은 세계가 깜짝 놀랄 만한 톱뉴스가 있을 것이라고 귀띔해주었거든요."

"톱뉴스?"

정현선은 귀를 솔깃 세웠다.

"파리 경찰은 세자르의 사인을 숨기고 있습니다. 오늘 오전에 예정되어 있던 파리 경시청의 브리핑도 돌연 취소되었습니다. 그들은 세자르의 시신이 안치된 곳도 비밀에 부치고 있습니다."

파리 경시청은 세자르의 사인이 심장마비로 인한 돌연사라고만 짤막하게 발표했다. 그리고 쏟아지는 기자들의 질문에는 단 한 마디 답변도

하지 않았다. 프랑스 기자들에게도 보안을 철통같이 지키고 있어 세자르의 시신이 어느 병원에 있는지조차 알지 못했다.

"제가 알아봤는데 지금 세자르의 시신은 파리 국방대학원에 있더군요."

"파리 국방대학원이라면 군부대 병원인데."

"그렇습니다. 민간인의 출입이 통제된 곳이죠. 이는 세자르의 사인이 외부에 알려져서는 안 된다는 것을 반증하는 겁니다."

정현선은 토머스의 말을 어떻게 받아들여야 할지 난감했다. 인류의 위대한 성찬, 전설의 책…… 그러고 보니 이 말은 토머스가 말한 톱뉴스와 서로 묘하게 맞물렸다.

"제가 박사님을 찾아온 것은 다름 아니라…… 최근 세자르 관장에게서 무슨 얘기를 들은 게 없나 해서요."

이틀 전 세자르의 입에서 튀어나왔던 말들이 꾸물꾸물 몰려들었다. 30년 전 빛바랜 기억의 상자 속에 묻어두었던 일들…… 그러나 토머스에게 그날 있었던 일은 말하고 싶지 않았다.

"별 말 없었네."

토머스의 눈빛에 실망감이 묻어 나왔다. 그는 탁자 앞에 놓인 찻잔을 어루만지면서 정현선의 눈치를 살폈다.

"전 이번 사건에 'R2P'가 개입하고 있지 않나 여겨집니다."

'R2P'는 극우 성향의 프랑스 문화재 보호 단체이다. 순수 민간 단체로 구성된 이들은 정부의 지원금은 단 한 푼도 받지 않고 정회원들의 성금으로 운영되고 있다. 그래서 정부로부터 자유롭고 언제든 정부의 문화재 정책에 대해 비판할 수 있다. 지난 1994년 프랑스와 독일 간의 미술품 반환 협상 때도 R2P가 전면에 나서서 중재를 이끌어냈다.

"얼마 전부터 R2P의 동태가 심상치 않았거든요. R2P 수뇌부들이 파리에 속속 모여드는 게 뭔가 꿍꿍이가 있는 것 같았습니다. 이들은 정기총회 때를 제외하고는 한 자리에 모이는 경우가 없습니다."

"……"

"R2P는 세자르가 프랑스의 협상 대표로 선임되는 것을 노골적으로 반대하지 않았습니까?"

정현선은 고개를 끄덕였다.

"이번 협상은 한국과 프랑스만의 문제가 아닙니다. 영국과 독일도 R2P를 지원하고 있습니다. 문화재 반환의 선례를 남겨서는 안 된다는 거죠."

그랬다. 외규장각 도서가 한국의 요구대로 반환된다면, 영국이나 독일에도 불똥이 튈 것은 뻔한 일이었다. 지금도 아프리카나 아시아 국가에서는 약탈된 문화재를 반환받기 위한 소송이 한창 진행 중이었다. 그러나 정현선은 토머스가 너무 앞질러 가고 있다는 생각이 들었다.

"아직 세자르의 사인이 정확히 밝혀진 것도 아닌데……"

"로렌 박사님. 파리 경찰은 이미 수사에 착수했습니다. 세자르가 돌연사했다면 왜 수사본부를 설치했겠습니까?"

"수사본부? 그게 사실인가?"

"예. 이건 믿으셔도 좋습니다."

토머스는 단호하게 말했다.

"파리 경찰도 R2P에 무게를 두고 있는 것 같습니다."

"오, 이럴 수가……."

"세자르 관장이 프랑스 국립도서관장으로 추천되었을 때 공개적으로 반대했던 단체가 바로 R2P였습니다. 한국과 고문서 반환 협상이 재개되었을 때는 여론몰이식의 공청회를 열어 세자르 관장을 압박했습니다. 어디 그뿐입니까? 이들은 조직적으로 협상 반대 피켓시위를 벌였고, 지하철역 앞에서는 가두 서명을 받기도 했습니다."

세자르와 R2P의 대립은 세자르가 도서관장에 취임하기 전부터 나타났다. R2P는 세자르가 프랑스 지성의 대표로는 적절치 않은 인물이라고 공개적으로 그의 취임을 반대했다. 프랑스에서 국립도서관장은 매우 상징적인 자리였다. 프랑스 지성을 대표하고 프랑스 문화와 지식을 총괄하는 '문화 대통령'과도 같은 자리였다. 그러나 그들의 취임 반대 공작에도 불구하고 세자르는 당당히 프랑스 국립도서관장에 취임했다.

"로렌 박사님, 세자르 관장에게서 R2P에 대해 뭔가 얘기를 들은 적은 없습니까?"

정현선은 그제야 토머스가 자신을 찾아온 이유를 알았다. 토머스는 세자르의 사망을 R2P에 맞추고 있던 것이다.

"없었네. 세자르는 단 한 번도 R2P에 대해 불만을 털어놓은 적이 없었어. 그들의 방해 공작도 신경 쓰는 눈치가 아니었지. 오히려 프랑스는 의사 표현이 세계에서 가장 자유로운 국가라면서 그들의 행동을 애써 이해했네."

토머스는 실망감을 감추지 않았다. 그가 정현선에게서 듣고 싶은 말은 그런 군자 같은 소리가 아니었다.

"제가 보기엔."

"토머스, 나는 지금 정신이 없네."

정현선은 토머스의 말을 잘랐다.

"오늘은 혼자 있고 싶으니 그만 돌아가게."

정현선의 시선이 거실 벽에 걸려 있는 액자로 향했다. 지난 혁명기념일 날 세자르와 로잘리, 그리고 그녀가 함께 찍은 사진이었다. 사진 속에는 세자르가 환하게 웃고 있었다. 그리고 그 옆에 있는 로잘리도 봄날의 백합꽃처럼 미소짓고 있었다.

'오, 가엾은 로잘리……'

모든 살인은 흔적을 남긴다

　18세기 후반 조선의 정책과 학술, 그리고 지식을 선도한 곳은 규장각(奎章閣)이다. 25세의 젊은 군주 정조는 1776년 3월 11일 즉위한 바로 다음날 규장각의 창설을 명하였다. 규장각은 정조의 핵심 측근들을 기용한 정치적 기능 이외에도 학술연구 기관을 겸했다. 정조는 규장각에 조선 역대의 어제와 어필들을 수장하여 왕실 도서관으로 발전시켰다. 규장각은 학문적 기능을 충실히 수행하기 위하여 무엇보다 도서의 수집과 편찬이 강조되었다. 창덕궁 안의 주합루에는 정조 자신의 초상화와 글, 글씨, 보책, 인장 등을 보관하였고, 봉모당에는 역대 선왕들의 초상화와 글씨, 족보 등을 보관하였다. 열고관에는 2만여 책에 이르는 중국 서적을, 서고에는 1만 책의 국내 서적을 보관하였다. 1만여 책의 조선 책은 홍문관과 강화 행궁에 보관되어 있던 도서와 국내에서 사들인 희귀본들로 구성되어 있었다.

외규장각이 만들어진 것은 규장각이 창설된 지 12년 후였다. 왕실의 귀중 도서를 궁중에만 보관하는 것이 불안했던 정조는 1782년, 강화도 행궁 옆에 외규장각을 따로 지었다. 이곳 역시 조선왕실의 귀중 문서들을 보관하였다.

정조는 조선 초기 출판 기능을 담당하던 국립출판소인 교서관을 규장각에 귀속시켜 '외각(外閣)'이라고 불렀다. 이곳에서 많은 금속활자와 목활자를 새로 만들어 아름다운 글자체의 책자들을 대량으로 출판하였다. 조선시대에 출판 문화가 가장 융성했던 시기도 바로 이때였다. 규장각 내에 있는 교서관은 출판과 인쇄 등 규장각의 실무를 담당하던 곳이다. 엄격한 시예를 거쳐 선발된 검서관 출신의 사서들은 책과 문예에 관한 한 따라올 자가 없었다. 대부분 책벌레로 불린 이들은 국내 서적이 있는 서고를 제집처럼 드나들며 책을 만들고 보관하고 정리하였다. 초대 검서관으로 선발된 박제가(朴濟家) 등의 4인은 세칭 사서관(四書館)으로 불렸는데, 이들은 정조의 문체반정(文體反正) 사건 이후 서고 안에 그들만이 알 수 있는 별고를 만들었다. 그들 사이에 금단고(禁斷庫)라 불린 이곳에서는 조선에서 금한 서적을 보관하였다. 공교롭게도 호학의 군주라고 불린 정조 시기에 조선의 금서가 가장 많이 양산되었다. 금단고는 고종 때까지 검서관의 수장인 대제학을 통해 그 맥을 은밀히 유지하였다. 금단고는 조선의 왕은 물론 각신이나 교서관을 드나드는 일반 사서들도 알지 못했다. 대제학과 몇몇 검서관만이 이 금서를 보관하고 관리하였다.

구름 한 점 없는 쾌청한 날씨다. 사흘 내내 북녘 하늘을 주름잡던 먹구름장도 어디론가 사라졌다. 창문을 열자, 문리대 입구에 나란히 줄지어선 꽃들이 앞다투어 얼굴을 내밀었다.

오늘은 협상팀의 마지막 예행 연습을 하는 날이다. 프랑스의 가상 협상팀을 만들어 협상 테이블에서 예상되는 질문과 답변을 주고받는 시간이다. 말이 연습이지 실전과 다름없다. 그동안 협상팀은 완벽에 가까운 시나리오를 준비해왔다. 제국주의 강대국들이 약소국가를 상대로 약탈해간 문화재 반환 사례만 해도 백여 건에 달했다. 최근에 미국 하버드 대학에서 페루 정부에 마추픽추 유물을 반환한 사례까지 준비했다. 문화재 반환에 관한 국제법 역시 전문 교수들의 도움을 얻어 일목요연하게 준비했다. 협상팀으로서는 최종 마무리 시간인 셈이다. 통역사도 불어에 능통할 뿐만 아니라 문화재에 대한 식견을 가지고 있는 인물을 골랐다. 어느 모로 보나 완벽한 팀이다.

최동규는 세미나실 밖으로 나와 담배를 물었다.

자욱한 연기 속에 잠시 잊고 있었던 조경환의 그림이 떠올랐다. 막연한 호기심으로 시작한 일인데, 어느새 미궁의 늪에 빠진 기분이다. 거기는 한 번 빠지면 다시 나올 수 없는, 아주 깊고 오묘한 늪 같았다. 조경환의 그림은 입이 없어도 말하고 있었고, 눈이 없어도 또렷이 응시하고 있었다. 최동규는 잠시나마 조경환과 은밀한 교류를 나누는 듯한 착각에 빠져들었다.

'지금은 아니야.'

최동규는 고개를 흔들었다. 앞으로 협상이 마무리될 때까지 모든 걸 잊기로 했다. 비단천에 적혀 있는 금서 목록도, 조경환의 독살 사건도, 진권회의 정체도 당분간은 모두 잊어야 한다. 지금 그 앞에 가장 절실한 것은 조선의 위대한 유산을 되찾아오는 것이다. 협상이 끝난 뒤에 다시 조경환의 그림을 파헤쳐도 늦지 않았다.

"일찍 나왔군."

등뒤에서 낯익은 목소리가 들려왔다. 유만길 교수였다. 유만길은 은빛 머리칼로 멋들어지게 앞가르마를 타고 있었다. 지난해 강단에서 은퇴한 유만길은 초기 협상팀의 책임자였으며, 최동규의 은사였다. 유만길은 오늘 마지막 연습 때 프랑스 협상팀의 일원으로 참여할 예정이었다.

"기분이 어떤가?"

유만길의 목소리는 매우 밝았다.

"마치 대학 시험 보러 가는 기분입니다."

"후후. 나보다 낫군. 난 프랑스로 떠날 때 늘 도살장에 가는 기분이었네. 그러고 보니 벌써 10년이라는 세월이 흘렀군."

유만길에게 협상의 벽은 높고 험했다. 하나의 장애물을 겨우 헤쳐 나오면 그보다 더 큰 벽이 가로막고 있었다. 돌이켜 생각하니 앙금만이 남은 세월이었다.

"강산도 변한다고 하는 10년의 세월이 흘러도 리슐리외 도서관에서 벌어진 그때의 일은 좀처럼 지워지지 않아."

협상 전략을 치밀하게 구상하지 못했던 아쉬움과 빈손으로 고국으로 돌아올 때의 처참함이 두고두고 그의 이력에 오점을 남겼다. 프랑스의 미테랑 대통령까지 외규장각 도서를 반환하기로 약속했는데도 일개 도서관 사서가 사직서를 내고 협상 반대를 외치는 바람에 잘 무르익던 협상도 깨지고 말았다. 고국에 돌아오자, 한국 언론은 약속이라도 한 듯 협상팀의 준비 부족과 미숙한 협상력을 매섭게 질타했다. 그러나 어디한 군데 하소연할 곳도 없이 속만 시커멓게 타들어갔다. 유만길은 그 당시 한국과 프랑스에서 동시에 몰매를 맞고 초주검이 되어 결국 며칠 동안 이부자리 신세를 지고 말았다.

"이번 협상 분위기는 상당히 좋은 걸로 알고 있네."

"예전보다 좋아진 건 사실입니다. 프랑스도 최선이 아니면 차선책이라도 모색하고 있습니다."

협상팀은 이번에야말로 오랜 숙원의 종지부를 찍으려고 단단히 벼르고 있었다. 총 9명으로 구성된 협상팀은 정부의 은밀한 지원 아래 2년 전부터 차곡차곡 물밑 작업을 추진해왔다. 협상팀은 아예 처음부터 영구 임대 형식을 주장했고, 교환 형식의 반환이란 있을 수 없다고 못을 박았다.

"그래도 마음을 놓아서는 안 되네. 저들은 도무지 속을 알 수 없는 사람들이야. 마치 양파 같은 인물들이지. 벗겨도 벗겨도 똑같은 것만 나오는 양파 말일세."

"잘 알겠습니다."

"이번 협상에서 프랑크가 빠진 것은 천우신조일세."

협상팀이 활기를 띠기 시작한 것은 지난해 프랑크 관장이 협상 대표에서 물러난 뒤부터였다. 프랑크는 동양에 대해 별 지식도 없었고, 우호적이지도 않았다. 번번이 협상이 결렬된 것도 따지고 보면 프랑크의 독선이 빚어낸 결과였다. 그러나 이제 하나의 걸림돌이 제거되었다. 무엇보다 협상팀이 쌍수 들어 반겼던 것은 이번 협상에 프랑스 책임자로 세자르가 참여하고 있다는 것이었다.

"세자르와는 자주 연락하고 있나?"

"가끔 이메일을 받는 정도입니다."

"이게 다 길조가 아닌가 생각되네. 프랑크가 해임된 것이나 세자르가 취임한 것이나……."

"그래도 세자르 역시 프랑스 사람입니다."

"맞는 말이야. 최 교수, 이번에야말로 협상을 끝내도록 힘써주게. 자네도 잘 알겠지만 난 파리만 생각하면 지금도 머리가 지끈거려."

최동규는 유만길의 심정을 헤아리고도 남았다. 한때 언론에서는 조선의 의궤 중의 한 점인 『휘경원 원소도감의궤(徽慶園 園所都監儀軌)』와 테제베를 바꿨다는 비난의 소리가 있었다.

"내 손에서 끝냈어야 할 일이 자네에게 넘어간 것 같아."

유만길의 표정이 어두워졌다.

"외규장각 도서가 고국 품에 안긴다면 정현선 박사가 가장 기뻐하겠군. 난 지금도 정 박사만 생각하면 약속을 지키지 못해 몸둘 바를 모르겠어. 정 박사의 한을 풀어주지 못한 게 두고두고 미련이 남아."

"……."

유만길은 슬쩍 시계를 바라보았다.

"자, 시간이 됐으니 어서 들어가세."

최동규는 협상 테이블에 앉았다. 그 앞에는 유만길이 자리를 차지했다. 유만길은 오늘만큼은 프랑스를 위해 전력을 쏟을 것이다. 처음 협상 대표로 참가했던 경험을 살려 한국 협상팀을 거세게 몰아붙일 것이다. 때로는 한국 협상팀의 약점을 집요하게 파고들 것이고, 때로는 협상의 주도권을 장악하기 위해 비장의 카드를 제시할 것이다.

협상팀은 모두 상기된 표정이었다. 아무리 예행 연습이라고 해도 긴장되기는 마찬가지였다.

"최동규 교수님 계십니까?"

그때 문이 열리고 한 학생이 세미나실로 들어왔다. 그는 세미나실을 둘러보더니 최동규 앞으로 다가왔다.

"문리대학장님이 잠깐 내려오시랍니다."

"무슨 일인데?"

"저도 잘 모르겠습니다."

최동규가 학장실에 들어서자, 김계동 학장이 땅이 꺼질 듯 긴 한숨을 토해냈다. 김계동은 정부와 협상팀의 중개 역할을 맡고 있었다.

"놀라지 말게, 최 교수."

"……"

"방금 전 프랑스 대사관에서 온 소식인데 세자르가 사망했다고 하네."

2

 파리의 가을 하늘은 눈이 부시도록 맑았다. 너무 맑아서, 금방이라도 은빛 가루가 쏟아져 내릴 것 같았다. 그러나 로잘리의 눈에는 모든 것이 캄캄한 암흑뿐이었다.

 입국 수속을 마친 로잘리는 공항 대합실 쪽으로 힘없이 걸어 나왔다. 양다리가 후들거려서 도무지 앞으로 나갈 힘이 없었다. 아직도 로잘리의 얼굴에는 기내에서 흘린 눈물 자국이 남아 있었다.

 '믿을 수가 없어. 아빠가 돌아가시다니……'

 로잘리가 세자르의 비보를 전해들은 것은 어제 아침 하버드 대학의 기숙사에서였다. 전화를 건 피에르는 한동안 말을 하지 못하고 머뭇거렸다. 그때 로잘리는 직감적으로 불길한 생각이 들었다. 도서관 부관장인 피에르가 로잘리에게 전화를 하는 것은 처음 있는 일이었다. 잠시 후 수화기에서 청천벽력 같은 소리가 흘러나왔다. 세자르가 사망했다는 것이었다.

 "로잘리!"

 공항 대합실에서 로잘리를 기다리고 있던 피에르가 손을 흔들었다.

 "피에르 아저씨."

 피에르는 로잘리의 어깨를 감싸 안았다.

 "아저씨, 전 지금도 믿어지지가 않아요. 엊그제도 아빠와 통화를 했는데……."

 "로잘리. 가면서 얘기하자꾸나."

차창 밖으로 보이는 파리의 거리 풍경이 무척 낯설게 다가왔다. 빛과 예술의 도시 파리, 그러나 오늘만큼은 눈물과 슬픔의 도시로 푹 잠겨 있었다.

"지금 어디로 가는 거예요?"

로잘리는 피에르의 차가 루브르 박물관 쪽으로 접어들자 창밖을 유심히 살폈다.

"일단 호텔로 가자. 방을 잡아 놨다."

"먼저 아빠 얼굴을 보고 싶어요."

"로잘리."

"부탁이에요. 잠깐이라도 아빠 얼굴을 볼 수 있게 해주세요. 지금 아빠는 어디에 있죠?"

피에르는 난감한 표정을 지으며 백미러로 뒤를 살폈다. 피에르 차 뒤에는 공항에서부터 회색 푸조가 일정한 간격을 유지하며 따라오고 있었다. 로잘리도 뒤를 힐끔 돌아다보았다. 푸조에는 정장 차림의 건장한 두 명의 사내가 타고 있었다.

"저 사람들 누구예요? 왜 우리 뒤를 따라오는 거죠?"

"신경 쓰지 마라."

로잘리는 고개를 갸웃거렸다.

"먼 길을 오느라 피곤할 텐데 아빠는 다음에 보도록 하자."

"싫어요."

로잘리는 고개를 세차게 내저었다. 시간이 더 흐르기 전에, 세자르의 몸이 더 차가워지기 전에 세자르의 체온을 느끼고 싶었다. 그리고 자신의 따뜻한 숨결을 세자르의 몸에 불어넣어주고 싶었다.

피에르는 하는 수 없이 콩코드 광장에서 차를 돌렸다. 로잘리의 눈에 콩코드 광장에 우뚝 솟은 오벨리스크 첨탑이 들어왔다.

"저게 뭔지 아니?"

어디선가 세자르의 다정한 목소리가 들려왔다. 로잘리는 두 눈을 감고 파리에 처음 왔던 일곱 살 때를 떠올렸다.

"저것은 오벨리스크라고 한단다. 고대 이집트 왕조의 태양을 상징하는 거지. 로잘리, 너도 이집트는 알고 있지?"

"예. 보육원에서 배웠어요."

어린 로잘리는 콩코드 광장에 세워진 오벨리스크를 올려다보았다.

"이 탑은 이집트 국왕이 루이 필립 왕에게 선물한 것이란다. 로잘리, 이것이 얼마나 오래된 것인 줄 아니? 지금으로부터 3천 년 전에 만들어진 거야."

"그렇게 오래된 거예요?"

"그럼. 이걸 이집트에서 옮겨와 여기에 세우는 데만 해도 5년이나 걸렸지. 어떠니, 근사하지?"

세자르의 목소리가 푸근하게 실려 왔다. 로잘리는 파리의 아름다운 풍광을 볼 때마다 세자르와 함께 지내던 모습이 떠올라 견딜 수가 없었다. 루브르 박물관에서도, 개선문 앞에서도, 에펠탑 망루에서도 세자르의 얼굴은 떠나지 않았다. 금방이라도 어디선가 세자르가 환하게 웃으며 다가올 것 같았다.

로잘리가 눈을 뜨자, 차는 파리 시내를 벗어나 한적한 이차선 도로를 달리고 있었다. 주위에는 차가 거의 보이지 않았다.

"아저씨, 여기가 어디죠? 아빠는 병원에 있는 게 아닌가요?"

"이제 다 왔다."

피에르가 무뚝뚝하게 말했다. 잠시 후 차의 속도가 줄어들더니 그들 앞으로 군인 두 명이 보초를 서고 있는 정문이 나타났다. 파리 국방대학원이었다.

'아빠의 시신이 여기에 있다니……'

로잘리는 이해가 가지 않았다. 왜 세자르의 시신이 경비가 삼엄한 이곳에 안치되어 있는 것일까? 공항에서부터 줄곧 뒤를 따라오는 저 사내들은 누구일까? 그러나 피에르는 무엇 하나 속 시원히 말해주지 않았다.

차에서 내린 로잘리는 뒤를 힐끔 돌아보았다. 회색 푸조에서도 건장한 두 명의 사내가 차에서 내리고 있었다. 그들은 무표정한 얼굴로 로잘리를 노려보았다.

"아빠를 보기 전에 마음의 준비를 단단히 하거라."

"알았어요."

로잘리는 갑자기 가슴이 울렁거렸다. 이제 앞으로 세자르의 얼굴을 보지 못할 것이다. 이 순간이 지나면 영원히 세자르와 이별을 해야 하는 것이다.

로잘리는 품안에서 아기 예수를 안고 있는 성모마리아 조각상을 꺼냈다. 그것은 세자르에게 보내는 마지막 사랑의 증표였다. 세자르를 떠나보내는 길에 그의 손에 꼭 쥐어주고 싶었다.

철커덩!

세자르의 시신이 금속성 굉음과 함께 냉동 보관실에서 모습을 드러내자, 로잘리는 기어이 참았던 눈물을 터뜨렸다.

세자르의 몸은 엷은 푸른빛을 띠고 있었다. 눈가에는 가는 실핏줄이 드러났고, 목 부위는 퉁퉁 부어올라 있었다.

"아빠, 아빠……!"

로잘리는 세자르의 얼굴을 어루만졌다. 세자르의 맑고 인자했던 모습은 어디에도 남아 있지 않았다. 마치 생전 처음 보는 사람의 얼굴을 보는 것 같았다. 세자르의 얼굴에는 고통의 흔적이 곳곳에 묻어 있었다.

"로잘리."

피에르가 로잘리 곁으로 다가왔다. 로잘리는 눈물을 거두고 피에르를 정면으로 응시했다.

"피에르 아저씨, 아빠가 정말 심장마비로 사망한 건가요?"

"로잘리…… 그건……."

"사실대로 말씀해주세요."

피에르는 로잘리의 질문에 대답은 하지 않고 검시관에게 눈짓으로 세자르의 시신을 가리켰다.

"이제 됐소."

검시관은 세자르의 몸을 흰 천으로 덮었다.

"잠깐만요."

세자르의 시신이 냉동실로 들어가려는 순간 로잘리가 앞으로 뛰쳐나왔다. 로잘리는 손을 뻗어 흰 천으로 가려진 세자르의 몸을 더듬었다.

그녀는 손에 쥐고 있던 성모마리아 상을 세자르의 손에 전해주었다.

'이건……!'

세자르의 손을 잡은 로잘리의 손끝이 파르르 떨려왔다. 세자르의 손마디가 꺾여 있던 것이다. 그리고 세자르의 엄지손가락 쪽에 이상한 촉감이 전해졌다.

'소, 손톱이 없다!'

3

'희한한 취미로군.'

에시앙 검사는 세자르의 검안서를 차분하게 훑어 내려갔다. 부검안 중에 그의 눈길을 끈 것은 맨 아래에 있었다.

> 외상 흔적은 없으나 양쪽 엄지손톱과 발톱 등 네 개의 손발톱이 빠져 있음…….

범인은 엄지손발톱만을 골라 감쪽같이 빼간 것이다. 손발톱을 빼내는 것이 쉽지 않았는지 그 주변 부위는 심하게 손상되어 있었다.

"차 안에 세자르의 혈흔은 없던데요."

키가 멀쑥하게 큰 프랑수아 형사가 에시앙에게 다가왔다.

"손발톱을 뺐을 때는 출혈이 심했을 텐데……. 그럼 외부에서 세자르를 살해한 뒤 다시 차 안에 넣은 게로군."

"그런 것 같습니다."

"전시 효과를 노린 것인가?"

"예?"

"외부에서 세자르를 살해했다면 다시 차 안에 넣어둘 필요가 없지 않나. 굳이 사체를 옮기는 수고를 들이면서 말이야."

사체를 보란 듯 차 안에 다시 넣어두는 것, 범인들의 의도가 다분히 엿보이는 행동이었다. 그것은 범인들이 완전범죄를 염두에 둔, 자신감의 또 다른 의사 표현이기도 하다. 에시앙은 다시 한 번 검안서를 바라보았다.

> 피해자의 사망 원인은 호흡기에 강력한 마취제로 실신시킨 후 정맥을 통해 독극물을 투여한 것으로 판단됨. 피해자의 신체 일부(왼쪽 손목)에 주사바늘 자국(첨부자료 1)이 발견되었음. 독극물의 주된 성분은 '쿠라시트(첨부 자료 2)'로 판명되었음. 쿠라시트는 호흡기관을 마비시키고 질식에 따른 급속한 고통으로 사망에 이르게 하는 맹독성이 강한 극약임.

"쿠라시트라는 독극물은 뭔가?"

"쿠라레라 불리는 독으로, 한때 남미의 인디언들이 화살촉에 이 독을 발라 사용했다고 하는군요."

"남미의 인디언이라……. 이 독극물을 사용한 선례가 있나?"

"지난 70년대 노르웨이 최악의 살인범인 안판 네셋이라는 병원 경영자가 처음 사용한 것으로 알려져 있습니다. 당시 그는 노인 환자들의 정맥에 이 독극물을 투여해 22명을 살해했습니다."

현장 감식반이 찍은 사진은 40여 장에 이르렀다. 대부분 세자르 주변을 집중적으로 찍은 사진들이었다. 최초 목격자의 신고를 받자마자 과학 수사대가 민첩하게 대응했기 때문에 사건 현장은 비교적 잘 보존되어 있었다. 그러나 증거 수집반의 보고서에는 눈길을 끌만한 단서가 하나도 없었다. 차 안에는 범인들의 지문은커녕 세자르의 지문조차 발견되지 않았다. 범인들은 용의주도하게 지문이 될 만한 것은 깨끗이 지운 것이다. 에시앙은 현장 감식반과 검안서를 토대로 이번 사건의 윤곽을 그려보았다.

"세자르는 살해당하기 전에 이미 차 안에서 정신을 잃은 것 같아."

"그렇습니다. 범인들은 세자르를 강력한 마취제로 실신시킨 뒤 차에서 끌어내렸습니다. 그리고 세자르를 어디론가 끌고 가서 치명적인 독극물을 왼쪽 정맥에 투입한 것이죠."

"그 뒤 세자르의 엄지손발톱을 빼낸 후 다시 세자르의 차에 옮겨 실은 것이로군."

현장 감식 보고서에는 세자르의 사망 추정 시간이 14일 새벽 2시경으로 나와 있었다.

'골치 아프게 생겼군.'

에시앙은 고개를 절레절레 흔들었다. 이런 간단한 상황 설정만으로도 범인들의 의지는 분명해 보였다.

"범인들은 자신들의 존재를 세상에 알리려고 한 것 같지 않나?"

"그럼, 의도적으로 사체를 드러낸 것이라는 말입니까?"

프랑수아가 아래턱을 내밀며 물었다.

"그래. 사체를 매장하거나 유기하지 않은 것은 세자르의 시신을 통해 무언가를 말하고 싶은 거지. 엄지손발톱만을 골라 빼간 것은 전리품의 대가이거나 범인들만의 암묵적인 의사소통일 수 있어."

강력사건 중에 가장 까다로운 것이 이런 부류의 범죄다. 이들은 워낙에 용의주도해서 사소한 단서도 남기지 않을 뿐만 아니라 경찰 수사도 훤히 꿰뚫고 있다. 이들의 농간에 말려들어 수사팀이 뒤통수를 맞는 것도 흔한 일이다. 경찰에 도전적인 범죄자들, 이들을 상대할 때가 가장 힘들다. 범죄자들이 자신의 존재를 알리려고 하는 것은 무모한 짓일 수도 있다. 자칫하다가는 스스로 함정에 빠져 치명적인 허점을 드러낼 수 있기 때문이다. 그런 위험에도 불구하고 이들이 노리는 것은 단 하나, 바로 사체를 통해 자신들의 메시지를 전달하려는 것이다.

프랑스 정부는 이번 사건이 미칠 파장을 무척 우려하고 있었다. 피해자는 세자르라는 한 개인의 문제가 아니었다. 그는 프랑스 지성의 상징적인 존재, 프랑스 국립도서관장이었다. 게다가 그는 한국과 중요한 협상을 앞두고 있던 터라 외교적으로도 민감할 수밖에 없었다. 그래서 정부의 고위 관계자는 도서관 관계자들의 의견을 받아들여 고심 끝에 비공개 수사를 결정했다. 세자르의 사인을 심장마비로 밝힌 것도 프랑스 국민들의 충격을 생각해서 내린 결정이었다.

"어쩐지 감이 좋지 않습니다."

프랑수아가 떨떠름한 표정을 지으며 말했다. 사건담당 형사들은 사건이 터질 때마다 으레 자신들의 감에 많이 의존하는 편이다. 물증이 없을 때는 심증을 갖게 되고, 어느 때는 시원치 않은 물증보다는 자신의 심증을 더 확고하게 믿는 경우도 있다.

"기자들이 눈치 채지 못하도록 신중히 처신해야 해. 특히 한국 특파원들 앞에서는 절대 빈틈을 보여서는 안 돼."

"알았습니다."

"그들이 알면 감당이 안 돼."

책상 위에는 각종 보고서가 수북이 쌓여 있었다. 현장 감식 보고서, 세자르의 최근 행적 보고서, 한 달 전부터 사용한 휴대전화 내역서, 검안서……. 사건의 비중이 큰 만큼 수사진도 대폭 늘려 다각적으로 세자르의 주변을 조사했다.

"여기 적힌 정현선은 누구인가? 한국인인가?"

"예. 사람들은 그녀를 로렌 박사로 부릅니다. 이번 협상 대상인 한국 고문서를 최초로 발견한 인물이죠. 로렌 박사는 당시 프랑스 국립도서관의 사서였으며, 세자르와는 아주 가까운 사이입니다."

그러고 보니 정현선의 얼굴은 낯이 익었다. 얼마 전 「르 몽드」에서 그녀를 본 것 같았다.

"일단 수사관들을 도서관에서 철수시키는 것이 좋을 듯합니다."

프랑수아가 말했다.

"그건 왜? 내부자의 소행일 지도 모르잖아."

"도서관 직원들이 동요하고 있습니다. 그들도 세자르의 사인에 의구심을 가지고 있습니다."

"음. 그러면 정복 입은 경찰은 도서관 출입을 자제하고 사복 경찰을 배치하도록 해. 아직 철수는 시기상조야."

"알았습니다."

"세자르가 마지막으로 만난 사람이 누군가?"

"마들렌 성당의 클라쎄 신부입니다."

"신부?"

"세자르는 가끔 성당에 들러 클라쎄 신부를 만났다고 하는군요. 세자르가 사망한 날에도 밤 9시에 클라쎄 신부와 약속이 되어 있었다고 합니다."

"시간으로 봐서 마들렌 성당에 다녀온 뒤 변을 당한 것이로군."

"그렇습니다. 성당에서 나간 시간이 10시 30분경이었다고 합니다."

"신부는 뭐라고 하던가?"

"그냥 일상적인 얘기만 나누었다고 합니다."

"세자르와 마지막으로 통화한 사람은……."

"토머스입니다. AP통신 기자죠."

"이 친구는 만나봤나?"

"예. 토머스의 별명이 '파리의 하이에나'라고 합니다."

"파리의 하이에나?"

"먹잇감을 물면 절대 놓치지 않는다고 해서 파리 주재 특파원들이 붙여준 별명이랍니다. '미셸 고문서 유출 사건'도 토머스가 터뜨린 겁니다."

"미셀 고문서 유출 사건이라면……."

2년 전 프랑스 국립도서관 개관 이래 전례가 없는 대형 사건이 터졌다. 리슐리외 도서관의 희귀 고문서가 외부에 유출되어 프랑스가 발칵 뒤집힌 것이다. 이른바 '미셀 고문서 유출 사건'이었다. 사건이 언론에 보도되자 프랑스 국민들은 두 번이나 경악했다. 첫째는 그토록 보안이 철통같다고 자부하던 리슐리외 도서관의 지하 별고가 맥없이 뚫린 것에 놀라워했고, 둘째는 이 사건의 주범이 내부자 소행이라는 데 더 경악했다.

프랑스 국립도서관의 히브리어 학예관인 미셀은 지하 별고에서 히브리어로 된 성경 희귀본을 빼내 미국 크리스티 경매장에 넘기려다가 붙잡혔다. 미셀이 유출한 이 희귀본은 2백만 유로의 가치가 있는 것이다. 그는 13세기 수사본 모세오경을 감쪽같은 기술로 도서관 도장을 흔적도 없이 지우고, 부분적으로 따로 분리시켜 히브리어 수집가들에게 넘겼다. 미셀이 이 희귀본을 처음으로 유출시킨 곳이 루브르 골동품 상가였다. 이 사건을 특종으로 보도한 인물이 바로 토머스였다. 토머스가 R2P와 골동품 밀거래상과의 유착 관계를 취재하는데 우연치 않게 미셀이 걸려든 것이다. '미셀 고문서 유출 사건'은 프랑스로서는 그들의 자존심에 커다란 상처를 남긴 사건이었다.

"토머스의 말에 의하면 세자르가 이틀 뒤에 파리 주재 특파원들과 기자 간담회를 요청했다고 하더군요."

"한국과의 고문서 반환 협상 때문인가?"

"그런 것 같습니다. 이번 협상은 프랑스 내에서도 반대하는 자들이 많았습니다. 특히 R2P 단체는 노골적으로 협상을 반대했죠."

"R2P?"

"보고서 첨부 자료에 R2P가 각 언론에 게재한 칼럼들을 따로 모아놨습니다."

파리 경시청에서 파견된 수사팀은 프랑스 내의 극렬 문화재 보호 단체에 초점을 맞추고 있었다.

"아무리 그렇다고 해도 이렇게 엽기적으로 살해할 수 있겠나?"

"도서관 사서들의 증언에 따르면 얼마 전 R2P 회원들이 세자르의 집무실에 집단으로 항의 방문했다고 합니다. 뿐만 아니라 R2P는 이번 협상을 무산시키기 위해 각 시민단체와 연계해 반대 집회를 갖는 등 조직적으로 협상 반대 운동을 벌여왔습니다."

에시앙은 첨부 자료에 있는 R2P의 칼럼을 바라보았다. R2P의 자료는 상당 부분을 차지하고 있었다. 칼럼 제목만 봐도 그들이 세자르를 얼마나 비판하고 있는지 금방 알 수 있을 정도였다.

'의외로 수사가 쉽게 풀릴 지도 모르겠군.'

그러나 에시앙은 경계심을 늦추지 않았다. R2P는 결코 만만한 단체가 아니었다.

"세자르의 유족은 누가 있나?"

"로잘리라는 입양한 딸이 한 명 있습니다. 오늘 낮에 귀국해서 현재 호텔에 묵고 있습니다."

"충격이 컸겠군. 세자르의 사체는 봤나?"

"그게……."

"왜 그래?"

"하도 세자르의 사체를 보겠다고 해서."

"딸도 좀 신경을 써야겠군."

"피에르 부관장이 로잘리를 잘 설득하겠다고 했습니다."

"피에르라면, 세자르 시신을 파리 국방대학원에 안치하자고 주장한 그 친구 아닌가?"

"맞습니다. 그런데 공교롭게도 피에르 부관장이 R2P의 평생회원이더군요. 현재 파리 지부장을 맡고 있습니다."

"세자르와의 관계는 어떤가?"

"서로 잘 어울리는 편은 아니었다고 합니다."

프랑스 국립도서관 부관장, R2P 평생회원. 에시앙은 낮에 마주친 피에르의 얼굴을 떠올렸다. 그는 슬픔에 푹 잠겨 있는 도서관 직원과는 달랐다. 당황하거나 서두르는 기색이 전혀 없었다. 세자르의 비통한 최후를 예상하고 있던 것처럼 그의 태도는 놀라울 정도로 차분하고 담담해 보였다.

어쩐지 피에르의 첫인상이 녹록지 않아 보였다.

4

새벽 5시, 아직 동이 터 오르기에는 이른 시간이다. 리슐리외 도서관 지하 별고에는 깊은 정적이 흘렀다. 피에르는 미지의 땅에 첫발을 딛는 것처럼 조심스럽게 발걸음을 옮겼다. 동양학문헌실에 들어서자, 기다렸다는 듯이 머리칼이 바짝 곤두섰다.

'세자르.'

발끝에서부터 냉랭한 기운이 스멀스멀 기어 올라왔다. 그것은 마치 세자르의 영혼이 남기고 간 또 다른 흔적 같았다. 세자르의 죽음은 안타까운 일이지만, 그로서도 어쩔 수 없었다. 세자르가 지하 별고에 자주 드나들었을 때부터 그의 불길한 최후를 예감했다.

'결국 그 책이 불행의 씨앗이 되고 말았군.'

피에르는 세자르의 죽음을 애써 외면했다. 로잘리가 완강하게 버티는 바람에 할 수 없이 파리 국방대학원을 찾긴 했지만, 마음 한구석에는 일말의 죄책감이 고개를 들고 있었다. 푸른빛으로 둘러싸인 세자르의 몸은 너무도 안쓰러웠다.

피에르는 흐트러진 마음을 바로 잡았다. 결실의 날은 코앞으로 다가왔다. 오직 이날만을 기다리며 숨 가쁘게 달려왔다. 조국의 위대한 유산이 품에 안기는 날, 역사는 그의 이름을 기록할 것이다.

피에르는 동양학문헌실을 둘러보았다. 리슐리외 도서관 지하 별고는 모두 7개의 별고로 이루어져 있다. 동양학문헌실, 이슬람문헌실, 라틴아메리카문헌실 등 대륙별로 각종 희귀본들을 소장하고 있다. 이 지하 별고에서도 경비가 가장 삼엄한 곳이 동양학문헌실과 이슬람문헌실이다. 이 두 문헌실의 희귀본은 다른 별고에 소장된 희귀본과는 역사나 가치 면에서 비교가 되질 않았다. 동양학문헌실에서도 유리 별실 안은 미지의 구역이다.

피에르는 유리 별실 안으로 들어가 한 권의 고서를 꺼냈다. 순간 그의 코끝에 익숙한 체취가 풍겨왔다. 아직도 세자르의 체취는 곳곳에 진득하게 남아 있었다. 피에르는 미리 준비해온 가방 안에 그 고서를 깊숙이 넣었다.

이제 당분간 이곳에 오는 일은 없을 것이다. 세자르만 아니었다면 모든 일이 순조롭게 진행되었을 텐데. 피에르는 못내 아쉬움을 숨길 수 없었다.

시계는 정확히 5시 15분을 가리키고 있었다. 동양학문헌실에서 나온 피에르는 휴대전화 버튼을 눌렀다.

"장 르네, 날세."

"예. 부관장님."

"준비됐나?"

"지금 나오시면 됩니다."

"알았네."

피에르는 숨을 죽이고 지하 별고의 보안 시스템 앞을 통과했다. 지하 별고의 입구로 들어서는 지하 1층까지 무려 네 번이나 보안 시스템을 거쳐야 했다. 다행히 아무런 이상이 없었다. 프랑스 국립도서관은 2년 전 '미셸 고문서 유출 사건' 이후로 보안 시스템을 더욱 강화했다. 모든 고서에 문자 인식 바코드를 달아 사람은 빠져나가도 책은 빠져나갈 수 없도록 만들었다. 지하 별고 입구에는 장 르네가 그를 기다리고 있었다.

"드디어 오늘이네."

피에르는 검은 가방을 장 르네에게 건네주었다.

"정오 무렵에 내가 다시 전화를 할 거야. 그때 이 가방을 노트르담 성당 입구로 가져다주면 되네. 그곳에 가면……."

"잘 알고 있습니다."

장 르네는 피에르의 말을 잘랐다. 이틀 전부터 귀에 박히도록 들은 소리였다.

"실수 없도록 해야 하네."

"염려 마십시오."

피에르는 장 르네의 자신감 있는 얼굴을 보자, 다소 마음이 놓였다.

오전 9시. 미테랑 도서관에는 도서관 직원들이 물밀 듯이 들어오고 있었다. 집무실에 도착한 피에르는 서둘러 전화를 걸었다. 조금이라도 시간을 지체해서는 안 된다. 피에르는 에시앙의 수사 방향에 촉각을 곤두세우고 있었다. 수사팀은 도서관 사서들을 일일이 만나 탐문 수사를 벌이고 있었다. 방금 전에는 사복 경찰이 세자르의 집무실을 뒤지는 것이 목격되었다. 단서가 될 만한 것은 모두 치웠으나 마음이 놓이지 않았다.

'공연히 일을 크게 벌인 것이 아닌가.'

피에르는 베르만의 행동이 못미더웠다. 베르만의 심정을 모르는 것은 아니나, 도리어 일을 복잡하게 만들고 있었다. 독일 사람들은 너무 일을 깔끔하게 처리해서 탈이었다. 뒤탈을 없애는 것까지는 좋지만 간혹 무리수를 두기도 했다. 자칫 하다가는 이번 일도 그들의 완벽주의 성격 때문에 그르칠 수가 있었다.

"나, 피에르요."

"안녕하십니까?"

전화를 받은 사람은 슐츠였다.

"베르만은 어디 있소?"

"암스테르담에 있습니다. 곧 도착할 겁니다."

"암스테르담? 거긴 무슨 일로 간 것이오?"

"암스테르담 국립도서관에서 코스터 행사가 있습니다."

네덜란드 암스테르담 국립도서관에서는 '코스터 활자의 재발견' 행사가 열리고 있었다. 코스터는 네덜란드의 국가적인 영웅으로, 네덜란드 사람들은 지금도 코스터를 세계 최초로 금속활자를 발명한 사람으로 믿고 있다. 네덜란드 교과서에도 이런 사실이 기재되어 있으며, 코스터의 고향인 할렘에서는 그의 명예를 기리기 위해 해마다 '코스터 축제'를 벌이고 있다. 네덜란드 사람들은 수백년 동안 이어져 내려온 구텐베르크의 인쇄술을 인정하지 않았다. 코스터가 공들여 발명한 금속활자를 당시 인쇄소 직공이었던 구텐베르크가 훔쳐 달아났다는 것이다.

"무슨 일인지 저에게 말씀하시지요."

슐츠가 말했다.

"약속한 대로 물건을 마들렌 성당으로 보내겠소. 오후 4시 무렵이면 물건을 볼 수 있을 것이오."

"물건의 진위를 확인한 뒤 연락을 드리겠습니다."

"기다리고 있겠소."

전화를 끊은 피에르는 길게 다리를 뻗었다. 언제나 그렇듯이 협상의 결과는 한순간이다.

프랑스는 제2차 세계대전 당시 나치가 약탈해간 미술품의 소재를 파악한 후 독일 정부에 이 미술품의 반환을 끈질기게 요구했다. 결국 1994년 양국의 정상회담을 통해 독일의 헬무트 콜 총리가 미테랑 대통령에게 모네의 그림 등 28점의 미술품을 반환하였다. 당시 콜 총리는 '교환이 아니라 순수한 선물'임을 강조했다. 그러나 나치가 약탈해간 프랑스 미술품은 여전히 독일에 남아 있었다. 히틀러와 괴링은 일명 '소금 갱도'를 만들어 이곳에 수많은 미술품을 보관했던 것이다. 프랑스는 뒤늦게 이들 미술품 이외에도 모네와 고갱, 세잔느의 그림이 독일 루트비히 미술관 지하 소장고에 있는 것을 찾아냈다. 프랑스는 이 미술품도 반환받으려고 여러 차례 시도했지만, 독일 정부는 난색을 표명했다. 이 그림은 나치가 약탈한 것이 아니라 당시 독일의 한 고미술품 소장가가 정식 절차에 의해 구입했다는 것이었다. 개인의 사유 재산을 독일 정부로서도 어찌할 수 없다는 것이었다.

피에르는 지난 2년 동안 이 미술품을 반환받기 위해 골머리를 앓았다. 협상은 처음부터 순조롭지 않았다. 프랑스와 독일 사이에 워낙 의견 차이가 커서 좀처럼 거리를 좁히지 못했다. 그러나 2년 내내 제자리걸음을 하고 있던 협상은 한순간에 반전되었다. 피에르가 제시한 물건은 독일로서는 최고의 협상 카드였던 것이다. 협상 기간 내내 거드름을 피우던

베르만도 한 번에 오케이 사인을 보냈다. 이제 그들에게는 서로의 물건을 확인하는 일만이 남아 있었다. 독일이 원하는 것과 프랑스가 원하는 것, 그것이 서로 일치를 보았을 때처럼 이상적인 거래는 없다.

피에르는 다시 전화를 걸었다.

"상트니 선생님. 피에르입니다."

"그래, 어찌 되었소?"

"독일측도 준비가 다 되었다고 합니다."

"잘됐군."

"정오 무렵에 마사코 여사를 보내주세요."

"알았소."

상트니의 한숨 소리가 수화기에 전해져왔다.

"세자르 일은……"

"저도 유감으로 생각합니다."

"……"

"……"

그들 사이에 짧은 침묵이 흘렀다. 이윽고 상트니의 낮은 목소리가 무겁게 흘러나왔다.

"세자르 딸이 귀국했다는 소릴 들었는데. 만나 봤소?"

"네. 지금 호텔에 묵고 있습니다."

5

파리의 호텔은 낯설었다. 로잘리는 집을 코앞에 두고도 호텔에 있는 것이 여간 불편하지 않았다. 피에르는 당분간은 집에 들어갈 수 없다면서 파리 국방대학원에서 곧바로 이 호텔로 데려다주었다.

'이젠 내게 아무도 없구나.'

로잘리는 초록빛 커튼을 치고 침대에 걸터앉았다. 그녀는 다시 일곱 살 때로 되돌아간 것처럼 외롭고 쓸쓸했다. 일곱 살이던 그해 가을, 잿빛 바바리를 입은 한 아저씨가 오를레앙 보육원에 나타나 로잘리에게 손을 내밀었다. 그가 바로 세자르였다. 로잘리는 지금도 세자르가 내민 그 따뜻한 손길을 잊지 못했다.

'아빠는 누군가에게 살해당한 것이 틀림없어.'

파리 국방대학원에서 본 세자르의 시신은 심장마비로 죽은 사체가 아니었다. 특별한 외상은 보이지 않았으나 세자르의 몸은 푸른빛을 띠었고, 목은 퉁퉁 부어 있었다. 세자르의 손가락 마디는 모두 꺾여 있었고, 엄지손톱은 아예 없었다.

그러나 피에르는 로잘리에게 아무 말도 해주지 않았다. 로잘리가 물어본 수많은 질문 중에 피에르가 속 시원히 말해준 대답은 하나도 없었다.

'경찰은 왜 아빠의 사인을 숨기려고 하는 것일까?'

세자르의 죽음을 두고 피치 못할 곡절이 있는 것이다. 그것은 세자르의 시신을 일반 병원이 아니라 파리 외곽의 국방대학원에 안치한 것만 봐도 알 수 있었다.

로잘리는 짐 가방에서 노트북을 꺼냈다. 세자르의 기억을 살릴 수 있는 것은 이 노트북 밖에 없었다. 하버드 대학에서 세자르가 보고 싶을 때는 그와 함께 찍은 사진을 보며 그리움을 달랬다. 노트북에 있는 세자르의 얼굴을 보자, 또다시 눈물이 주르르 흘러내렸다. 로잘리는 세자르가 보낸 이메일 저장함을 열었다. 세자르는 일주일에 두세 번은 꼭 메일을 보냈다.

로잘리 보아라.
오늘은 리슐리외 도서관의 '지옥방'을 가보았다. 너도 지옥방에 대해 잘 알고 있지? 나폴레옹 시대에 정부의 명령으로 만들어진 이곳에는 장서가 2,500권에 불과하지만 한결같이 진기한 서적들뿐이란다. 여기에는 네가 좋아하는 보들레르의 시 「악의 꽃」도 있지. 이곳은 '지옥방'이라는 이름처럼 무서운 곳은 아니란다. 일반 서고와 똑같고 오히려 사람이 드나들지 않아 독서하기에는 안성맞춤이다. 앞으로 며칠 후면 이 지옥방에 있는 도서들을 모아 전시회를 열 계획이다.

요즘 아빠는 도서관 지하 별고에 있는 동양 고서에 푹 빠져 있단다. 이 동양 고서를 볼 때면 그들이 얼마나 뛰어난 기술을 가지고 있는지 한눈에 알아볼 수 있단다. 이들의 책 만드는 솜씨는 중세 유럽과는 비교가 되지 않을 정도로 매우 뛰어나고 정교하지. 특히 이들의 활자는 예술 작품을 보는 것처럼 황홀하단다. 천년 전에도 이런 고귀한 책을 쓰고 만들었다는 것이 그저 놀라울 뿐이다. 그리고 보니 아빠는

참으로 행복한 사람이 아닌가 여겨진다. 이 지하 별고는 아무나 들어
올 수 있는 곳이 아니란다. 로잘리, 이런 은밀한 곳에서 동양의 신비
를 홀로 만끽하는 희열을 너는 알 수 있겠니?

세자르의 이메일을 읽던 로잘리의 눈이 반짝 빛났다. 세자르에게서
온 이메일을 읽을 때는 내용에 그다지 관심을 두지 않았었다. 그러나 세
자르의 시신을 보고 난 뒤에는 그 느낌이 예전과 사뭇 달랐다. 보름 전
부터 온 이메일은 대부분 리슐리외 도서관의 지하 별고에 관한 내용들
이었다. 세자르는 오랜 시간을 리슐리외 도서관 지하 별고에서 보냈던
것이다.
'이것이 아빠의 죽음과 연관되어 있는 것은 아닐까?'
로잘리는 짐 가방을 들었다.

6

동양어대학 교정은 가을의 정취가 물씬 풍겼다. 가지 위에 매달린 잎
사귀 빛깔은 하루가 다르게 누렇게 물들어갔다.
마사코는 도서관 앞의 나무 의자에 힘없이 앉았다. 그녀는 핸드백에
서 담배를 꺼내 물었다. 이혼한 뒤로 끊은 담배를 지난주부터 다시 피우
기 시작했다.

'누가 세자르를 살해한 것일까?'

설마 하던 일이 현실로 나타났다. 세자르에게 위험이 닥치리라는 것을 어느 정도 예감은 했지만, 그것이 실제 살해로 이어질 줄은 몰랐다. 30년 전의 비밀…… 그것은 무덤까지 안고 가야할 약조였다. 그러나 세자르의 죽음으로 이 비밀의 문도 서서히 열리고 말았다.

사흘 전, 세자르가 그녀의 집에 불쑥 찾아와 했던 말이 떠올랐다.

"마사코, 더 이상 비밀을 숨기려하지 마시오. 그것은 인류에게 크나큰 손실을 입히는 것이오. 당신도 이 책이 얼마나 귀중한 것인지 잘 알지 않소?"

마사코는 세자르의 질문에 마땅한 해답을 찾지 못했다. 마사코도 베르사유 별관에서 발견한 한국 고서의 정체에 대해서는 잘 알지 못했다. 대략 70여 권이 되는 한국의 고서는 책 내용은커녕 제목조차도 기억할 수 없었다. 그때 마사코가 가지고 있던 것은 한국 고서의 목록을 적은 메모지가 전부였다. 당시 동양학 문헌일지에는 베르사유 별관에서 있던 일을 상세히 적었지만, 훗날 누군가 그 부분을 삭제해버렸다.

"세자르, 그 책을 공개해서는 안 돼요. 그들이 당신을 가만두지 않을 겁니다."

그날 마사코는 세자르에게 그 책의 비밀을 지켜줄 것을 정중하게 권유했다. 은근히 위협적인 말투를 섞어 세자르에게 경각심을 일깨웠다. 그러나 세자르는 그녀의 말을 귀담아듣지 않았다. 그로부터 이틀 후 세자르는 센 강변도로에서 싸늘한 시신으로 발견되었다.

'세자르는 주베르의 책에서 무엇을 찾으려고 했던 것일까?'

동양어대학 도서관에서 세자르의 흔적을 발견하게 될 줄은 몰랐다. 『1866년 프랑스의 강화도 원정기』, 이 책의 열람자 명단에는 세자르의 이름이 선명하게 찍혀 있었다. 세자르는 살해되기 전에 동양어대학 도서관을 찾아왔고, 주베르의 책을 열람했던 것이다. 세자르가 이 책을 열람한 것은 11월 12일, 그러니까 세자르가 사망하기 이틀 전이었다.

'왕실 서고 아래 작은 동굴……, 70여 권의 한국 고서…….'

30년 전 베르사유 별관에서 발견한 한국의 고서는 바로 여기에서 나온 것이 아닐까?

주베르는 1866년 10월 프랑스 해군이 한국의 강화 섬을 침략했을 당시 동양어학교 출신의 해군 장교였다. 그는 군 복무를 마치고 프랑스로 돌아와 한국에서 겪었던 일을 책으로 남겼다. 그것이 『1866년 프랑스의 강화도 원정기』였다.

주베르는 이 책에서 한국의 강화 섬을 점령했을 당시의 표정을 상세히 설명하고 있었다. 마사코가 그의 책에서 눈여겨본 것은 맨 마지막 구절이었다.

> 우리 군이 철수하기 전날 왕실 서고 지하에서 이상한 동굴을 발견하였다. 이곳은 사람이 대여섯 명이 들어갈 수 있는 공간이었는데, 그 안에는 대략 70여 권에 이르는 책이 수장되어 있었다. 한국에서 오랜 선교활동을 벌였던 리델 신부는 이 책들이 한국에서 매우 오래된 고서라고 일러주었다.

주베르……. 언젠가부터 이 프랑스 해군 장교의 이름이 마사코 주위를 빙빙 맴돌고 있었다. 사실 마사코가 주베르라는 이름을 처음 접한 것은 아주 오래 전이었다. 베르사유 별관에서 한국의 고서를 발견했을 때 나무 상자 안에는 오래된 편지 하나가 있었다. 바로 주베르의 친필 편지였다.

> 이 책들은 1866년 한국의 왕실 서고의 지하 동굴에서 가져온 것이다. 대부분의 책들은 낡고 오래되었지만, 몇몇 고서는 책의 간행 연도로 보아 매우 소중한 역사적 가치를 지닐 수 있다.

마사코가 나무 상자에 든 책들이 한국의 고서임을 알게 된 것도 주베르의 편지를 통해서였다. 주베르는 이 책들을 간단히 소개하면서 유독 한 권의 고서에 대해서는 지대한 관심을 보였다.

> 오래된 것과 지금의 법칙을 정리하여 만든 책

'세자르는 이 책의 존재를 알고 있었을까?'
마사코는 길게 담배 연기를 내뿜었다. 담배 연기는 이내 허공 속에서 흔적도 없이 해체되었다.
그때 휴대전화 벨소리가 울렸다.
"마사코. 나예요."
상트니였다.

"오, 상트니. 지금 어디에 있어요?"

"여긴 아비뇽이오."

"이게 대체 어떻게 된 일이예요. 세자르는……"

"세자르는 어쩔 수 없는 일이었소."

"그래도 설마 했는데, 누가 세자르를 살해한 거죠? 당신은 알고 있죠?"

"세자르 얘긴 나중에 하고 이제부터 내가 하는 말 잘 들어요. 오후 2시에 노트르담 성당 입구로 나와요. 그곳에 가면 한 사람이 가방을 전해 줄 거요."

"그게 무슨 소리죠?"

"그 사람을 만나거든 시키는 대로 따라 하면 돼요. 시간이 급해요."

휴대전화를 쥐고 있는 마사코의 손이 가늘게 떨렸다. 상트니의 목소리가 무겁게 가라앉았다.

"마사코, 이 일은 당신만이 알고 있어야 하오. 누구에게도 말해서는 안 되오."

"……"

"비밀의 방에 갈 사람은 당신밖에 없소."

상트니와 통화를 끝낸 마사코는 한동안 정신을 차리지 못했다. 그녀는 갑자기 자신의 몸이 난쟁이 크기로 졸아든 것처럼 외롭고 허전했다.

'방금 마들렌 성당의 비밀의 방이라고 했던가?'

비밀의 방이 어떤 곳인가! 한때 고고학자들은 이곳을 '가톨릭 처리장'이라고 불렀다. 가톨릭에 반하는 기록물이 다수 보관되어 있기 때문에 붙여진 이름이었다. 이 비밀의 방에는 12세기 이전에 교황이나 추기경들이 불온 서적이라고 여긴 책들을 보관하고 있었다. 최초의 여교황인 조한나의 기록도 이곳에 소장되어 있다는 소문이 끊이지 않았다.

바티칸 시에서 매년 발행하는 『교황청 연감』에는 베드로로부터 요한 바오로 2세에 이르는 264명의 교황의 이름과 치세(治世) 기간이 명기되어 있다. 이 연감에는 855년 레오 4세가 사망한 후부터 베네딕토 3세가 교황으로 즉위하던 때까지를 여백으로 비워두고 있다. 바로 이 시기가 여교황인 조한나의 즉위 기간이었다는 것이다. 원래 독일의 수녀였던 조한나는 남장을 하고 수도사가 되었던 전설의 인물이다. 그녀는 원로원의 공증인에서 추기경으로, 그리고 마침내 교황이 되었지만 여자라는 것이 들통나 그녀의 기록은 모두 말살당했다. 1601년 교황 클레멘스 8세는 그녀의 초상이나 흉상은 물론 그녀에 관한 모든 기록을 불태우도록 명령했다. 그러나 조한나의 기록은 사라진 것이 아니었다. 교황청 지하에 은밀히 보관하고 있다가 마들렌 성당이 건축된 19세기 중반 이 비밀의 방으로 옮겨졌다.

조한나의 기록뿐만이 아니다. 잔다르크의 재판 기록과 출생 기록, 갈릴레이가 종교재판소에 남긴 육필 원고 등 수많은 기록물들이 이 비밀의 방에 보관되어 있다. 고고학계의 전성기를 누리던 19세기 말에는 희귀 고문서와 고대 유물을 은밀히 보관하는 장소로 이용되었다. 그러나 이 비밀의 방은 마들렌 성당이 건축된 이후 한 번도 공개된 적이 없었다. 20세기 초 약탈과 암거래의 상징인 보물 추적자들에게도 이 비밀의 방은 성역(聖域)이었다.

'대체 이 비밀의 방에는 왜 가라고 하는 것인가?'

마사코는 혼란스러웠다. 비밀의 방은 아무나 들어갈 수 있는 곳이 아니다. 그곳은 일반인들의 접근을 허락하지 않는 금단의 구역이다. 갑자기 온몸이 으스스 떨려왔다. 마사코는 긴장의 고삐를 늦추지 않았다.

선택의 여지는 없다! 상트니의 전화가 왔을 때부터 비밀의 방에 가는 것은 결정된 것이나 다름없었다. 그의 간절한 부탁을 차마 거절할 수 없지 않은가. 마사코의 마음은 어느새 비밀의 방 한가운데 있었다.

7

"오, 로잘리! 어서 오너라."
정현선은 로잘리를 꼭 껴안았다.
"호텔에 혼자 있는 건 너무 싫어요. 당분간 할머니 집에 있을래요."
"그래그래. 얼마든지 여기 있거라."
로잘리는 정현선을 보자 다소 마음이 안정되었다. 정현선은 친할머니 이상으로 로잘리를 잘 대해주었다.
"식사는 했니?"
로잘리는 고개를 저었다. 기내에서 샌드위치를 먹은 것이 전부였다.
"잠깐 기다려라."
정현선은 로잘리가 좋아하는 과일 샐러드를 만들었다. 로잘리는 입맛

이 없는지 반쯤 먹고 포크를 내려놓았다.

"낮에 아빠를 봤어요."

로잘리의 목소리에는 힘이 없었다. 그러나 그녀의 눈은 매섭게 번뜩였다.

"아빠는 심장마비로 돌아가신 게 아니에요. 누군가 아빠를 살해한 게 틀림없어요."

"로잘리, 세자르의 시신은 어디에 있니?"

정현선의 목소리가 떨리고 있었다.

"파리 국방대학원에 있어요. 아빠가 왜 그런 곳에 있는 거죠?"

로잘리의 말은 토머스의 말과 일치했다.

"공항에 도착했을 때부터 경찰들이 저를 따라왔어요. 왜 그들이 절 따라오는지, 왜 집에는 못 가게 하는지 알 수가 없어요."

"로잘리……."

"할머니는 뭔가 알고 있지 않나요? 아빠는 무슨 일이 생길 때마다 할머니를 가장 먼저 찾았잖아요."

"진정해라 로잘리. 나도 정신을 차릴 수가 없구나."

"피에르 아저씨도 저에게 뭔가 숨기고 있는 것 같아요."

"세자르가 살해된 게 분명하니?"

정현선이 조심스럽게 물었다.

"예. 아빠의 몸은 푸른빛을 띠었어요. 목도 퉁퉁 부었고……."

로잘리는 세자르의 엄지손톱이 빠져 있었다고 말하려다가 그만 눈물을 터뜨렸다.

"오, 로잘리."

"전 이대로 돌아갈 수 없어요. 아빠가 어떻게 죽었는지, 아빠를 살해한 사람이 누구인지 꼭 알아야겠어요. 할머니도 아빠가 어떤 분이라는 것을 잘 알잖아요."

그랬다. 세자르는 누구에게도 원한을 살 사람이 아니었다. 세자르는 정이 많고 고매한 인격을 지닌 전형적인 유럽 신사였다.

로잘리는 눈물을 훔치고 가방에서 노트북을 꺼냈다.

"이것 좀 보세요. 그동안 아빠는 리슐리외 도서관 지하 별고에서 오랜 시간을 보낸 것 같아요."

정현선은 세자르가 로잘리에게 보낸 이메일을 바라보았다.

"할머니, 뭔가 짐작 가는 데 없어요?"

"……."

세자르의 이메일 내용이 예사롭지 않았다. 세자르가 자신을 찾아왔을 때도 지하 별고에 있는 한국 고서에 대해 집중적으로 물었다. 30년 전의 빛바랜 기억, 마사코와 왕웨이, 인류의 위대한 성찬, 그리고 전설의 책.

'대체 지하 별고에서는 무슨 일이 있었던 것일까?'

세자르의 마지막 모습이, 설렘과 흥분으로 가득 찼던 그의 얼굴이 희미하게 떠올랐다.

세자르가 정현선의 집을 방문한 것은 그가 사망하기 이틀 전이었다. 땅거미가 질 무렵, 초인종 소리에 문밖을 내다보니 세자르가 문 앞에 우뚝 서 있었다.

"세자르, 어쩐 일인가. 전화도 없이."

뜻밖의 방문이었다. 세자르는 집을 찾아오기 전에 반드시 전화로 양해를 구한 뒤에 방문하곤 했다. 이처럼 예고도 없이 불쑥 찾아온 것은 처음이었다.

"죄송합니다."

세자르는 검은색 가방을 꼭 움켜쥐고 있었다.

"어디 다녀오는 길인가?"

"루브르 골동품 상가에서 오는 길입니다. 선생님도 루앙을 알고 계시죠?"

"난 그 친구 별로 맘에 들지 않아."

정현선은 세자르에게 홍차를 내주었다. 아무래도 세자르는 급히 무슨 할 말이 있는 것 같았다.

"실은 선생님께 여쭈어볼 말이 있어서 왔습니다."

세자르의 얼굴이 붉게 상기되었다.

"선생님, 『직지』를 처음 발견했을 때를 기억하십니까?"

세자르는 난데없이 까마득히 지난 세월을 끄집어올렸다. 아무리 오랜 세월이 흘러도 어찌 그때를 잊을 수 있단 말인가. 정현선은 당시 프랑스의 유학생으로 프랑스 국립도서관에서 아르바이트로 사서 일을 맡고 있었다. 『직지』를 처음 발견한 그날은 베르사유 별관 수장고에 있는 동양 고서들을 정리하는 날이었다. 한국의 고서들은 제대로 분류가 되지 않은 채 중국 도서에 끼어 있었다. 그때 겉장에 '직지(直指)'라고 쓰인, 붉은 실로 꿰맨 선장본(線裝本)이 눈에 들어왔다.

宣光七年丁巳七月日淸州牧外興德寺鑄字印施

'이건 보통 책이 아니다!'

정현선은 이 책이 간행된 시기와 책 말미에 적혀 있는 '주조'라는 글에 주목했다. 주조는 곧 금속활자를 의미하는 것이다. 그러니까 직지는 고려 우왕(禑王) 3년인 1377년 청주 외곽 흥덕사에서 금속활자로 인쇄한 책이었다. 그러나 이 책이 세계 최초의 금속활자본이라는 주장은 프랑스 학계에서 인정을 받지 못했다. 목판과 금속활판의 구분이 애매하다는 것이 그 이유였다.

정현선은 이 책이 금속활자로 찍혔다는 것을 증명하기 위해 지우개, 무 등을 이용해 직접 활자를 만들어서 실험했다. 결국 이 책은 금속활자로 찍은 것으로 밝혀졌고, 1972년 유네스코가 주관한 '제1회 세계 도서의 해'에 그 모습을 처음으로 드러냈다.

프랑스에서 열린 이 전시회는 역대 최대 규모의 책 전시회였다. 당시 전시회에 나온 세계의 고서로는 기원전 2천년 파피루스에 쓴, 세계에서 가장 오래된 책에서부터 흑해에서 발견된 성서의 파편들, 마야의 텍스트 등이 있었다. 이 많은 희귀본 중에서 『직지』는 단연 돋보였다. 그때까지 세계 최초의 금속활자라고 알려진 구텐베르크의 성서보다 무려 70여 년이나 앞서 있던 것이었다. 전시회에 모여든 세계의 학자들은 동양의 작은 나라에서 어떻게 이런 위대한 활자를 만들어냈는지 경탄을 금치 못했다.

"물론이지. 어찌 그날을 잊을 수 있겠나."

"외규장각 의궤 도서를 발견한 것도 베르사유 별관이었나요?"

"그렇지."

"그때가 언제죠?"

"『직지』를 발견한 지 6년 후이니까 1977년이네."

"그 당시 동양 고서를 분류하던 사람이 선생님 혼자였습니까?"

"……"

그동안 『직지』나 외규장각 도서에 대해 수많은 인터뷰를 했지만 이런 질문은 처음이었다.

"갑자기 그건 왜 물어보는 건가?"

"곤란하시면 말씀을 하지 않으셔도 됩니다. 전 다만……"

세자르는 말끝을 흐렸다.

"혹시 고서를 정리할 때 일본인 유학생도 있지 않았습니까? 중국인 왕웨이도 있었구요."

그랬다. 세자르의 말대로 동양 고서를 분류한 사람은 일본인 유학생인 마사코와 왕웨이, 그리고 자신이었다.

"맞네."

"그 일본인 이름이 마사코입니까?"

정현선은 고개를 끄떡였다.

"그리고 또 한 사람이 있지 않았습니까?"

정현선은 곰곰이 지난 기억을 더듬었다. 외규장각 의궤 도서를 발견한 후 동양어대학의 대학원생이 한 명 더 투입되었다. 그러나 그 대학원생에 대해서는 아는 것이 없었다.

"글쎄, 동양어대학교의 대학원생이 한 명 더 있는 것 같았는데……."

"그 사람 이름이 상트니 아닙니까?"

"그것까지는 모르겠어."

세자르의 얼굴이 갑자기 환하게 밝아졌다. 세자르는 평소의 그답지 않게 들뜬 표정을 주체하지 못했다.

"선생님, 1977년 7월에도 동양학문헌실에 있었습니까?"

"1977년 7월이면…… 아니야. 그때 난 동양학문헌실에 있지 않았네."

정현선은 『직지』를 발견한 이후 또 하나의 고국의 유산을 찾아냈다. 그것이 바로 조선 시대 의궤를 포함한 외규장각 도서였다. 그러나 정현선은 외규장각 도서를 발견한지 얼마 되지 않아 프랑스 국립도서관으로부터 해임당했다. 도서관의 허락도 없이 외규장각 도서의 존재를 파리 주재 한국 특파원에게 알렸다는 것이 그 이유였다. 그러나 정확한 사유는 다른 데에 있었다. 정현선이 이 외규장각 도서를 고국에 반환하려는 운동을 주도했던 것이었다. 1977년 7월이면 외규장각 도서 반환 문제를 두고 프랑스 국립도서관과 한창 대치를 벌이고 있을 때였다.

"마사코는 지금 어디에 있습니까?"

"파리에 있지."

"가족은 있습니까?"

"3년 전에 이혼한 뒤로 지금은 혼자 살고 있네."

"마사코의 집 주소를 알려주세요."

"갑자기 마사코는 왜?"

"급히 만나야 할 일이 있습니다."

정현선은 세자르의 부탁을 거절하지 못하고 마사코의 주소를 일러주었다.

"세자르, 내가 알면 안 되는 일인가? 갑자기 지난 일을 알고자 하는 이유가 뭔가?"

"곧 알게 될 겁니다."

세자르는 집을 나서려다가 문득 걸음을 멈추었다. 정현선을 바라보는 그의 눈길이 예사롭지 않았다.

"선생님도 왕웨이가 교통사고로 사망한 것으로 보십니까?"

정현선은 아무 말도 못하고 세자르의 얼굴을 멍하니 바라만 보았다. 평소의 세자르의 모습과는 너무도 달랐다. 그의 얼굴에 서늘한 냉기가 흘렀다.

"왕웨이는 살해당했습니다!"

"그게 무슨 소린가? 왕웨이가 살해당했다니."

"왕웨이는 교통사고를 당하기 전에 이미 죽어 있던 겁니다."

"그, 그럴 리가……."

"왕웨이는 사망하기 직전에 지하 별고에서 돈황의 고문서를 발견했어요. 이를 외부에 유출하려다가 목숨을 잃은 것 같습니다."

"세자르, 난 도무지 무슨 소리를 하는지 모르겠네. 돈황의 고문서라면 이미 다 밝혀진 책들이 아닌가."

"왕웨이는 새로운 고문서를 발견했던 겁니다. 프랑스 국립도서관의 서지 목록에도 없는 책을 말이죠."

"자세히 좀 얘기해보게."

"마사코를 만난 뒤에 모든 걸 말씀드리겠습니다."

"이보세, 세자르."

뒤를 돌아서는 세자르의 얼굴에 엷은 미소가 스며들었다.

"참, 선생님께 반가운 소식 하나 전해드리죠. 앞으로 며칠 후면 인류는 위대한 성찬을 준비해야 할 겁니다. 전설의 책이 곧 현실의 책으로 나타날 테니까요."

"전설의 책이라니?"

"14일 오전 9시에 리슐리외 도서관 전시장으로 나오십시오. 선생님께 꼭 보여드릴 게 있습니다."

집을 나서는 세자르의 얼굴은 흥분과 설렘으로 가득 차 있었다. 그러나 약속 날짜인 14일, 세자르는 리슐리외 도서관 전시장에 나타나지 않았다. 그날 새벽 이 세상을 떠나고 만 것이다.

그날 세자르가 보여주려고 한 것은 무엇이었을까?

8

세자르 프랑스 국립도서관장이 14일 새벽 4시 파리 12구에 위치한 오스터 블리츠 강변도로의 승용차 안에서 숨진 채 발견되었다. 세자르 관장을 처음 발견한 파리 도시 계획 관리원인 트루앙(44세) 씨에 따르면 도로변에 주차된 차 안에 아무런 기척이 없어 문을 열고 확인해보니 차 안에 세자르 관장이 이미 숨져 있었다는 것이다. 파리 경시청은 세자르 관장의 몸에 외상의 흔적이 없는 것으로 보아 돌연사일 것으로 추정하고 있으며 현재 정확한 사인을 조사 중이다. 세자르 관장은 다음주에 열릴 한국과의 고문서 반환 협상의 프랑스측의 대표로서 이번 협상을 주도해온 인물이다. 한편 정부의 고위 관계자는 세자르 관장의 돌연 사망으로 인해 한국과의 고문서 반환 협상은 무기한 연기될 것이라고 밝혔다.

'돌연사? 코메디를 하고 있군.'
토머스는 「르 몽드」지를 퐁네프 다리 입구의 휴지통에 구겨 넣었다.
센 강 북단과 남단을 연결하는 퐁네프 다리는 센 강에서 가장 오래된 다리다. 퐁네프 다리는 그 유구한 역사만큼이나 프랑스 헌책방의 역사를 고이 간직하고 있다. 퐁네프 다리에서 빼놓을 수 없는 것이 부키니스트들이다. 부키니스트란 가게를 차리지 못하고 헌책을 노점에서 파는 사람들을 말한다. 프랑스 정부는 1606년부터 헌책 유통을 강력하게 통제했으나 유독 퐁네프 다리에서는 부키니스트들이 헌책을 팔 수 있도록 허락했다.

퐁네프 다리에 들어선 토머스는 잠시 걸음을 멈추었다. 어디선가 귀에 익은 선율이 들려왔다. 모차르트의 마지막 오페라, 「마술피리」였다. 벙거지 모자를 쓴 거리의 악사는 두 눈을 지그시 감고 바이올린을 연주하고 있었다. 「마술피리」는 뉴욕에 있는 아내가 가장 좋아하는 오페라였다.

「마술피리」는 모차르트가 프리메이슨의 의식에서 영감을 받아 만든 곡이다. 모차르트의 음악은 자유, 평등, 박애로 대표되는 프리메이슨의 정신에 큰 영향을 받았다. 오페라 전체에 가득 흐르고 있는 이국적인 신화와 의식, 그리고 이미지들은 『세토스』라는 소설에서 차용된 것이다. 모차르트는 이 오페라에서 프리메이슨 내부의 비밀스런 의식과 상징을 많이 표현하고 있다. 프리메이슨 조직의 비밀은 매우 엄격하여 외부 사람들은 조금도 눈치 챌 수 없는 것이 많았다. 예를 들면 비밀 결사 의식에는 '노크 세 번'이라는 신호가 상당히 중요하다. 세 번의 노크는 의식장으로 입장하는 신호가 되기도 하고, 정령을 불러내는 주문을 상징하는 것이기도 하다. 그런데 모차르트는 이런 프리메이슨의 비밀 참가 의식을 「마술피리」에 그대로 악보로 사용했다. 더욱이 이 오페라의 가사에서는 프리메이슨에 참가할 때의 여러 가지 주의 사항과 지켜야 할 마음가짐을 노래했고, 죽음과 재생을 기본으로 한 중요한 입단 의식조차 등장인물의 노래에 담아 생생하게 재현했다.

모차르트는 「마술피리」를 완성하고 수개월 후에 사망했다. 또 「마술피리」 작곡에 협력했다고 알려진 두 명도 같은 시기에 변사했다. 그래서 훗날 모차르트 연구가들은 프리메이슨 단원이 모차르트를 수은 중독으로 살해한 것이라는 주장을 펴왔다. 외부에 알려서는 안 되는 비밀 의식을 공공연하게, 그것도 대대적으로 발표해버린 모차르트를 프리메이슨이 응징했다는 것이다. 모차르트가 말년에 병석에서 보인 증상은 수은 중독과 무관하지가 않다. 수은으로 독살하는 방식은 프리메이슨의 오랜 처형 의식 가운데 하나다.

토머스는 연주가 끝나자 바구니에 일 유로 동전을 던져 넣었다.

'입구에서부터 일곱 번째라고 했지.'

토머스는 다리 주변에 있는 헌책방을 눈으로 세면서 걸음을 옮겼다. 일곱 번째 헌책방에 이르자 쎄씨 박사의 말대로 헌책을 가득 담은 녹색 나무 진열상자가 나타났다.

"나폴레옹 책을 찾고 있소."

토머스는 헌책방 주인에게 다가가 퉁명스럽게 말했다.

"어디서 오셨소?"

검은 뿔테 안경을 낀 책방 주인이 물었다.

"뉴욕."

헌책방 주인은 진열장 위에 놓인 노란 서류 봉투를 들어 보였다. 토머스는 품안에서 5백 유로가 들어 있는 돈 봉투를 헌책방 주인에게 건네주었다. 헌책방 주인은 돈을 확인하더니 노란 서류 봉투를 토머스에게 건넸다.

"쎄씨 박사가 보는 즉시 태우라고 했소."

"알았소."

서류 봉투를 받아든 토머스는 퐁네프 다리를 빠르게 벗어났다. 센 강의 유람선이 물살을 가르며 유유히 퐁네프 다리 아래를 지나고 있었다.

'하여튼 프랑스 놈들은 돈을 너무 밝혀.'

토머스는 입술을 끌끌 찼다. 처음엔 백 유로면 충분할 줄 알았다. 그러나 쎄씨 박사는 대뜸 그 열 배인 천 유로를 부르며, 그 이하로는 절대 내줄 수 없다고 버티었다. 토머스는 하는 수 없이 그 절반인 5백 유로에

겨우 흥정을 끝냈다. 비록 몇 장에 불과한 종잇조각이지만 그것은 5백 유로의 가치가 충분했다.

집으로 돌아온 토머스는 자리에 앉자마자 서류 봉투를 뜯었다. 그 안에는 세자르의 사체 부검안 복사본이 담겨 있었다.

> 피해자의 사망 원인은 호흡기에 강력한 마취제로 실신시킨 후 정맥을 통해 독극물을 투여한 것으로 판단됨.

예상한 대로 세자르는 타살된 것이다. 검안서에는 심장마비 따위의 돌연사는 보이지 않았다. 범인은 세자르를 마취제로 실신시킨 뒤 정맥을 통해 치명적인 독극물을 투여한 것이다.

'이건 또 뭔가?'

검안서를 읽어오던 토머스의 눈이 휘둥그레졌다. 검안서 말미에 섬뜩한 내용이 담겨 있던 것이다.

> 피해자의 외상 흔적은 없으나 양쪽 엄지손톱과 발톱 등 네 개의 손톱이 빠져 있음. 이때 심한 출혈로 인해 손상된 부위에는 혈흔이 응고되어 있었음. 피해자가 사망한 뒤 손발톱을 빼낸 것으로 판단됨.

'엄지손톱과 발톱이 사라졌다?'

토머스는 무언가 생각이 난 듯 자리에서 벌떡 일어났다. 그는 거실 벽면을 가득 채우고 있는 서가에서 한 권의 책을 꺼냈다.

1908년 3월 프랑스의 동양학자이자 탐험가인 펠리오는 중국 돈황 천불동에서 필사본으로 적혀 있는 각종 경전을 비롯하여 고문서, 불화 등이 들어 있는 279개의 상자를 발견했다. 중국어에 능통한 펠리오는 석굴에 남아 있는 5천 5백여 권의 경전을 돈황 동굴의 책임자에게 5백 냥의 은전을 주고 이 고문서를 프랑스로 가져왔다. 당시 펠리오가 가져온 것은 돈황의 보물 중에서 가장 진귀한 고문서들이었다. 프랑스에 도착한 펠리오는 즉시 이 고문서들의 목록을 작성했다. 그러나 펠리오는 돈황의 고문서 중에 상당수가 이미 프랑스 내에 밀반출된 것을 알았다. 중국에서부터 이 진귀한 보물을 탐내던 몇몇 하역꾼들이 펠리오 몰래 돈황의 고문서를 루브르 골동품 상가로 밀반출했던 것이다. 펠리오는 탐험대원을 풀어 돈황의 보물을 밀반출한 하역꾼들을 색출하기 시작했다. 한 달 후 두 명의 하역꾼을 잡아들인 펠리오는 이들에게 혹독한 고문을 가했다. 그것은 바로 이들의 엄지손발톱을 빼내는 것이었다. 펠리오의 이런 행위는 18, 9세기 전설의 조직으로 알려진 '토트(Thoth)' 만의 독특한 가해 의식이었다. 토트는 자신들의 존재를 외부에 공공연히 알리는 행위, 토트를 배신하는 행위, 토트를 사칭하고 밀거래를 하는 자들에게는 이처럼 엄지손발톱을 빼내 다른 회원들에게 경고의 표시로 삼았다. '토트'는 이에 그치지 않고 처벌자의 몸에 이들의 상징 문양인 따오기 모양의 문양을 그려 넣기도 했다. 당시 프랑스에서 문화재를 하역하는 일꾼이 가장 두려워하던 존재가 바로 전설적인 비밀 조직 '토트' 였다. 펠리오는 이 시대의 마지막 토트의 비밀 회원으로 알려져 있다.

이 책의 제목은 『19세기 제국주의 시대의 비밀 조직』이었다. 책의 저자는 하버드 대학의 고고학자 헤럴드였다.

9

지하철 14번 선의 종점인 제13구 톨비악에 내리면 마치 네 권의 책을 펼쳐놓은 듯한 거대한 빌딩이 눈에 들어온다. 파리의 새로운 명물, 미테랑 도서관이다. 이 건물은 공식적으로 프랑스 국립도서관이라 부르지만, 파리 시민들은 미테랑 도서관으로 부른다. 미테랑 도서관은 미테랑 대통령이 재임 기간 14년 동안 가장 심혈을 기울여 만든 작품 중 하나다. 미테랑 대통령의 회심의 역작 '그랑 프로제(Grand project)'를 통해 완성된 마지막 역작이다. 그는 프랑스가 자랑하는 고속철도 테제베(TGV)와 함께 '초대형 도서관(TGB)'을 만들어 또 하나의 '테제베'를 완성했다. 그러나 파리 시민들은 미테랑 도서관의 화려하고 도시적인 외관이 예술의 도시 파리와는 어울리지 않는다고 불만이 많았다.

미테랑 도서관의 지하 휴게실은 한산했다. 휴게실 안은 화려한 외관과는 달리 소박하게 꾸며져 있었다.

'세자르는 살해된 것이 틀림없어!'

정현선은 커피 잔을 꼭 움켜쥐었다. 로잘리에게 보낸 세자르의 이메일, 왕웨이의 죽음, 마사코, 세자르의 사인을 은폐하려는 파리 경찰. 이 모든 것이 세자르의 타살을 묵시적으로 인정하고 있었다.

"로렌 박사님."

정현선 앞에 자스민이 다가왔다.

"어서 와요. 자스민."

자스민은 자리에 앉자마자 가방을 열었다.

"박사님이 부탁하신 거예요."

자스민이 가져온 것은 최근 세자르의 일정표였다. 자스민은 도서관 행사에서부터 세자르의 대내외적인 행사까지 일정 관리를 맡고 있었다. 세자르는 그의 꼼꼼한 성격과는 달리 건망증이 심해 자스민에게 많은 도움을 받았다.

"세자르 관장님은 최근 외부 행사에 거의 참석하지 않았어요. 한국과의 고문서 협상 때문에 공식 행사는 자제한 편이었죠."

최근 한 달 동안 나타난 세자르의 공식 행사는 겨우 두 번에 불과했다. 개선문 내에 있는 고문서 박물관과 파리 기메 박물관이 전부였다.

"자스민, 요즘 세자르의 행동에서 이상한 느낌을 받은 적은 없었나요?"

"이상한 느낌이라면……?"

"이를테면 평소와는 다른 행동을 보였다든가, 뭔가 새로운 것을 부탁했다든가."

자스민은 잠시 생각에 잠겼다.

"최근 며칠 동안 왕웨이에 대해 자주 물었어요. 박사님도 왕웨이를 아시죠?"

"물론이죠. 오래 전 그와 함께 근무한 적도 있었어요. 세자르가 왕웨이에 대해 무슨 말을 하던가요?"

정현선은 신경을 바짝 곤두세웠다. 세자르가 자신을 찾아왔을 때도 왕웨이의 죽음에 의문을 제기했다.

"왕웨이의 사인에 대해 이것저것 묻더군요. 왕웨이가 사망했을 당시 도서관 분위기가 어땠는지, 왕웨이와 친하게 지낸 사람이 누구인지……."

"세자르가 왜 갑자기 왕웨이의 죽음에 관심을 나타낸 걸까요?"

"글쎄요. 저도 그런 관장님을 이상하게 여겼어요."

"세자르가 최근에 리슐리외 도서관 지하 별고에 자주 드나들었다고 하던데, 자스민도 알고 있나요?"

"예. 업무가 끝나면 자주 리슐리외 도서관에 가곤 했죠."

정현선은 세자르가 왜 그곳을 갔는지 눈빛으로 물었다.

"뭔가를 찾으려고 했던 것 같은데. 아마 제 기억으로는 익명의 우편물이 도착한 뒤부터 그랬던 것 같아요."

"익명의 우편물이요?"

"한 달 전쯤인가, 세자르 관장님 앞으로 우편물이 배달되었어요. 그날 이후로 관장님은 리슐리외 도서관 지하 별고에 자주 드나들었죠. 그러고 보니 그때부터 왕웨이에 대해 자주 물었던 것 같아요."

"누가 보낸 우편물인가요?"

"그건 저도 모르겠어요. 제가 그 우편물을 관장님께 드리긴 했지만, 발신자의 이름도 주소도 없었어요."

거의 동시에 이루어지고 있었다. 익명의 우편물이 도착한 후, 세자르는 리슐리외 도서관 지하 별고에 드나들었고, 왕웨이의 죽음에 유달리 관심을 나타냈다. 문제의 발단은 바로 이 익명의 우편물로부터 시작되고 있었다.

"그 우편물이 어떤 건가요? 자스민은 그 우편물을 본 적이 없나요?"

"편지 몇 통과 작은 수첩이 들어있던 것 같아요. 그 외는 저도 잘 몰라요."

"혹시 세자르 집무실에 그 우편물이 있지 않을까요?"

"없었어요. 경찰들과 함께 집무실을 샅샅이 뒤졌지만 아무것도 나오지 않았어요."

자스민은 잠시 주위를 둘러보았다.

"그러고 보니 일주일 전쯤에 세자르 관장님이 제게 특별한 부탁을 한 적이 있어요."

"그게 뭐죠?"

"리슐리외 도서관의 문헌일지였어요."

"도서관 사서가 고서를 분류할 때 쓰는 일지 말인가요?"

"예."

문헌일지는 새로운 고서가 입고되거나 도서관 서지 목록에 없는 고서가 발굴되었을 때 도서관 사서들이 기록하는 일지다. 리슐리외 도서관의 지하 별고를 관리하는 담당자는 고서를 분류할 때 반드시 문헌일지를 작성하게 되어 있다. 정현선은 처음 『직지』를 발견했을 때도, 외규장각의 의궤 도서를 찾아냈을 때도 문헌일지에 그날의 상황을 생생하게 기록했다.

"지금은 컴퓨터로 작성하고 있지 않나요?"

"물론이죠. 그런데 세자르 관장님이 부탁한 것은 1977년도 동양학 문헌일지였어요."

정현선의 머리에 무언가 빠르게 스치고 지나쳤다. 세자르가 집에 찾아와 물어본 것도 1977년 7월의 동양학문헌실의 문헌일지가 아닌가.

"그 일지가 어떤 건가요?"

"저도 내용은 보지 못했어요. 관장님이 시키는 대로 문헌보관실에서 그 문헌일지를 찾아온 것뿐이죠."

"알았어요, 자스민. 정말 고마워요."

"세자르 관장님은 어떻게 된 건가요?"

자스민의 표정이 심각하게 변했다.

"박사님은 세자르 관장님의 사망 원인에 대해 알고 계시죠?"

"……."

"세자르 관장님의 사인은 심장마비가 아닌 것 같아요. 경찰들이 도서관에 자주 드나드는 것만 봐도 알 수 있죠. 도서관 안에서는 벌써 흉흉한 소문이 퍼져 있어요. 마치 왕웨이가 사망했을 때처럼 이런저런 말이 많아요."

"나도 아직 아는 게 없어요."

리슐리외 도서관 2층에 있는 문헌보관실은 2백 년 동안 도서관 사서들이 기록한 일지가 보관되어 있다. 나폴레옹 왕정 때부터 도서관 사서들이 남긴 기록이 지금까지 전해져오고 있는 것이다. 이 문헌일지에는 프랑스로 유입된 세계 각지의 희귀본들이 상세하게 적혀 있다. 이 희귀본들은 대부분 19세기 전장에 참가했던 프랑스 군대, 혹은 중앙아시아와 극동아시아에 파견되었던 탐험대가 가져온 것들이다. 19세기의 도서관 사서들은 이 희귀본들을 정리하고 분류하는 것이 주된 임무였다. 도서관 사서들이 작성한 문헌일지만으로도 프랑스 국립도서관의 역사를 한 눈에 꿰뚫어볼 수 있다.

정현선은 문헌보관실 대기실에서 초조하게 기다렸다. 그녀는 문헌일지의 열람이 금지되어 있으나 동양학문헌실 책임자의 도움으로 1977년 문헌일지를 신청했다.

"여기 있어요."

30여 분 정도 지나자 문헌보관실 담당자가 1977년 문헌일지를 내주었다.

"카피는 금지하고 있습니다. 문헌일지 열람은 이 안에서만 가능하니 유의해주시기 바랍니다."

문헌보관실 담당자가 사무적인 어투로 말했다.

"알았습니다."

문헌일지를 받아든 정현선은 잠시 옛 기억에 사로잡혔다. 30년 전 리슐리외 도서관의 지하 별고에서 문헌일지를 작성하던 때가 떠올랐다. 중국 고서 틈에서 한국 고서를 추려내는 일도 만만치 않은 작업이었다. 정현선이 기록한 문헌일지는 곧 프랑스 국립도서관에 소장된 한국 고서의 역사였다. 『직지』와 외규장각 의궤 도서가 외부에 알려지게 된 것도 이 문헌일지를 통해서였다.

문헌일지는 30년이란 세월이 흐른 탓인지 표지나 본문은 누렇게 바래 있었다. 정현선은 동양학 문헌일지를 펼쳤다. 1977년 5월까지의 문헌일지는 대부분 그녀가 작성한 것이었다. 그러다가 6월 들어서면서 문헌일지의 담당자는 왕웨이와 마사코로 바뀌었다.

정현선은 7월 11일 일지에서 눈에 띄는 글을 찾아냈다. 문헌일지의 작성자는 마사코였다.

> 베르사유 별관 창고에서 나무 상자에 들어 있는 70여 권의 동양 고서를 발견하였음. 이 도서는 한국의 도서로 보임. 도서 중 일부에는 프랑스 해군 장교와 한국에서 선교활동을 벌이고 있는 프랑스 신부가 쓴 것으로 보이는 친필 편지도 있었음.

'이게 뭔가!'

문헌일지에 나타난 기록은 이 글이 전부였다. 문헌일지의 앞뒤를 살펴봐도 이와 관련된 글은 없었다. 그 당시 새롭게 발굴된 고서에 관해서는 구체적으로 내용을 정리하는 것이 사서의 의무였다. 책의 특기사항, 표지나 원문, 부식 정도, 이 책이 도서관으로 유입된 통로나 과정, 도서의 비치 등 상세하게 적었다. 또한 도서관 서지 목록에 없을 경우에는 책제목이나 목록에 들어갈 예비번호도 기입하는 것이 관례였다. 그런데 마사코가 쓴 일지에는 단 두 줄 밖에 적혀 있지 않았다. 70여 권이 되는 책의 제목도, 해군 장교와 신부가 누구인지, 이들이 작성한 친필 편지의 내용도 없었다.

'70여 권의 한국 고서…… 전설의 책…….'

그러나 감이 잡히는 것이 하나 있었다. 세자르는 문헌일지에 적혀 있는 간단한 내용에도 불구하고 이 안에서 무언가를 찾아낸 것이다. 그것은 바로 한국의 고서라는 것이다.

10

조선 후기의 가장 유명한 책장수로 조생(曺生)이라는 인물이 있다. 그는 오래 살고 행적이 신이(神異)하다 하여 모두들 그를 '조신선(曺神仙)'이라고 불렀다. 정약용(丁若鏞)은 그를 가리켜 '백 살이 넘은 말세의 신선'이라고 했고, 조수삼(趙秀三)은 '도를 지니고도 스스로 숨어 완세하던 사람'이라고 했다. 조생은 늘 사십쯤 되어 보이는 외모에 밥을 먹지 않고 술만 마시며, 그의 사생활은 철저히 감추어져 신비화되어 있었다. 조생은 지식인은 아니었지만 그의 책 정보는 당대 최고였다. 책의 저자, 권 수, 문목, 의례에 관한 서지 정보는 물론 책의 소장자, 소장 연도에 관한 정보까지 다 파악하고 있었다. 온갖 종류의 책에 대해 막히지 않고 얘기하는 모습이 '박아(博雅)한 군자'와 같다고 평가받을 정도였다. 조선의 글깨나 읽는 사대부들 중 조생이 공급한 책을 지니고 있지 않은 사람은 거의 없었다. 조생은 자신을 '책에 관한 한 나보다 더 아는 사람이 조선에는 없다'고 하여 스스로 책에 성씨를 붙여 조책(曺冊)이라고 불렀다. 조생은 세상의 책을 모두 자신의 것으로 여기고, 또 그를 뒷받침할 책 정보를 가지고 있었으며, 책 거래를 '하늘의 명'으로 생각하고 평생을 책과 함께 지냈다.

책장수 조생이 큰 시련을 겪은 때는 영조 때의 『명기집략』 사건이었다. 영조는 선왕을 모략한 이 불온한 서적을 파는 책쾌들을 모두 체포하여 엄벌에 처했다. 그러나 조생은 이미 이런 체포령을 알고 피신하였는데, 그때 그가 도피한 곳은 강화였다. 조생은 강화에서 철저히 신분을 숨기고 그곳 학자들과 교류하며 말년을 보냈다. 당시 조생이 서울에 있던 책들을 어떻게 강화까지 가지고 왔는지는 잘 알려져 있지는 않으나, 강화에 있는 책의 절반은 조생이 가지고 온 책이라는 소문이 파다했다.

조생이 죽고 난 뒤 그가 소장하고 있는 책은 몇몇 책장수들이 사들여 조선 후기의 책사(冊肆)의 명맥을 유지했다. 이 책사들은 주로 종로와 광화문통을 본거지로 삼았는데, 규장각 교서관 사서들에게는 이들이 주요 공급처였다. 뿐만 아니라 조선 말 프랑스 외교관인 플랑시나 모리스 쿠랑도 이들 책사로부터 조선의 희귀 고문서를 구입했다. 이들 책사들은 일제 강점기에도 북촌과 남촌에서 근근히 명맥을 유지해왔다.

남길준은 최동규가 돌아간 뒤, 금방 이부자리 신세가 되었다. 처음에는 이마에만 미열이 있더니 반나절이 지나 열병이 온 몸으로 번져갔다. 손길이 닿는 구석구석마다 그의 몸은 뜨겁게 달아올랐고, 몸에서 방출되는 식은땀은 엄청난 양이었다.

사흘을 꼬박 이부자리에 땀을 적시고서야 비로소 기운을 차렸다. 그는 자리에 누워 있는 동안 내내 최동규가 가져온 그림을 떠올렸다. 그 그림이 낯이 익기는 한데 언뜻 떠오르지 않았다.

'교서관 출신이라고 했지……'

남길준은 주방 입구 쪽으로 터벅터벅 걸어갔다. 그곳에는 조선 말기의 책들이 정리되어 있었다. 보기에는 아무 의미 없이 책을 쌓아놓은 것 같아도 오랜 기간에 걸쳐 체계적으로 정리된 것들이다. 그의 집 안에 있는 수많은 책들은 조부와 아버지로부터 물려받은 유산이었다.

남길준은 자신의 키만큼 쌓아올린 책 더미에 묻혀 한 권 한 권 책을 더듬어 나갔다. 한 시간 정도 지나자 낯익은 제목의 책 한 권을 찾아냈다. 책의 제목은 『진권문집(眞卷文集)』이었다.

'바로 이 책에서 본 것 같아.'

책표지를 장식하고 있는 '진권'이라는 단어가 생소해 보이지 않았다. 이 책은 조선 말 교서관의 젊은 사서들의 단체인 진권회에서 펴낸 책 같았다. 그러나 책표지에는 지은이 이름은 보이지 않았다.

남길준은 두툼한 책의 겉장을 넘겼다. 순간 그의 두 눈이 놀란 토끼눈처럼 변했다. 이 책의 속표지에는 영문자로 된 글이 적혀 있는 것이 아닌가!

Juber-Ridel

'정말 희한한 일이로군.'

남길준은 고개를 갸웃거렸다. 조선의 고서에서 속표지에 이런 영문자가 적혀 있는 것은 처음이었다. 더군다나 이 영문자는 붓으로 쓴 것이 아니라 얇은 펜촉으로 쓴 것이었다. 어쩐지 예사롭지 않은 느낌이 들었다.

남길준은 다음 장을 펼쳤다. 바로 그곳에 외규장각이 그려진 그림이 있었다.

조선의 고서는 책의 표지를 넘기면 곧바로 면지(面紙)가 나온다. 면지는 표지와 본문 사이에 있는 것으로, 외규장각은 바로 이 면지에 그려져 있었다. 면지에는 대부분 책의 임자가 좋아하는 글귀나 시구가 적히고 특별한 사연이 있을 경우에만 그 안에 글을 적어 넣는 것이 보통이다. 중세 한글의 중요한 자료인 『대학언해(大學諺解)』의 면지에는 왕에게 하사 받은 책이라는 내용이 적혀 있다. 교서관에서 간행한 『이충무공전서(李忠武公全書)』의 면지에는 이 책이 규장각본임을 밝히고 있다. 그런데 이 책에는 글귀나 시구대신 외규장각이 그려져 있는 것이다. 조경환이 외규장각을 세밀하게 그린 것과는 비교할 수는 없으나 그림의 윤곽만은 엇비슷했다. 1백 여 쪽에 이르는 필사본인 이 책은 여러 가지로 특이한 점이 많았다. 속표지에 이상한 영문자가 있는 것도 그랬고, 면지에 그림이 그려져 있는 것도 그랬다.

책의 본문으로 들어가자 왼쪽 상단에 '진권회'라는 세 글자가 작게 쓰여 있었다. 그 아래에는 다음과 같은 글이 적혀 있었다.

세상의 책이란 허물이 없고 지위가 없어 고귀한 난초와 같으니 이를
보존하고 영위하는 것은 선비의 책무라. 자고로 시절이 어수선하여

때를 잘못 만나 영고성쇠(榮枯盛衰)를 겪고 때로 분서의 치욕을 겪기도 했고, 널리 장서(掌書)라 불리며 출세를 앞둔 약관의 문신들에게 더할 나위 없는 교리가 되기도 했다. 사정이 이러하니 책에게도 목숨이 붙어 있는 것처럼 상기가 있고, 암흑기가 있었다. 이에 지금은 적기의 볕을 보지 못해 지하에 숨어들었으나 언젠가는 그 빛이 들어 생명의 순간을 마음껏 펼칠 날이 올 것이다. 오늘날 세도의 혹한에도 이 책들을 보존하는 것은 그 위세를 시험하기 위함이 아니라 책의 생명을 영원히 유지하기 위함이다.

다음 장을 펼치자, 책의 목록과 간단한 내용과 해제, 그리고 책을 구입한 시기가 상세하게 적혀 있었다. 그것은 최동규가 가져온 조경환의 그림, 비단천에 적혀 있는 고서들과 거의 비슷했다. 책 안의 목록 중 『정감록(鄭鑑錄)』은 다음과 같은 해제를 달고 있었다.

바를 정(正)자 정도령(正道靈)이란 천상의 성명으로, 하늘이 사람들로 하여금 알지 못하게 감추어 놓은 말인데, 인간이 마땅히 가야할 바른 길, 즉 정도(正道)를 이르는 말이다. 또한 마귀로부터 벗어나는 구원의 길을 말하는 것이며, 정도령이 오신다는 것은 곧 인간을 해탈시키기 위하여 정도의 신인 부처님이 오신다는 말이다. 도덕경(道德經)에는 하늘의 상제가 동반도에 강림한다는 말이 있는데, 이분이 미륵불이며 정도령이다. 즉 말세에 나타나서 통합하기로 이미 정하여진 한 사람에 대한 것이다. 이 책은 지금까지 삼가(三家), 삼도(三道), 즉 유불선(儒佛仙)으로 나누어져왔으나, 말세의 운에는 한 사람의 신선이, 이 세상을 조화로 연화세계(蓮花世界)를 만든다고 하는 예언서이다. 이 안에는 정도령이 성인이며, 후왕이며, 훗날 왕이 되어 천하를 통치하게 된다는 내용이 담겨 있다.

이 책은 『정감록』이외에도 많은 조선의 금서에 해제를 달고 있었다. 그리고 책의 중간 부분을 넘어서자, 금서 목록과는 전혀 다른 책제목이 빽빽이 들어 차 있었다. 송조표전총류(宋朝表牋總類), 십칠사찬고금통요(十七史纂古今通要)…….

'이 책들은 금속활자본인가?'

낯이 익은 제목이기는 하나 무슨 책을 열거한 것인지 기억이 가물가물했다. 조선의 금서와는 달리 이 책들은 태종을 필두로 조선 군주의 간단한 치적과 함께 책이 간행된 시기별로 정리되어 있었다.

『진권문집』을 펴낸 시기는 병인년(1866년) 3월이었다. 시기적으로 대원군의 집정 시절이니 미상의 작자는 이 책이 분서될 것을 염려하여 따로 보관하려고 했던 것 같았다.

'진권회에서 이 금서 목록에 해제를 달고 어딘가에 보관하려고 했던 것은 아닐까?'

남길준은 그렇게 추측하고 강화 관아에 기록된 책을 찾았다. 외규장각에 그들만의 비소를 만들었다면 강화 관아 기록에 쓰여 있을 것이 분명했다.

남길준은 자리를 옮겨 대원군 집정 시절 강화 관아에서 기록한 일지를 찾았다. 그의 예상대로 외규장각에 관한 글이 보였다.

강화 행궁 내 외규장각 보수 공사가 있다 하여 서울에서 규장각 대제학인 김병기가 네 명의 장정과 함께 관아를 찾았다. 무슨 연유인지 행궁 내의 각신은 물론 위장숙소에서 기거하는 각신들을 내몰고 외규장각 내의 출입을 금하였다. 아무리 자잘한 공사라 해도 의궤와 측량이 있거늘 이들은 연장만 갖추고 있었다. 공사 기간은 하루밖에 걸리지 않았는데, 서울에서 온 장정들은 공조(工曹)로 보이지 않았으며, 영선(營繕)을 위한 장정으로 보였다. 이들이 공사를 마치고 물러간 뒤 행궁 안으로 가보았으나 외규장각은 예전과 다름없어 어떤 공사를 하고 간 것인지 도무지 알 수 없었다.

대체 여기서 무슨 공사를 했단 말인가. 바로 이때에 외규장각 근처에 '비소'를 만든 지도 모른다. 남길준은 장롱 서랍 속에서 최동규의 명함을 찾아 전화를 걸었다.
"나, 남길준이오. 최 선생 있소?"
"교수님 어제 프랑스로 떠나셨는데요."
전화의 목소리는 김 조교였다.
"프랑스?"
"예. 급히 볼 일이 있어서요."
"언제 돌아오는가?"
"한 닷새쯤 걸릴 겁니다."

전설의 책

1

한국 대사관에서 마련해준 호텔은 파리 3구역 루브르 박물관 근처에 있었다.

최동규는 호텔에 들어서자마자, 웃옷만 벗은 채 침대에 몸을 눕혔다. 장례식장을 다녀올 때마다 빠짐없이 나타나는 증상은 파리에서도 여전했다. 온몸이 파김치처럼 늘어지고 혼백이 어디론가 달아난 것처럼 정신이 없었다. 잠깐만이라도 눈을 붙이고 싶었다.

그토록 기다리던 파리행이 정부의 조문객 대표로 가게 될 줄은 꿈에도 몰랐다. 드골 공항에 내리자마자 최동규는 한국 대사관에 잠시 얼굴을 비춘 뒤 곧바로 세자르의 영결식장으로 향했다. 몽파르나스 묘지에서 거행된 세자르의 영결식은 간소하게 치러졌다. 영결식이 치러지는 동안 그의 가슴 한구석에는 아쉬움과 미련, 그리고 세자르를 잃은 슬픔이 복잡하게 교차하고 있었다. 2년 여 동안 공들인 노력이 수포로 돌아갈 지도 모른다는 불안감, 다시 협상 일정을 잡아야 한다는 강박관념이 한시도 그의 곁을 떠나질 않았다. 그러나 최동규는 프랑스 협상팀의 관계자와는 단 한 마디도 나누지 못했다. 제아무리 협상에 목을 매달았어도 영결식장에서 협상 얘기를 꺼내는 것은 고인에 대한 예의가 아니었다. 오늘만은 협상 대표가 아닌 조문객 대표로서 남는 것이 도리였다.

내일부터는 다시 원래의 협상 대표로 돌아가야 한다. 앞으로 남은 시간은 닷새 밖에 없다. 어떻게든 이 안에 차후 협상 일정을 잡아야 한다.

막 잠이 들려는 순간 요란한 벨소리가 울렸다. 최동규는 수화기를 들었다.

"최 교수. 날세."

정현선 박사였다.

"예. 선생님."

"시간 좀 내 줄 수 있겠나. 지금 최 교수를 만나고 싶은데."

시계는 4시를 가리키고 있었다. 8시에 대사관 직원과 저녁 식사를 하기로 했으니 충분한 시간이었다.

"알았습니다. 어디로 나갈까요?"

"5시에 리슐리외 도서관 앞에서 만나세."

세자르의 영결식장에서 정현선을 만났지만, 경황이 없던 터라 간단히 안부 인사만 나누고 헤어졌다. 그렇지 않아도 내일 오전에 정현선을 찾아갈 생각이었다. 파리에 도착한 뒤 가장 먼저 떠오른 사람이 정현선이었다. 최동규는 지난 봄 정현선이 고국을 찾아왔을 때 했던 말을 지금도 생생히 기억하고 있었다.

"내일 당장 죽어도 여한이 없네. 그러나 저승길에 가기 전에 꼭 해야 할 것이 있지. 그것은 바로 외규장각 도서가, 그 찬란한 조선의 의궤가 고국의 품에 안기는 것이 아닌가."

정현선이 이번 협상을 위해 기울인 노력은 그 무엇과도 비교가 되지 않았다. 고국에 있는 한국 협상팀원의 노력보다도, 프랑스 대사관 직원들의 외교 성과보다도, 정현선 한 명의 공이 더 컸다. 정현선은 외규장각 의궤 도서의 산증인이었다.

'동서양 고문서의 향취를 찾아서'

전시장 구석에 있는 테이블에는 최동규와 정현선이 마주 앉아 있었다. 정현선의 얘기를 귀담아듣는 최동규의 얼굴은 석고상처럼 딱딱하게 굳어 있었다. 이에 반해 정현선은 냉정할 정도로 차분함을 유지하고 있었다.

"그럼 세자르가 살해됐다는 겁니까?"

최동규는 자신도 모르게 목소리를 높였다. 드골 공항 가판대에서 구입한 신문에도 세자르의 사인은 심장마비로 나와 있었다.

"심장마비가 아닌 것만은 확실하네."

"로잘리는 지금 어디에 있습니까?"

"내 집에 와 있어. 로잘리가 세자르의 시신을 잘못 봤을 리가 없지 않겠나?"

"믿어지지가 않습니다. 그럼 경찰은……?"

"경찰은 세자르의 사인을 은폐하고 있는 게 분명해. 지금도 세자르의 집에는 경찰이 출입을 통제하고 있네."

"어떻게 그런 일이……."

최동규는 어안이 벙벙했다. 세자르가 살해되었다니, 이건 보통 일이 아니었다. 만의 하나, 세자르의 죽음이 이번 협상과 관련이 있다면 외교적으로도 심각한 마찰을 빚을 수 있는 일이었다.

"최 교수, 세자르가 사망하기 이틀 전에 날 찾아왔었네."

정현선은 세자르가 자신을 찾아온 날의 상황을 차분하게 말해주었다. 왕웨이 죽음의 의혹, 마사코를 찾은 일, 1977년 문헌일지, 전설의 책에 대한 이야기를 모두 털어놓았다.

"세자르는 사망하기 얼마 전부터 리슐리외 도서관 지하 별고에 자주 드나들었어."

"리슐리외 도서관 지하 별고라면……?"

"도서관 사서도 함부로 들어갈 수 없는 곳이지."

리슐리외 도서관 지하 별고는 대륙별로 구성된 십여 명의 고문서 담당 사서도 이곳을 출입할 때는 정식 절차를 거쳐야 한다. 도서관장에게 사유서를 제출하고 4단계에 이르는 보안 시스템을 통과해야 한다. 공항 검색대보다 더 까다로운 곳이 바로 이 지하 별고의 보안 시스템이다. 지하 별고를 자유롭게 드나들 수 있는 사람은 도서관장과 부관장 정도였다.

"난 세자르가 지하 별고에 자주 드나들었다는 게 자꾸 신경이 쓰여. 특별한 행사가 없는 한 그곳에 갈 일은 거의 없거든. 더군다나 세자르는 한국과의 협상을 앞두고 무척 바빴을 텐데 말일세."

"지하 별고에 출입한 것이 세자르의 사인과 관련이 있다는 건가요?"

"그렇지. 내가 보기엔 세자르가 지하 별고에서 무언가를 발견한 것 같아."

최동규는 정현선의 다음 말을 기다렸다.

"그건 바로 한국의 고서일 걸세."

"한국의 고서요?"

"세자르는 죽기 전에 리슐리외 도서관의 1977년 문헌일지를 찾았네. 이 문헌일지에는 베르사유 별관에서 발견한 한국의 고서가 적혀 있었지. 작성자는 바로 마사코였네."

"베르사유 별관이라면 선생님이 『직지』와 외규장각 도서를 발견한 곳이 아닙니까?"

정현선은 고개를 끄떡였다.

"선생님은 그때 마사코가 무슨 책을 발견했는지 모르십니까?"

"그건 나도 모르는 일이네. 마사코가 그 책을 발견한 지 얼마되지 않아 나는 도서관을 그만두었거든. 게다가 마사코가 발견한 책들은 일반 사서들도 모르고 있었던 것 같네. 당시 마사코가 작성한 문헌일지에도 정확한 고서 목록이 적혀 있지 않았어. 그냥 한국의 고서라고만 적혀 있었네."

정현선은 여러 정황으로 미루어 세자르가 찾았던 책을 한국의 고서로 확신하고 있었다. 세자르가 말한 '전설의 책'도 이와 무관해 보이지 않았다.

"그런데 세자르가 왜 갑자기 마사코를 만나려고 한 걸까요?"

"글쎄…… 베르사유 별관에서 발견한 그 책들 때문이 아닐까?"

"마사코는 만나보셨습니까?"

"연락이 안 돼. 아무리 전화를 해도 받질 않아."

마사코는 도서관을 그만둔 뒤로 한 번도 도서관에 모습을 나타낸 적이 없었다. 파리 대학 교수 시절에도 마사코는 되도록 도서관 사람들과는 마주치지 않으려고 했다. 세월이 흐르면서 마사코는 도서관에서 잊혀진 인물이 되었고, 누구도 마사코의 소식을 궁금해하지 않았다. 그런데 느닷없이 세자르가 마사코를 찾아 나섰고, 이틀 후 그는 그만 목숨을 잃은 것이다. 게다가 마사코의 행적도 묘연했다.

그때 정현선의 머리에 낯익은 얼굴이 떠올랐다. 루브르 골동품 가게의 주인인 루앙이었다. 세자르는 그날 루앙을 만나고 오는 길이라고 했다. 루브르 골동품 상가 거리는 세자르 같은 학자들은 여간해서 잘 가지 않는 곳이었다.

"최 교수, 지금 바쁜가?"

"8시까지는 괜찮습니다."

"그럼 시간 좀 내주게."

리슐리외 도서관을 나온 정현선은 걸음을 우뚝 멈추었다. 택시를 잡으려고 인도 쪽으로 다가서려는데, 뒷덜미에 아주 강한 전류가 흘렀다.

'누군가 뒤를 따라오고 있다!'

정현선은 뒤를 돌아보지 않고도 느낌만으로 알았다. 그런 전류는 십여 미터 정도 떨어진 곳, 바로 노천 카페에서 오는 것 같았다.

처음엔 그저 같은 방향의 사람이거니 했다. 그러나 가게 진열장을 통해 훔쳐본 상대는 틀림없이 그녀를 겨냥해 보폭을 맞추고 있었다. 그녀가 발길을 멈추면 그도 멈추었고, 다시 발길을 옮기면 그 역시 발길을 옮겼다. 틈틈이 주위 간판에 몸을 숨기거나 지나가는 사람들을 등지고 몸을 최대한 은폐시키고 있었다.

"선생님, 왜 그러십니까?"

최동규가 물었다.

"아, 아닐세."

정현선은 뒤돌아보고 싶었지만 꾹 참았다. 인도 쪽으로 고개를 돌려 옷가게의 진열장을 통해 사내의 모습을 예의 주시했다. 사내는 고개를 숙이고 있어서 얼굴을 볼 수가 없었다.

때마침 택시가 그들 앞으로 미끄러지듯이 멈추었다. 정현선이 먼저 택시에 올랐고, 뒤이어 최동규도 택시에 올랐다.

"루브르 골동품 상가로 갑시다!"

2

프랑스에는 문화재와 관련된 많은 민간 단체들이 활동하고 있다. 전국 조직망을 갖춘 백 여 개되는 프랑스 문화재 보호 단체 중에서 가장 영향력이 큰 조직으로는 'R2P'와 'CDM(프랑스 문화재위원회)'이 있다.

CDM은 1791년 프랑스 혁명과 함께 국가적인 문화재 정비 차원에서 처음 발족하였다. 프랑스 혁명이라는 전례가 없던 사회적 격변으로 왕권과 교회에 속해 있던 기념물과 예술품들이 크게 훼손되었다. 이를 계기로 1791년 혁명 정부는 국가 차원에서 문화유산을 보호하기 위해 CDM을 조직하고 프랑스 내에 있는 문화재 정비 사업에 나섰다. 처음 국가가 운영하던 CDM은 19세기 후반에 접어들면서 순수 민간인이 주도하는 단체로 변했다. 이에 비해 R2P의 역사는 매우 짧다. 'R2P'란 Return 2 Printing의 약칭으로 여기서 말하는 2는, 제2차 세계대전을 가리킨다. 즉 제2차 세계대전 때 유출된 문화재를 다시 되돌려받는다는 취지에서 만들어졌다. R2P는 독일로부터 문화재를 반환받기 위해 생긴 자생적인 단체였다. 그러나 R2P는 짧은 역사에도 불구하고 비약적인 발전을 이루었다. R2P는 처음 의도와는 달리 이제는 프랑스 내에 있는 문화재의 해외 반출을 막는 데 더 주안점을 두고 있다.

R2P는 스스로 프랑스 문화재의 마지막 파수꾼임을 자처하고 있다. 프랑스와 문화재 협상을 펼치는 국가에서는 프랑스 정부보다 R2P를 더 경계했다. 이집트가 오벨리스크 첨탑 반환 협상을 벌일 때도 R2P가 개입해 협상이 아예 무산되기도 했다.

에시앙이 주목했던 단체가 바로 'R2P'였다. 세자르와 R2P와의 갈등은 이미 오래 전부터 시작되고 있었다. 이들의 갈등은 최근 한국과의 고문서 협상을 앞두고는 폭발 지경에 이르렀다. R2P는 세자르를 공격하는 데 물불 가리지 않았다.

수사팀은 R2P의 특별전담팀을 만들어 파리를 주무대로 한 R2P를 집중 조사했다. 이들의 정회원 중에는 파리 대학 총장은 물론 프랑스의 영향력 있는 인물들이 다수 포진하고 있었다. 그러나 특별히 눈길을 끄는 보고서는 없었다. 세자르와 R2P의 대립도 표면적으로 드러난 것일 뿐 구체적인 내용은 보이지 않았다. 프랑스 국립도서관에도 피에르를 비롯해 R2P의 정식 회원이 백 여 명에 달했으나, 이들은 대부분 세자르와의 관계도 원활한 편이었다.

'수사 방향을 잘못 짚은 게 아닐까?'

수사팀의 절반을 R2P에 투입했어도 이렇다할 단서 하나 나오지 않았다. 그렇다고 이 거대한 조직을 공개적으로 수사할 수도 없는 노릇이었다. 에시앙의 속은 숯덩이처럼 까맣게 타 들어갔다.

"R2P를 비공개 수사하는 데는 한계가 있습니다."

프랑수아가 어렵게 말을 꺼냈다.

"그렇습니다. 워낙에 거대한 조직이라 접근하기도 쉽지 않습니다. R2P 회원 중에는 거물급의 법조인도 상당수 있습니다."

옆에 있는 셀리옹도 거들었다.

"R2P 회원들이 세자르 집무실에 항의 방문한 것은 어떻게 되었나? 세자르와는 충돌이 없었나?"

"그날 세자르는 외출 중이어서 서로 만나지 못했다고 합니다."

프랑수아는 에시앙의 눈치를 살폈다.

"우리가 잘못 짚은 게 아닌가 생각됩니다. R2P 회원들은 프랑스의 최고 지성인들입니다. 다소 과격한 회원이 있기는 하지만, 사람을 해칠 정도로 무모하지는 않습니다."

"……."

"만약 그런 사실이 알려진다면 R2P의 존립마저도 위태로울 수가 있습니다."

에시앙의 입에서 짧은 한숨이 새어나왔다. 프랑수아의 말대로 R2P는 보수적인 성격의 단체이기는 하나 살인을 저지를 정도로 무모하지는 않았다.

"세자르 집무실에서 가져온 컴퓨터는 어떻게 됐나?"

"그건 복구가 불가능하다고 연락이 왔습니다."

"불가능하다니?"

"문서 파일을 삭제한 게 아니라 아예 본체의 하드 디스크를 망가뜨렸다고 하더군요. 복구 불능 시스템을 사용했다고 합니다."

"그럼 누군가 세자르 집무실에 침입했다는 소린가?"

"그런 것 같습니다."

"음. 그건 용의자 중에 도서관 내부자도 있을 거라는 소린데."

"저는 피에르 부관장이 마음에 걸립니다."

셀리옹이 말했다.

"리슐리외 도서관 지하 별고에는 세자르만이 출입한 것이 아니었습니다. 피에르도 최근 들어 지하 별고에 자주 모습을 나타냈었다고 하더군요. 도서관 경비원에 따르면 세자르가 사망하기 직전에 서로 지하 별고 입구에서 마주쳤다고 합니다."

"음."

"그뿐이 아닙니다. 세자르의 컴퓨터에서 피에르의 지문이 발견되었습니다."

"일단 피에르는 나에게 맡겨. 그렇지 않아도 리슐리외 도서관의 지하 별고에 가봐야겠어."

처음부터 피에르가 신경이 쓰였다. 세자르가 사망한 후 도서관 직원들은 모두 슬픔에 잠겨 있었으나 유독 그만이 초연해 보였다.

"이것 좀 보십시오."

에시앙이 자리에서 일어나자 프랑수아가 메모지 한 장을 내밀었다.

HCD+227

"이게 뭔가?"

메모지에는 'HCD+227'이라는 기호가 빈틈이 없을 정도로 빼곡이 들어차 있었다.

"세자르의 서재 휴지통에서 발견한 겁니다. 아직 서재 휴지통에 남아 있는 것으로 봐서 세자르가 최근에 적은 낙서 같습니다."

예사롭지 않은 낙서였다. 에시앙은 이 낙서만으로도 세자르가 이 기호에 상당히 고심한 흔적을 발견할 수 있었다. 낙서의 의미는 단순하다. 그것이 반복적으로 계속 써내려갔을 때는 작성자의 고민이나 집착을 엿볼 수 있다. 세자르 역시 마찬가지였다. 그는 이 알 수 없는 기호에 매달려 이런 낙서를 수십 차례 적은 것이다. 비록 아무 의미 없는 낙서 같지만, 때로는 이런 사소한 것이 수사의 결정적인 단서를 제공하기도 한다.

"세자르 주변 사람들을 만나서 이 기호가 무얼 뜻하는지 조사해봐. 참, 마사코에 대해서는 알아봤나?"

"마사코는 30년 전 리슐리외 도서관에서 근무했던 사서입니다. 지난해까지 파리 대학 교수를 지냈고, 현재는 유네스코 회원으로 활동하고 있습니다."

"세자르와의 관계는?"

"로렌 박사 말에 따르면 서로 모르는 사이라고 하더군요."

"그런데 세자르가 왜 갑자기 마사코를 찾아간 것일까?"

"……"

"마사코의 소재는 파악되었나?"

프랑수아는 고개를 흔들었다.

"아직 소식이 없습니다."

세자르는 사망하기 이틀 전에 마사코의 집을 방문하였다. 그들은 단 한 번도 만난 적도, 본 적도 없는 관계였다. 그런데 세자르는 왜 갑자기 마사코의 집을 찾아간 것일까?

그런 의문을 풀어줄 사람은 단 한 사람밖에 없었다. 그러나 그 사람은 세자르가 사망한 이후 감쪽같이 모습을 감추고 말았다.

3

마사코는 마들렌 성당의 입구를 떠받치고 있는 여덟 개의 거대한 기둥을 지나 본당으로 들어섰다. 전형적인 로마네스크 양식의 본당은 19세기 대표적인 건축물답게 화려하면서도 웅장했다. 마사코는 본당 크기에 압도당한 듯 멍하니 넋을 놓고 서 있었다. 한쪽에서는 요란한 발동기 소리와 함께 뿌우연 먼지가 솟아오르고 있었다.

성당 본당은 한창 공사 중이었다. 본당 안의 구조물은 한쪽으로 치워져 있었고, 입구 앞에 바닥은 포석을 다 뜯어내어 고대 유물 발굴 현장처럼 황톳빛 흙으로 뒤섞여 있었다. 본당 안에는 인부들이 아기 몸 만한 대리석을 실어 나르고 있었다.

마들렌 성당은 유서 깊은 파리의 다른 성당에 비해 역사가 매우 짧다. 루이 15세 때인 1764년에 착공했다가 프랑스 혁명으로 중단한 뒤, 1806년 나폴레옹이 프랑스 군대의 업적을 기리기 위해 다시 착공하였다. 그리스의 파르테논 신전과 건축 스타일이 흡사한 이 곳은 수많은 비밀을 지니고 있는 성당으로 더 유명하다.

"이리로 오시오."

검고 긴 끌레셔츠 차림의 신부가 마사코 앞으로 다가왔다. 신부는 키가 크고 나이가 많아 보였다. 마사코는 노신부를 따라 본당 끝의 제단 쪽으로 갔다. 제단 옆에는 마리아 막달레나 승천상이 있었는데, 노신부는 그 옆의 길로 들어섰다. 마사코는 문득 동양어대학교 도서관에서 찾아낸 주베르의 책, 『1866년 프랑스의 강화도 원정기』가 떠올렸다.

여덟 개의 거대한 기둥을 지나

막달레나 승천상으로 들어오라

주베르의 책 속표지에는 그런 글귀가 적혀 있었다. 바로 마들렌 성당을 가리키는 것이었다.

성당 복도는 크고 넓었다. 노신부는 복도 중간에서 왼쪽으로 몸을 틀더니 갈색 나무문 앞에서 걸음을 멈추었다.

"마들렌 성당은 처음이오?"

노신부가 문을 열면서 물었다. 이번에는 좁고 가파른 나무 계단이 나타났다.

"예."

"리슐리외 도서관에서 일한 적이 있다는 소리를 들었소."

"그렇습니다."

"그곳의 지하 별고는 참으로 신기한 보물 창고요. 하하. 세계의 온갖 희귀본으로 가득 차 있으니 보기만 해도 배가 부를 것 같소. 하하."

노신부는 소리를 내어 웃었다.

'이 노신부는 대체 누굴까?'

노신부는 처음 봤을 때의 무표정한 얼굴과는 달리 마사코에게 다감한 눈빛을 보냈다.

"요즘은 이 비밀의 방을 이용하는 사람이 매우 드물지."

마사코는 신부를 따라 나무 계단을 밟고 아래로 내려갔다. 신부의 발걸음은 워낙에 조용해 마치 유령이 거니는 듯한 착각이 들었다. 벽에 붙어 있는 희미한 전등이 그들의 발걸음을 내려다보고 있었다.

"사람이 살다보면 평생 무덤에 가지고 가야 할 비밀이란 게 한두 가지는 있기 마련 아니오? 그러고 보면 비밀이란 것은 인간에게는 필요악인가 보오. 하하."

순간 마사코의 발길이 멈칫했다. 노신부의 말은 그녀의 귀에 아주 익은 소리였다. 30년 전 알렉스도 지하 별고의 한쪽 구석에서 이와 비슷한 소리를 했었다. 마사코는 갑자기 이 노신부가 부담스럽게 느껴졌다. 노신부는 분명 초면인데도 마치 자신에 대해 많은 것을 알고 있는 것 같았다.

지하 계단을 다 내려가자 작은 쪽문이 나타났다. 노신부는 쪽문에 달려 있는 다이얼 번호를 차례대로 눌렀다. 그러자 쪽문이 열리고 제법 큰 공간이 나타났다.

"다 왔소."

'이곳이 말로만 듣던 비밀의 방인가.'

마사코는 길게 숨을 들여 마셨다. 비밀의 방은 사방이 꽉 막힌 탓인지 음침하고 답답해 보였다. 이곳은 19세기 후반에 전설의 비밀 조직인 '토트'의 문화재 보관 장소로도 이용된 곳이었다. 후대의 고고학자는 '토트'의 정체를 밝히기 위해 여러 차례 이곳의 잠입을 시도했지만 끝내 비밀의 방의 문은 열리지 않았다.

노신부는 비밀의 방 한가운데에 있는 대리석 문을 조심스럽게 열었다. 그러자 그 안에는 20여 개의 철제 금고가 나타났다. 신부는 녹색으로 칠해진 8번 철제 금고를 가리켰다.

"동양에서는 8이라는 숫자가 행운의 숫자 아니오?"

노신부가 물었다. 고대 서아시아에서는 8을 마법의 숫자라고 생각했고, 불교에서 8은 모든 것이 완성된 상태를 뜻한다. 중국에서의 8은 행운의 상징으로 받아들였으며, 이집트에서 8은 성스러운 숫자이다. 유대교도들은 8을 완벽한 지혜의 숫자라고 여겼다.

"일본에서는 아주 많다는 표현을 할 때 8자를 사용합니다. 성스럽다거나 크다는 의미로도 해석하죠."

"성경에서 8이라는 숫자는 인간이 새롭게 태어나는 날을 뜻하며, 단식과 참회가 끝난 8일째는 인간에게 있어서 가장 고귀한 날을 의미하죠. 하하."

노신부는 마사코에게 길을 열어주고 한 발치 뒤로 물러섰다. 녹색 철제 금고는 족히 백여 년은 더 되었을 법한 낡고 오래된 금고였다. 마사코는 한쪽 손에 들고 있던 가방을 바닥에 내려놓고 금고의 다이얼을 돌렸다.

'22, 45, 67, 11……'

다이얼 번호를 차례대로 돌리자 육중한 금고문이 열렸다. 금고 안은 텅 비어 있었다. 마사코는 가방을 안에 넣고 금고를 잠갔다.

"이젠 됐소."

노신부는 그렇게 말하고 비밀의 방을 닫았다.

"당신은 또 하나의 비밀이 생긴 것이오."

눈이 부셨다. 마들렌 성당을 나온 마사코는 잠시 아찔한 현기증을 느꼈다. 암흑의 긴 터널에 있다가 방금 환한 세상으로 쓸려나온 것 같았다.

마사코는 성당 주차장 쪽으로 터벅터벅 걸어갔다. 이윽고 주차장에 대기하고 있던 검은색 차의 문이 열리더니 금발의 건장한 사내가 내렸다. 사내는 차의 뒷문을 열고 정중하게 말했다.

"타시죠."

마사코는 차에 오르기 전에 금고 다이얼 번호가 적혀 있는 쪽지를 주차장 휴지통에 버렸다. 다시는 이런 이상하고 불쾌한 심부름 따위는 하고 싶지 않았다.

검은색 차는 마사코를 뒷좌석에 태운 뒤 빠르게 성당을 벗어났다.

'대체 이 사람은 누구이고, 검은 가방 안에는 무엇이 있으며, 왜 이것을 비밀의 방에 감추려 하는가?'

마사코는 정신을 차릴 수가 없었다. 세자르가 그녀의 집에 다녀간 뒤부터 알 수 없는 일들이 봇물처럼 터졌다. 마사코는 어디서부터 이번 일을 정리해야 할지 가닥이 잡히지 않았다. 그녀는 마치 꼭두각시가 된 느낌이었다.

'아무것도 묻지 말고 그들이 시키는 대로 따라야 하오.'

상트니의 말이 부표처럼 떠올랐다. 상트니는 마사코가 묻는 말에 대답은 않고 그 소리만 되풀이했다. 아무것도 묻지 말고 시키는 대로 따라 할 것.

차는 센 강변도로를 달리고 있었다. 운전석에 앉은 금발의 사내는 이미 갈 곳을 정해놓은 듯 운전에만 몰두했다. 금발의 사내가 라디오 버튼을 누르자, 귀에 익은 선율이 흘러나왔다. 바흐의 타고타였다. 그것은 마치 심한 열병을 앓고 난 뒤에, 아득히 잊고 있었던 추억을 부르는 소리 같았다. 마사코는 스피커에서 흘러나오는 현악기 선율에 몰입했다. 어딘가 몰입하지 않으면 견딜 수 없을 정도로 그녀의 머릿속은 혼란스러웠다.

"지금 어디로 가는 거죠?"

마사코가 사내에게 물었다.

"곧 알게 될 겁니다."

이윽고 차가 멈춘 곳은 파리 13구역에 위치한 작은 모텔이었다. 모텔 정원에는 작은 연못이 있었고, 연못 주변에는 조각상들이 드문드문 설치되어 있었다. 아담하고 운치가 있는 모텔이었다.

"다 왔습니다."

사내는 뒷좌석의 문을 열었다.

"당분간 지시가 있을 때까지 외출을 삼가 주십시오."

사내가 모텔 열쇠를 건네주며 말했다. 사내의 말투는 예의가 바르고 정중했으나 그 안에는 알 수 없는 위압감이 느껴졌다.

마사코는 모텔에 들어서자마자 상트니에게 전화를 걸었다. 이대로 속절없이 그들의 명령을 따를 수만은 없었다. 마사코는 세자르가 죽은 뒤로 어떤 거대한 조직에 휘말리고 있다는 느낌이 들었다. 만일 누군가 자신을 철저하게 이용하려는 집단이 있다면, 그녀 역시 만반의 준비를 갖추어야 했다. 그것은 자신을 끌어들이려는 세밀한 공작일 수도 있었다. 그러나 마사코는 어디서부터 손을 써야 할지 막막했다.

"당분간은 내게 연락하지 말라고 하지 않았소."

상트니는 대뜸 신경질적으로 말했다.

"상트니, 내겐 지금 당신밖에 없어요."

마사코의 목소리에는 간절함이 깃들어 있었다. 그제야 상트니의 목소리도 다소 누그러졌다.

"마들렌 성당에 간 일은 어떻게 되었소?"

"시키는 대로 했어요."

"수고했소."

"난 지금 어떻게 일이 되어 가는지 도통 모르겠어요. 상트니, 내게 솔직히 말해줘요. 세자르를 살해한 사람은 누구죠?"

"세자르의 일은 신경 쓰지 말아요. 그게 세자르의 운명인가 보오."

"그럴 수는 없어요!"

마사코의 목소리가 날카롭게 울렸다.

"마사코, 때로는 모르고 지나치는 것이 더 좋을 때가 있소. 지금이 바로 그때요."

"그럼 이렇게 마냥 기다려야 한단 말이에요?"

"조금만 더 기다리면 일이 잘 풀릴 것이오. 지금으로서는 나도 달리 할 말이 없소."

"혹시 알렉스 아니에요?"

마사코의 입에서 거침없이 알렉스의 이름이 튀어나왔다. 마사코는 모텔로 오는 차 안에서 내내 알렉스를 떠올렸다. 30년 전, 그날의 약조는 그녀에게 마음의 짐이 되기도 했고, 출세의 묘약이 되기도 했다. 어찌됐든 알렉스의 약조는 무덤에까지 가져가야 한다는 것을 한 번도 잊지 않았다.

"알렉스?"

"이 비밀을 아는 사람은…… 우리 셋뿐이잖아요. 왕웨이는 이미 사망했고."

마사코는 상트니 역시 누군가로부터 지시를 받고 있다는 느낌이 들었다. 그런 지시를 내릴 사람은 알렉스 밖에 없었다.

"하하. 알렉스는 아니오. 그는 우리 프랑스의 대표적인 지성인이 아니오. 알렉스가 어찌 그런 끔직한 일을 저지를 수 있겠소."

"그럼 대체 누구란 말이죠?"

"내 단 하나만 말할 테니 다시는 이 일에 대해 묻지 말아요."

"……."

"그들은 프랑스 사람이 아니오. 그것만 알고 있어요."

마사코는 몸을 부르르 떨었다.

4

사차선 도로 맞은편에는 크고 작은 골동품 가게들이 나란히 줄지어 서 있었다. 20세기 초 '약탈의 전시장'이라 불리던 루브르 골동품 상가 거리였다. 최동규는 천천히 발걸음을 옮기면서 유리 진열장 안에 있는 골동품을 눈여겨보았다. 낯익은 고대 유물과 고문서, 그림, 두루마리 지도 등이 빼곡이 진열되어 있었다. 그러나 소문과는 달리 루브르 골동품 상가는 그다지 커 보이지 않았다.

"이곳은 겉과 속이 다른 거리라네. 겉으로는 화려한 문화재가 사람들의 눈길을 유혹하고 있지만, 그 이면에는 추악한 밀거래가 성행하고 있지."

정현선이 이 곳에 온 것도 오래간만이었다.

"밀거래요?"

"업자와 화상(畵商) 간에, 때로는 국가와 국가 간의 은밀한 거래가 이 곳에서 이루어지고 있다네."

20세기 초, 루브르 골동품 상가 거리는 각국의 수집가들에게는 기회의 땅이었다. 그들은 주머니에 엄청난 달러를 가지고 와서 닥치는 대로 값나가는 문화재를 사들였다. 그리고 이런 보물들을 필요로 하는 국가에 수십 배의 가격으로 되팔았다. 이곳에서 팔려나간 예술품은 권력과 부의 상징이었고, 때로 정치적 협상 도구로 이용되기도 했다. 그러나 도서관이나 박물관에서 은밀히 유출된 문화재는 핵심 관계자만이 알고 있기 때문에 그 출처를 밝혀내는 것은 거의 불가능했다.

"지금이야 많이 쇠퇴했지만, 제2차 세계대전이 끝났을 때만 해도 최고 전성기를 누렸지. 히틀러가 소장하고 있던 수많은 문화재가 이곳으로 흘러 들어왔거든."

히틀러와 괴링이 약탈한 문화재는 그 수를 헤아릴 수 없을 만큼 많았다. 히틀러는 독일과 오스트리아의 여러 곳에 깊이 수백 미터에 달하는

'소금 갱도'를 만들어 일명 '린츠의 소장품'을 보관했다. 소금 갱도는 소금이 수분을 흡수하기 때문에 낮은 습도와 일정한 온도를 유지해 미술품을 보관하기에 더없이 좋은 장소였다. 소금 갱도에서 나온 예술품은 대부분 미국과 구소련이 차지했지만, 그 중 상당수가 루브르 골동품 상가로 흘러 들어왔다. 그러나 1960년대 들어 각국 간의 문화재에 관한 협약이 이루어지면서 루브르 골동품 거리도 쇠락의 길로 접어들었다. 그럼에도 불구하고 아직도 이 거리는 수집가들에게는 매력적인 땅이었다. 여전히 보이지 않는 손들이 이곳에서 활약하며 세계 역사의 궤도를 바꾸기도 했다.

정현선은 대리석으로 지어진 2층짜리 상점 앞에서 걸음을 멈추었다. 상점의 이름은 '루이 14세'였다.

"계십니까? 안에 계세요?"

정현선은 상점 안으로 들어갔다. 진열장 안에는 도자기와 불상, 불화 등 동양의 진귀한 유물들이 가득 들어차 있었다.

"아무도 안 계세요?"

정현선은 문을 두드렸다.

"누구요?"

이윽고 안에서 중년 남자의 목소리가 들리더니 키가 작은 50대 초반의 남자가 얼굴을 드러냈다.

"루앙!"

"로렌 박사님."

루앙은 정현선에게 가볍게 고개를 숙여 인사를 건넸다.

"그동안 잘 지냈나?"

"저야 늘 그렇죠 뭐. 그런데 여긴 웬일이십니까?"

"물어볼 게 있어서 왔네. 얼마 전에 여기 세자르가 다녀가지 않았나?"

"……."

"루앙!"

"저, 전 모, 모릅니다."

루앙은 정색을 하며 말을 더듬거렸다.

"솔직히 말해주게. 이건 매우 중요한 일이네."

"전 모른다니까요."

루앙은 갑자기 문을 열고 상가 밖으로 뛰쳐나갔다.

"루앙, 루앙!"

정현선이 애타게 불러도 루앙은 뒤도 돌아보지 않고 큰길가로 뛰어갔다. 정현선은 허탈하게 웃었다.

"최 교수, 여기 루브르 골동품 상가의 첫째 원칙이 뭔지 아나?"

"……."

"고객과의 상담 내용은 비밀로 한다. 둘째, 고객의 비밀은 무덤까지 가지고 간다. 셋째, 거래의 흔적은 절대 남기지 않는다. 이쯤되면 저 친구의 심정도 알 것 같지 않나?"

"세자르가 다녀간 것이로군요."

"세자르는 고문서를 감정하기 위해 이곳을 찾은 게 분명하네."

정현선의 어조는 분명하고 확실했다.

"프랑스의 유명한 고문서 감정가들은 대부분 이곳에서 활동하고 있지. 이들의 감정은 곧 진리인 셈이거든."

"이 가게 주인도 고문서 감정가입니까?"

"아닐세. 루앙은 고문서 감정가와 의뢰인의 중개 역할을 해주는 사람이지."

정현선은 도서관 사서 시절에 루브르 골동품 상가를 찾은 적이 있었다. 동양학문헌실에 있는 고서들은 밖으로 유출할 수 없기 때문이었다. 그래서 이곳에서 활동하는 감정가들을 도서관으로 데려오기도 했고, 복사본을 가지고 그들로부터 감정을 받기도 했다. 루브르 골동품 상가의 감정가들은 종이의 재질만으로도 그 연대를 측정했다. 지금은 탄소연대 측정법이 발달해 있지만, 당시로서는 감정가들의 눈으로 확인하는 것이 가장 빠르고 정확한 감정 방법이었다. 그러나 이곳의 고문서 감정가들은 얼굴이 알려지는 것을 몹시 꺼려하기 때문에 고문서 감정도 늘 은밀하게 이루어졌다.

"일단 돌아가세."

정현선은 힘없이 골동품 가게를 나왔다. 루앙이 저리 호들갑스럽게 사라진 걸 보면, 뭔가 곡절이 있는 게 분명했다.

최동규는 상가 거리를 걷다가 한 골동품 가게 앞에서 걸음을 멈추었다. 진열장 안에 있는 고지도가 눈길을 끌었다. 그것들은 대부분 18세기 이전에 제작된 지도들인데, 그 중에는 한반도가 그려진 지도도 있었다.

"여기는 고지도만 전문으로 취급하는 곳이네. 최 교수는 '빈랜드 고지도'라고 들어봤나?"

"바이킹이 아메리카 대륙을 그렸다고 해서 전 세계를 깜짝 놀라게 했던 그 지도 아닙니까?"

"맞네. 바로 그 '빈랜드 고지도'도 이곳에서 미국으로 건너갔지."

루브르 골동품 상가의 '수집광'들은 대부분이 미국인들이었다. 그들은 값이 나가는 문화재라면 물불 가리지 않고 긁어모았다. 애초에 이탈리아 서적상이 '빈랜드 고지도'를 제네바 고서점에 팔려고 내놓았을 때만 해도 그 가격은 3,500달러에 불과했다. 그러나 이 지도가 루브르 골동품 상가 거리에 흘러 들어오면서 그 가격은 열 배 이상 올랐다. 그리고 두 차례 미국인 수집가를 거치고 자신들의 조상을 찾고자 하는 시류에 편승해서 지도의 값어치는 무려 2,500만 달러로 치솟았다. 결국 이 지도는 14세기 이탈리아 신부가 위조한 가짜라는 사실이 드러나면서 '세기의 해프닝'으로 막을 내렸다.

진열장에 있는 고지도를 바라보던 최동규는 문득 조경환의 그림이 떠올랐다.

"선생님께 보여드릴 게 있습니다."

최동규는 가방에서 조경환의 그림을 꺼냈다.

"이 그림도 루브르 골동품 상가에서 구입한 겁니다. 혹시 이 그림을……"

"잠깐."

정현선의 목소리가 날카롭게 울렸다. 길 건너편에서 한 사내가 이쪽을 주시하고 있었다. 리슐리외 도서관에서 본 그 사내 같았다. 택시를 탄 뒤에 그를 따돌린 줄 알았는데, 어느새 여기까지 따라온 것이다.

"선생님."

"으응? 방금 뭐라고 했나?"

정현선은 재빨리 주위 건물을 둘러보았다. 마침 그들이 서 있는 건물 2층에 카페 간판이 보였다.

"최 교수, 커피 한 잔 어떤가?"

정현선은 카페에 들어서자마자 창가 쪽에 자리를 잡았다. 창밖에는 그 사내가 멍하니 선 채 카페 건물을 올려다보고 있었다.

'대체 저 사내는 누굴까?'

"왜 그러십니까?"

최동규가 고개를 갸웃거리며 물었다.

"아, 아닐세. 아까 내게 보여주려고 한 그림이……."

"이겁니다. 이 그림은 외규장각을 그린 것인데 혹시 본 적이 있습니까?"

최동규는 조경환의 족자 두루마리를 탁자 위에 펼쳤다. 정현선의 눈이 반짝 빛났다. 조경환이라는 이름이 낯설지가 않았다.

"조경환이라면…… 그의 이름이 외규장각 형지안(形止案)에 나와 있지 않나? 당시 조경환은 규장각의 대제학인 김병기를 수행하고 있었던 것 같은데."

"맞습니다."

형지안이란 현재의 상황을 밝힌 장부라는 뜻이다. 조선 철종 때에 작성된 형지안에는 외규장각 안에 있는 물품의 현황을 면밀하게 기록하고 있었다. 즉 금보(金寶), 옥보(玉寶), 은인(銀印), 옥책(玉冊), 열조(列朝)에서 봉안한 서적, 사고에서 옮겨온 어제, 어필 등을 상세하게 기록하고 있었다. 형지안에는 먼저 서가별로 구분한 다음 물품의 제목을 기록하고, 물품의 양과 이동사항을 주기로 달았다. 외규장각 안에는 정간(正間)을 중심으로 그 주변에는 책보와 어필, 병풍, 족자류와 같은 물품들이 있었고, 벽쪽에는 서적들이 보관되어 있었다. 이 중에서 의궤 도서는 주로 북쪽과 서쪽의 벽면에 있는 서가에 보관되어 있었다. 형지안의 맨 마지막 면에는 서적을 봉안한 관리 명단이 적혀 있었다. 봉안사(奉安使)는 규장각 대제학인 김병기이며, 검서관에는 조경환의 이름이 적혀 있었다.

"여기 비소라는 것은 뭘 말하는 건가?"

최동규는 정현선의 질문을 예상했다는 듯 양면 테이프로 붙인 오른쪽 아랫부분을 떼었다. 비단천에 숨겨진 글자가 드러나자, 정현선의 눈이 휘둥그레졌다. 정현선은 비단천에 적혀 있는 글자를 뚫어지게 바라보았다.

"정말 신기한 일이로군. 어떻게 이런 곳에 글자를 적어 넣었을까?"

"조경환은 비소라는 곳에 이 책들을 보관한 것 같습니다. 여기에 적혀 있는 책제목은 조선의 금서 목록입니다."

"조선의 금서라……."

정현선은 비단천에 적혀 있는 책의 목록을 유심히 살펴보았다. 책의 목록 중에는 낯익은 책도 보였다.

"이 고서들이 프랑스 국립도서관에 있는 건 아닐까요?"

"으응?"

"여길 보십시오. 조경환이 이 그림을 그린 것은 병인양요가 일어나기

한 달 전입니다. 당시 프랑스 군대가 이 책들도 가져갔을지 모르지 않습니까?"

"글쎄…… 이 책들은 내가 발견한 외규장각 도서에는 없던 것 같네."

최동규는 실망스런 표정을 지었다.

"좀 전에 이 그림을 루브르 골동품 상가에서 구입한 거라고 했나?"

"예."

"음. 어떻게 이런 그림이 이곳까지 흘러 들어왔을까."

현재 프랑스에 남아 있는 한국의 고서들은 두 갈래를 통해 프랑스에 유입되었다. 하나는 쿠랑과 플랑시가 한국을 떠나면서 프랑스로 가져간 것이고, 다른 하나는 병인양요 당시 프랑스 군대가 외규장각에서 약탈해 왕립도서관에 넘겨준 것이다. 이 고서들은 사료 가치에 따라 프랑스 국립도서관뿐만 아니라 동양 전문 박물관인 기메 박물관과 동양어대학 도서관 등으로 흩어졌다. 그리고 어떤 고서는 곧장 루브르 골동품 상가 거리로 나오기도 했다.

"그런데 이 그림이 중요한 건가?"

정현선은 조경환의 그림에는 큰 의미를 두지 않았다. 그러나 최동규는 달랐다.

"그림 속에 있는 이 고서 목록에는 국내에 없는 유일본도 있습니다. 『규원사화집』에 참조가 된 『진역유기(震域游記)』나 『조대기(朝代記)』는 현재 전해지지 않고 있는 책입니다."

『규원사화집』은 조선 숙종 2년(1675년)에 북애노인(北崖老人)이 지은 역사책이다. 이 책은 그동안 베일에 가려져 있다가 광복 직후 국립중앙

도서관 직원이 강화의 한 책방에서 구입하여 처음 그 모습을 드러냈다. 『규원사화집』의 저자인 북애는 전국의 방방곡곡을 누비며 40여 권의 사서를 참조하여 이 책을 썼다. 그 중에서 가장 핵심적인 책이 고려 학자 이명(李茗)이 쓴 『진역유기』, 발해의 역사책 『조대기』, 이암(李嵒)의 『단군세기』, 범장(笵樟)의 『북부여기』였다. 이중에 『단군세기』와 『북부여기』만 남아 있을 뿐 『진역유기』나 『조대기』는 전해지지 않고 있다.

정현선은 다시 한 번 비단천에 적힌 책제목을 바라보았다. 최동규의 말대로 이 그림 속에는 조선의 희귀본이 적혀 있었다. 그러나 그녀의 관심은 이 낯선 고서보다 세자르가 발견한 책에 쏠려 있었다.

"최 교수, 출국 날짜가 언제인가?"

"닷새 뒤입니다."

"그때까지 날 좀 도와줄 수 있겠나?"

정현선의 목소리에는 비장감이 배어 있었다. 그러나 최동규는 선뜻 답을 줄 수가 없었다. 파리에는 세자르의 조문객으로 온 것이지만, 그에게는 차후 협상 일자를 잡아야 하는 과제가 남아 있었다.

"세자르는 리슐리외 도서관 지하 별고에서 무언가 중요한 고서를 발견한 게 틀림없네. 로잘리에게 보낸 이메일이나 여기 루브르 상가에 온 것도 그것과 무관하지 않을 걸세."

최동규는 망설였다. 그에게 주어진 닷새라는 기간은 결코 긴 시간이 아니었다. 그러나 정현선의 부탁을 거절할 수가 없었다.

"알았습니다."

"고맙네. 최 교수."

정현선은 창 밖을 내다보았다. 줄곧 빵 가게 앞에 머물러 있던 그 사내는 더 이상 보이지 않았다.

5

"모든 범죄는 흔적을 남긴다."

현대 과학수사의 개척자로 불리는 프랑스의 에드몽 로카르 박사가 남긴 말이다. 과학수사의 제1원칙으로도 불리는 이 말은 바로 '모든 접촉은 서로에게 흔적을 남긴다'는 것이다. 이 문장은 모든 과학수사요원들의 신앙이며, 수사의 잠언(箴言)이다. 그러나 세자르 사건에는 그 어떤 흔적도 발견되지 않았다.

에시앙은 프랑수아와 함께 세자르의 차를 보관하고 있는 국립수사연구소를 찾았다. 세자르의 차를 정밀 조사한 것도 이번이 세 번째였다. 차 안에는 세자르의 혈흔은커녕 운전대에 남아 있어야 할 지문조차 없었다. 운전석 시트 밑이나 깔창을 다 뒤집어도 마찬가지였다.

'살해당할 위협에 있는 사람은 어떤 방식으로든 흔적을 남기려고 한다.'

에시앙은 초년병 검사 시절의 수사 원칙을 떠올렸다. 그것은 선배 검사들이 귀가 따갑도록 들려주던 금언이었다.

"프랑수아, 이리 와보게."

에시앙은 세자르의 1999년형 푸조를 둘러보았다.

"보다시피 세자르의 차는 멀쩡해. 이는 세자르가 사망하기 전에 다른 차와 접촉이 없었다는 것이지."

"차가 멈춘 상태에서 변을 당했다는 소리군요."

"그렇지. 세자르는 이 차 안에서 범인이 오는 것을 두 눈으로 똑똑히 목격했을지도 몰라. 범인이 면식범이든 낯선 인물이든 간에 말이야."

에시앙은 세자르의 차 운전석에 올라탔다.

"세자르는 분명 이 안에서 자신에게 닥칠 위험을 느꼈을 거야. 차 안에서 나오지 않으려고 발버둥쳤을 지도 모르지. 세자르는 강력한 마취제로 정신을 잃은 뒤 차에서 끌려나왔으니까 말이야."

프랑수아는 고개를 끄떡였다.

"자네가 세자르라면 어떻게 하겠나?"

"뭘 말입니까?"

"세자르가 살해 위협을 느꼈다면 범인들이 차에 다가오기 전에 어떤 행동을 보이지 않았을까?"

"음. 우선 범인들이 누구인지 알리려고 하지 않았을까요?"

"그렇지. 그것이 인간의 본능이지."

에시앙은 운전대에 손을 올려놓았다.

"차 안에서 짧은 시간 내에 할 수 있는 것……."

에시앙이 유독 세자르의 차에 관심을 갖는 것도 그런 까닭이었다. 세자르가 처음 범인들과 마주친 곳은 그의 차 안이었다. 세자르는 어떤 방법으로든 그의 차 안에서 범인들을 알리려고 했을 것이다.

"무슨 말인지 알겠습니다. 어이, 이리들 와."

프랑수아는 차 뒤에 대기하고 있던 감식반원을 불러 차 안을 다시 조사하도록 지시했다. 감식반원들은 하나같이 못마땅한 표정을 지으며 투덜거렸다. 세자르의 차를 이 잡듯이 뒤진 것이 벌써 세번 째였다. 그러나 이번 수색은 지난번의 조사와는 차원이 달랐다. 에시앙은 차 정비공을 불러 운전석을 중심으로 아예 차 내부를 낱낱이 해체했던 것이다. 운전석을 들어내고, 시트가 벗겨지고, 시트 안과 백밀러, 그리고 깔창 밑 등 운전석이 산산조각으로 분해되었다.

"여기 뭔가 있습니다!"

차를 분해한 지 반 시간 정도 지나자, 감식반원 중의 한 명이 큰소리로 외쳤다. 그가 찾아낸 것은 손바닥만한 명함이었다. 명함은 운전석 앞에 있는 햇빛 가리개 뒤에서 나왔다.

코앞에 두고도 지금껏 찾지 못했다니, 감식반원은 하나같이 허탈한 표정들이었다. 운전석 앞의 햇빛 가리개를 열면 그 안에 메모지를 꽂을 수 있는 작은 틈이 있었다. 명함은 그 안에 납작하게 숨어 있던 것이다.

햇빛 가리개 속에서 나온 명함은 세자르의 명함이었다. 명함 뒤에는 파란색 펜으로 급히 휘갈겨 쓴 듯한 아라비아 숫자가 나열되어 있었다.

 80, 90, 5, 306, 80, 30

'이것은 대체 무엇을 의미하는 숫자일까?'

그것은 세자르가 간절한 도움을 요청하는, 마지막 구호 메시지 같았다.

6

최동규는 파리 한국 대사관 근처에 있는 전통 한식집인 '지리산'의 문을 열었다. 식당 안에는 문형식과 김규동이 그를 기다리고 있었다.

"늦어서 미안합니다."

"어서 오십시오. 최 교수님."

문형식과 김규동은 한국 대사관 직원으로 외규장각 도서의 협상 일정과 행정을 맡고 있었다. 이들은 며칠 전까지도 프랑스의 협상 분위기를 수시로 고국에 전해주었다.

"한국 분위기는 어떻습니까?"

문형식이 물었다.

"그야 말해 뭣하겠어. 안 봐도 뻔하지."

옆에 있던 김규동이 인상을 찡그리며 말했다. 마지막 예행 연습이 있던 그날, 세자르의 갑작스런 사망 소식에 이어 프랑스 대사관으로부터 협상이 무기한 연기되었다는 통보가 날아 들어왔다. 한국 협상팀에게는 가슴이 무너지는 소리였다. 졸지에 공황 상태에 빠져든 협상팀원들은 그래도 희망의 끈을 놓지 않았다. 그들은 파리행 비행기에 오르는 최동규에게 한 가닥 희망을 걸고 있었다.

"최 교수님. 이번 기회에 협상 방식을 바꿔보는 것이 어떻습니까?"

"어떤 방식으로요?"

"이를테면 비공개 협상으로 진행하는 겁니다. 프랑스 협상팀은 이번 협상에 큰 부담을 가지고 있을 뿐만 아니라 잘해야 본전이라는 생각을 떨쳐버리지 못하고 있습니다. 협상이 진전을 보지 못하는 이유도 바로 여기에 있습니다. 협상이라는 게 어디 한쪽으로만 기우는 일방적인 협상은 없지 않습니까?"

최동규는 고개를 끄덕였다.

"어디 좋은 방법이라도 있습니까?"

"가능한 한 비밀리에 협상을 진행하고 나중에 그 결과를 발표하는 겁니다."

"그게 가능할까요? 프랑스나 우리나라나 그런 분위기가 조성되어 있지 않습니다. 외규장각 도서라고 하면 이젠 코흘리개 아이도 다 아는데. 게다가 언론이 가만히 있을까요?"

"그것은 저희에게 맡기십시오."

문형식은 자신 있게 말했다.

"일단 비밀 협상에 들어가면 프랑스측도 언론 눈치를 보지 않고 적극적으로 나올 겁니다."

최동규는 비밀 협상에 대해서는 회의적이었다.

"프랑스 협상 담당자도 은근히 비밀 협상을 원하고 있는 것 같습니다."

"예?"

"프랑스에는 이런 비밀 협상 선례가 생각보다 많이 있습니다. 최근에는 독일과 비밀리에 문화재 반환 협상을 벌이고 있습니다. 지금 독일 대사관에는 루트비히 미술관장인 베르만이 와 있습니다."

베르만은 최동규도 잘 아는 인물이었다. 타고난 협상가인 베르만은 세계 각국에 흩어져 있는 독일 문화재를 거둬들이는 데 탁월한 솜씨를 발휘하고 있었다.

"베르만이 프랑스와 문화재 협상 때문에 파리에 와 있다는 말입니까?"

"그렇습니다. 그동안 프랑스는 제2차 세계대전 때 나치가 가져간 미술품을 반환받기 위해 총력을 기울이고 있었습니다. 베르만이 파리까지 온 것을 보니 협상이 막바지에 이른 것으로 보입니다."

"음."

"최 교수님. 베르만이 파리에 온 것도 철저히 비밀에 부쳐져 있습니다. 프랑스 언론은 이번 비밀 협상이 진행되고 있는 지도 모르고 있습니다. 아니, 알면서도 눈감아주고 있는 지도 모르죠. 이번 협상은 프랑스의 국가적인 시책이라 언론도 정부에 적극 협조하고 있는 것 같습니다."

"독일로서는 일방적으로 프랑스의 요구를 들어주지는 않을 것 아닙니까? 그에 상응하는 대응책이라도 있습니까?"

최동규가 물었다. 협상의 귀재인 베르만이 아무 조건 없이 프랑스의 미술품을 반환할 리는 없었다.

"아직 그것은 잘 모르겠습니다."

"프랑스의 협상 대표는 누굽니까?"

"피에르입니다. 프랑스 국립도서관 부관장이죠."

피에르는 외규장각 도서 협상이 한창 진행 중일 때 프랑스측 협상 대표로 거론되던 인물이었다. 프랑스의 문화재 보호 단체는 세자르보다는 피에르가 적합한 인물이라면서 적극적으로 그를 추천했다. 피에르는

R2P 회원으로 자국의 문화재를 보호하고 관리하는 데 남다른 수완을 발휘하고 있었다. 그러나 피에르는 프랑스의 협상 대표 자리를 고사했다. 그는 독일과의 비밀 협상에 전력을 쏟고 있었던 것이다.

"혹시 세자르에 대해 달리 전해들은 소식은 없습니까?"

최동규가 조심스럽게 물었다. 방금 전 정현선에게 들은 소리는 너무도 충격적인 것이었다. 세자르의 죽음을 경찰이 은폐하고 있다는 것도 놀라웠지만, 그 배경에 한국의 고서가 있다는 것은 더욱 놀라웠다.

"무슨 소식이요?"

"세자르가 심장마비로 사망한 게 아니라는 소리가 있던데······."

"예? 그게 무슨 소립니까? 그럼, 세자르의 사인이 뭐랍니까? 최 교수님은 어디서 그런 소리를 들었죠?"

문형식이 날카로운 콧날을 들이대며 물었다.

"아, 아닙니다······."

최동규는 말끝을 흐렸다. 지금으로서는 대놓고 말할 수 있는 것이 아무것도 없었다. 정현선조차 아직 확실한 사인을 모르고 있지 않은가.

"최 교수님, 여긴 프랑스입니다. 어디서 그런 소리를 들었는지는 모르지만 이들은 간섭하거나 참견하는 것을 가장 싫어합니다."

문형식은 앞으로 말조심하라는 듯이 입술을 삐쭉 내밀었다.

7

'세자르의 사체는 무엇을 말하고 있는가!'

법의학자인 빌도르는 세자르의 사진을 꼼꼼하게 살펴보았다. 세자르의 시신을 다양한 각도에서 찍은 사진들이었다. 수많은 사체를 부검해보았지만, 세자르의 사체처럼 엄지만을 골라 손발톱이 빠져 있는 것은 처음이었다. 굳이 사체를 유기하지 않고 차 안에 방치한 것은 범인들이 뭔가를 노리고 있다는 묵언의 표시였다.

"어떻습니까?"

에시앙이 물었다.

"저도 이런 사체는 처음 봅니다. 사체를 훼손하는 경우는 대충 세 가지로 볼 수 있습니다. 사체만으로는 성이 차지 않는 깊은 원한 관계이거나, 편집적인 도착증을 갖고 있는 정신착란자, 피해자의 신체 일부를 증표나 전리품으로 삼아 살인의 쾌감을 극대화시키려는 의도적인 행태 등으로 볼 수 있죠. 세자르 관장이 누군가에게 원한을 살만한 일은 없었나요?"

"세자르 주변 사람들은 그를 유럽의 전형적인 신사로 여기고 있습니다. 이웃 주민들도 세자르의 인품을 존경했고, 프랑스 지성을 대표하는 사람이 이웃에 살고 있는 것에 대단한 자부심을 가지고 있었죠."

"일단 정신착란자의 소행 같지는 않습니다. 정신착란자는 사체를 유기할 때 자신보다 연약한 상대를 고르고 자신의 아지트에서 사체를 훼손하는 특징이 있죠."

에시앙도 같은 생각이었다.

"이들은 자신의 범행이 외부에 알려지는 것을 꺼려해 사체를 암매장하거나 눈에 띄지 않는 장소에 유기하죠. 세자르의 사체가 승용차 안에서 발견된 것으로 보아 정신착란자일 가능성은 희박합니다."

더군다나 이런 범행은 두 명 이상이 가담했을 가능성이 높았다. 센 강변도로에서 세자르 같은 성인을 홀로 옮기는 것은 쉬운 일이 아니었다.

"여자 관계는 어떻습니까? 정부가 있다든지……."

"세자르는 평생 독신으로 살아 치정에 얽힌 살인과는 무관해 보입니다."

"그렇다면 아직 살인의 명분조차 불투명하군요."

빌도르는 앞서 말한 세 가지 경우 이외의 수법에 초점을 맞추었다. 사체 일부를 훼손해 소유하고 있다는 것, 이런 살해 방식은 불특정한 개인으로 보기에는 어려웠다.

"제가 보기엔 범인들은 이 사체를 통해 뭔가를 말하고 있지 않나 하는 생각이 듭니다."

"그게 대체 뭘까요?"

"음. 보통 이런 경우에는 사체에 또 다른 흔적을 남기곤 하는데…… 혹시 사체에 다른 표식은 없었나요?"

"표식이라뇨?"

"이를테면 범인들이 남긴 증표라고나 할까요."

"그건 아직 발견하지 못했습니다."

빌도르는 세자르의 사체를 확대한 사진을 유심히 들여다보았다.

"몸이 푸른빛을 띠고 있으니…… 독극물에 의한 살인 같군요."

"쿠라시트라는 독극물을 정맥을 통해 주입했습니다."

"쿠라시트라면…… 인디언들이 화살촉에 묻히는 독이 아닙니까?"

"맞습니다."

"그것은 일반인이 쉽게 구할 수 없는 것인데……."

빌도르는 고개를 갸웃거렸다.

"하도 오래된 일이라 잘 기억은 나지 않습니다만…… 이번 사건처럼 엄지손발톱만 골라 사체를 훼손하는 경우를 본 일이 있습니다."

"이런 사례가 또 있었습니까?"

"19세기 무렵에 일어난 일로 기억되는데, 그들 역시 엄지손발톱만 골라 제거했죠. 엄지손발톱을 제거하는 것은 그들 집단의 독특한 살해 의식이었습니다."

"집단이요? 그 집단 이름이 뭡니까?"

에시앙이 아래턱을 들이밀었다.

"어떤 신화에서 차용한 것 같기도 한데…… 이름은 잘 기억이 나지 않는군요."

빌도르는 오래된 책에서 스쳐지나가듯 봤던 터라 기억이 가물가물했다. 그러나 그 책 어딘가에서 처형의 의식으로 엄지손발톱을 제거하는 것을 어렴풋이 본 기억이 있었다.

"이건 뭡니까?"

빌도르가 한 장의 사진을 가리키며 물었다. 그가 가리킨 것은 세자르의 시신을 처음 발견했을 때 차 안에서 찍은 사진이었다. 세자르의 넥타이에 뭔가 희미한 흔적이 보였다.

"이 넥타이에 뭔가 새겨져 있는 것 같군요."

에시앙은 빌도르가 지적한 사진을 유심히 바라보았다. 그의 말대로 세자르의 줄무늬 넥타이 중간에 뭔가 희미하게 새겨져 있던 것이다. 그러나 줄무늬에 뒤섞여 있어서 자세히 확인할 수가 없었다.

"혹시 이것이 범인들이 남긴 표식은 아닐까요?"

"……."

"보아하니 따오기 문양 같군요."

에시앙은 빌도르가 돌아간 뒤 곧바로 세자르의 유품이 있는 국립과학수사연구소를 찾아갔다. 세자르의 유품은 커다란 비닐봉지에 담겨 있었다. 에시앙은 그 안에서 세자르의 넥타이를 꺼냈다.

줄무늬 넥타이 한가운데 하나의 문양이 새겨져 있었다. 빌도르의 말대로 그것은 따오기 문양이었다. 둥근 원 가운데 따오기 머리가 선명하게 새겨져 있던 것이다.

"이 문양은 토트(Thoth)를 상징하는 겁니다."

비에리 교수가 세자르의 넥타이를 보며 말했다. 비에리는 문장학(紋章學)의 전문가였다.

"토트라면……."

"이집트 신화에 나오는 신의 이름이죠. 이 그림을 보십시오."

비에리는 『이집트 신화의 비밀』이란 책에 있는 그림을 에시앙에게 보여주었다. 그림 속에는 길다란 저울 두 개가 놓여 있었다. 하나의 저울에는 붉은 심장이, 다른 저울에는 깃털이 놓여 있었다. 그 가운데는 무시무시한 괴물이 저울추를 바라보고 있었다.

"이 그림은 '심장의 무게를 다는 의식'이라고 부릅니다."

이집트의 죽음의 의식 가운데 절정을 이루는 것이 바로 '심장의 무게 달기' 의식이다. 죽은 자의 영혼을 심판할 때 세 재판관에 의해 의식이 치러진다. 호루스와 아누비스, 그리고 토트가 재판을 맡은 신들이다. 죽은 자의 심장은 저울의 한쪽 접시에, 그리고 반대 쪽 접시에는 깃털을 올려놓고 함께 무게를 잰다. 심장에 얹힌 접시가 죄의 무게 때문에 한쪽으로 기울면 괴물이 심장을 먹어 치운다.

"'심장의 무게를 다는 의식'은 「사자의 서」 제125장에 잘 나타나 있으며, 무덤이나 관, 파피루스 등에서 자주 묘사되고 있습니다. 심장을 잃어버린 자는 사후에 영원히 생명을 얻지 못하고 그 자리에서 소멸됩니다. 이집트 사람들은 영혼이 재생할 수 없는 것을 가장 큰 형벌로 받아들였습니다. 이 그림에서 보듯이 따오기의 머리를 한 신이 토트입니다. 토트는 기록의 신으로 이 법정에서 벌어지는 모든 사실을 기록하는 일을 맡고 있습니다."

에시앙은 그림 속에 있는 토트를 자세히 바라보았다. 토트는 세자르 넥타이에 새겨진 문양과 똑같았다.

"원래 신화라는 것은 해석하기 나름입니다. 꼭 이것이다 하는 정의가 없는 거죠. 그러나 많은 학자들이 연구하고 해석한 것은 당시의 생활상이나 의식이 어느 부분 타당한 것이 있다고 봐야 합니다. 그러니까 단순한 신화의 그림이라도 해석하는 사람의 의도에 따라 보는 시각이 달라지는 것이죠."

"그럼 세자르 사건이 이집트 신화와도 관계가 있다는 겁니까?"

"글쎄요. 굳이 범인들이 이런 문양을 사용한 것은 나름대로 이유가 있어 보입니다. 제가 보기엔 이 문양은 어떤 비밀 결사 조직을 나타낸 게 아닌가 여겨집니다. 문장과 같은 심벌 표식은 색채나 기호, 문양을 통해 신비와 권위의 과시, 차별 연대감 등의 메시지를 전달하고 암시하는 기능을 가지고 있습니다. 특히 비밀 결사 조직의 경우에는 이런 문장이 독특한 의식과 더불어 조직원들 간의 결속력을 강화시키는 역할을 합니다."

에시앙은 비에리의 말이 가슴에 다가오지 않았다. '심장의 무게를 다는 의식'과 토트 문양과는 그다지 연관이 있어 보이질 않았다.

"이번 사건이 문화재와 관련된 것은 아닙니까?"

한참 동안 세자르의 넥타이를 바라보던 비에리가 물었다.

"그렇습니다."

"그렇다면…… 이 문양은 '토트'라는 조직을 상징하는 게 아닐까요?"

"토트라는 조직이 있습니까?"

귀가 솔깃해지는 소리였다. 에시앙이 듣고 싶었던 말도 바로 그것이었다.

"제가 아는 바로는 토트라는 조직은 실체가 없는 조직으로 알려져 있는데……."

"그게 대체 어떤 조직입니까?"

"저도 거기까지는 잘 모르겠습니다. 워낙에 베일에 가려진 조직이라…… 제가 그쪽에 대해 잘 알고 있는 한 분을 추천해드리죠."

에시앙은 마른침을 꿀꺽 삼켰다.

"하버드 대학의 고고학자인 헤럴드 박사입니다. 그는 오랫동안 이 조직의 실체를 밝히려고 했던 사람이죠. 아마 지금 스트라스부르에 있을 겁니다."

문자와 기록의 신

1

차가 스트라스부르에 들어서자, 알자스의 푸른 언덕과 보주산맥의 산봉우리 위에 고풍스런 성곽이 한눈에 들어왔다. 소문대로 프랑스의 알자스 지방은 동화나라 같은 곳이었다. 이곳은 화이트 와인의 생산지로 유명한 곳이기도 하다.

토머스는 지도를 보며 스트라스부르 북쪽으로 차를 몰았다. 이윽고 반시간 정도 지나 통나무식 전통가옥이 밀집한 지역이 나타났다. 목조로 만든 주택들은 아기자기하고 산뜻한 색채의 테라스의 꽃들과 어우러져 동화 속 마을을 연상시켰다. 토머스는 담쟁이 넝쿨이 우거진 통나무 가옥 안으로 들어갔다.

"박사님?"

잔디가 잘 깎여진 정원에는 방금 나무 손질을 한 듯 이파리가 떨어져 있었다.

"헤럴드 박사님."

"누군가?"

나무 창고에서 백발이 성성한 노인이 나왔다.

"접니다. 박사님."

토머스는 얼굴에 환한 미소를 지으며 헤럴드 앞으로 다가갔다.

"그동안 잘 지내셨습니까?"

"생각보다 늦게 왔군."

"예? 그럼 제가 올줄 아셨습니까?"

"안으로 들어가세. 자네 오면 주려고 백포도주를 준비해놨지."

토머스는 고개를 갸웃거리며 헤럴드를 따라 거실 안으로 들어갔다.

토머스가 헤럴드를 마지막으로 본 것은 2년 전 파리에서였다. 더 이상 에펠탑이 보기가 싫어졌다면서 헤럴드는 미련 없이 파리를 떠났다. 그 뒤로 헤럴드는 이미 오래전에 봐두었던 스트라스부르에 자리를 잡았다.

헤럴드는 하버드 대학의 고고학 교수로 토머스의 은사였다. 그는 소르본 대학에서 교환 교수로 지내다가 2년 전 강단을 떠난 후 아내와 함께 스트라스부르에서 여생을 보내고 있었다. 토머스는 가끔 헤럴드에게 안부 전화를 했으나 지난해부터는 통 연락을 하지 못했다.

"한 번 마셔보게. 프랑스에서도 여기 스트라스부르의 백포도주를 최고로 쳐주지."

토머스는 와인에 입을 댄 뒤 조심스럽게 입을 열었다.

"박사님을 찾아뵌 건 다름이 아니고…… 여기……."

토머스는 파리에서 가져온 책을 꺼내 보였다. 『19세기 제국주의 시대의 비밀 조직』이었다.

"토트에 대해 궁금해서 찾아왔지?"

"그걸 어떻게……."

"후후. 그야 안 봐도 뻔하지. 자네처럼 모험심 많은 친구가 이런 기회를 놓칠 리가 있겠나."

헤럴드는 와인 잔을 슬며시 쥐었다.

"어제 저녁에 파리에서 수사관 두 명이 날 찾아왔었네. 토트에 대해 강의를 해달라고 정중하게 부탁하더군."

"강의요?"

"일부러 이 먼 곳까지 찾아온 걸 보면 토트에 대해 궁금한 게 많은가 봐."

토머스는 그제야 헤럴드의 말뜻을 알아차렸다. 파리 경찰도 부검한 사체에서 세자르 사건에 실마리를 잡은 것이다.

"음. 안타까운 일이야. 세자르가 어떻게 그런 험한 일을 당했나 몰라. 참 인정이 많은 사람이었는데."

"박사님도 토트가 세자르를 살해한 것으로 보십니까?"

"그야 내 어찌 알 수 있겠나."

"그들은 토트의 처형 의식을 그대로 따랐습니다. 세자르의 엄지손발톱을 모두 빼갔습니다."

"토트의 처형 의식만을 보고 그런 무리한 추측을 하면 곤란하지."

"박사님. 토트에 대해 말씀해주십시오."

"토트는 말 그대로 전설의 조직으로 남아 있는 게 좋은지도 몰라. 토트가 부활했다는 것은 불행한 일이거든. 혹시 누군가 토트를 모방하고 있는지도 모르지."

18세기 말 처음 토트가 태동할 때만 해도 이들은 프랑스 정부의 지원을 받는 순수 문화재 관리 조직이었다. 'CDM'이 1791년 국가적인 문화재 정비 차원에서 발족한 것과 달리 토트는 문화재를 관리하고 유통시키기 위해 조직되었다. 그러나 프랑스 정부는 이들이 국가 재산인 고대 유물을 암거래상에게 내다파는 등 비리가 끊이지 않자, 토트를 강제 해산시켰고 비리에 관여한 자들을 엄벌에 처했다. 이때부터 토트는 프랑스 정부의 칼날을 피해 지하로 숨어 전설의 조직으로 그 명맥을 유지했다. 19세기 무렵 고대 유물과 고문서들은 토트가 장악하고 있다는 소문이 끊이지 않았다. 이들은 겉으로 정체를 드러내지 않고 그들만의 암호를 써가면서 지하로 유통되는 문화재를 장악했다. 그러나 세월이 흘러도 이 조직의 실체를 밝히려는 사람은 없었다. 토트는 자료나 흔적을 남기지 않아 그럴 듯한 소문만 무성할 뿐 조직의 실체를 입증할 수 있는 근거가 없었다. 그래서 후대의 학자들은 토트를 일부 호사가들이 지어낸 유령 조직으로 여겼다.

헤럴드는 지난 10여 년 동안 토트의 실체를 밝히기 위해 전력을 쏟았다. 베일에 가려진 그들의 행적을 쫓아 프랑스 전역을 샅샅이 뒤지고 다녔다. 그러나 토트는 잡힐 듯 잡힐 듯 하면서도 그의 접근을 허락하지 않았다. 헤럴드는 그동안 모은 자료를 토대로 토트에 관한 내용이 담긴 책을 출간했지만, 학계에서는 이 책을 인정하지 않았다. 헤럴드는 『19세기 제국주의 시대의 비밀 조직』에서 토트를 입증할 수 있는 확실한 자료를 제시하지 못했던 것이다. 일부 학자는 그런 헤럴드를 '아메리카의 공상가'로, 그의 책을 '판타지 소설'이라며 비아냥거렸다.

"토트가 세자르를 살해했다면 그에 대한 명분이 있지 않겠습니까?"

"프랑스 경찰도 그걸 가장 궁금하게 여기더군. 그들은 아무 이유 없이 사람을 해치는 자들이 아니야."

헤럴드는 어제 파리 경찰이 찾아왔을 때만 해도 토트가 현존하고 있으리라는 생각은 하지 않았다. 사람들은 토트를 실체가 없는 전설의 조직이라고 여겼고, 헤럴드는 실체가 있었던 과거의 조직으로 여겼다. 전설이든 과거든 토트는 이미 20세기 중반에 사라진 유명무실해진 조직이었다. 그러나 세자르의 넥타이에 새겨진 토트의 상징 문양, 따오기 심벌을 봤을 때는 생각이 달라졌다.

"토머스, 자넨 토트의 존재를 믿고 있나?"

"예."

토머스는 확신에 찬 목소리로 말했다.

"그런데 토트라는 조직이 있다고 한다면 그 구성원이 있어야 할 것이 아닌가?"

"……"

"하하. 구성원도 없이 어떻게 조직이 존재할 수 있겠나."

"박사님……"

"날 따라오게."

헤럴드는 토머스를 데리고 2층 서재로 올라갔다. 그는 서재 한쪽 구석에 있는 나무로 된 상자를 열었다. 그 안에는 온갖 잡다한 서류들이 들어 있었다.

"이 상자에 있는 게 뭔 줄 아나?"

"……."

"여기에 있는 것은 모두 토트에 관한 자료들일세."

"토트는 자료나 흔적을 남기지 않는다고 하지 않았습니까?"

"토트 같은 거대한 조직이 움직이는데 어찌 흔적이 남지 않을 수 있겠나. 단지 토트는 조직의 강령이나 비밀 회원들의 명부, 조직의 존재를 확실하게 입증할 수 있는 문서들을 남기지 않았을 뿐이지. 그들이 사용한 서류나 문서는 지금도 프랑스 곳곳에서 발견되고 있어. 내가 토트에 매달린 것도 그나마 이런 문서들이 있었기 때문이지."

헤럴드는 상자 안에서 한 장의 복사본을 꺼냈다. 그것은 책의 매매를 입증하는 대금청구서였다.

"이 청구서는 동양의 한 고서를 매매할 때 작성한 대금청구서야. 이 문서의 맨 아래를 보게."

헤럴드가 가리킨 곳에는 하나의 문양이 새겨져 있었다.

둘레는 원으로 되어 있고 가운데는 마름모 꼴의 사각형으로 되어 있

는 문양이었다.

"이 문양이 바로 토트가 사용했던 문양이네."

"이것은 따오기 문양이 아닌데요."

"토트는 두 가지 문양을 사용했어. 하나는 자네가 알고 있는 따오기 문양과 바로 이 문양이지. 이 문양은 토트가 투명한 거래를 할 때 사용하는 문양이야. 이 문양 어디서 본 것 같지 않나?"

토머스는 그 문양이 낯이 익기는 하나 언뜻 기억이 나지 않았다.

"그건 차차 얘기하기로 하세."

"박사님, 이렇게 많은 토트의 자료를 모았는데 왜 발표를 하지 않았습니까?"

"그건 이유가 있어. 고서의 대금청구서 따위로는 토트의 실체를 밝히는 데는 한계가 있지. 이를테면 이들의 비밀 회원 명단이나, 토트가 거래했던 이집트의 유물 등 사람들의 시선을 확 사로잡는게 나와야지 않겠나? 그래야 날 미치광이 편집증 환자라고 비아냥거리는 인간들의 코를 납작하게 해줄 수 있지."

토머스는 고개를 끄떡였다.

"토머스, 자넨 이번 세자르 사건이 한국과 관련이 있다고 보지 않나?"

"예. 맞습니다."

"이 박스에는 한국 고서에 관한 자료들도 꽤 많이 있네. 토트는 동양의 고서에 유달리 관심이 많았거든. 토트가 맹위를 떨치던 19세기의 동양은 그들에게 아주 매력적인 땅이었지."

헤럴드는 빙그레 웃어 보였다. 그는 박스 안에서 한국 고서와 관련된 자료들을 하나하나 정리하기 시작했다.

"파리에 올라가면 자네에게 신세 좀 져야겠네. 마침 소르본 대학에서도 특별 강연이 있거든."

헤럴드는 조용히 두 주먹을 움켜쥐었다. 이번이 마지막 기회다. 이제 비로소 그들의 검은 장막을 벗겨야 할 때가 온 것이다. 토트의 실체는 일시적으로 감출 수는 있어도 영원히 덮을 수는 없다.

헤럴드는 마치 10여 년 전으로 돌아간 것처럼 흥분을 감추지 못했다.

2

세자르의 집은 파리 16구역에 위치한 고급 주택가에 있었다. 파리 16구역 주택가는 건축 설계사들의 경연장을 보듯 저마다 독특한 향취를 자아내고 있었다. 로마네스크풍의 고풍스런 주택이 있는가 하면, 중세 유럽의 성을 그대로 본뜬 주택도 있었다. 이 많은 주택 중에 비슷한 건물이라고는 하나도 보이지 않았다. 주택마다 한 가지 특징을 가지고 있는 것이 16구역 주택가의 자랑이기도 했다.

"저것은 타지마할을 모델로 한 주택 같군요."

최동규는 넋이 나간 얼굴로 타지마할을 꼭 빼다박은 건물을 바라보았다. 하얀 돔 앞의 화원은 코란에 나오는 듯한 낙원의 모습으로 갖가지 향기를 뿜는 꽃과 유실수로 꾸며져 있었다.

"이 주택의 소유주가 누군 줄 아나?"

정현선은 최동규를 보고 빙그레 웃었다.

"인도의 무역상인 지하둘라라는 사람이네. 그는 이 건물을 지으려고 인도의 국왕 샤자한처럼 세계 최고의 건축가들을 초빙했지."

타지마할은 세계 최고 건축가가 합작한 국제적인 프로젝트였다. 이탈리아인과 프랑스인이 능묘를 설계했으며, 당시 이슬람 사원의 최고 설계자인 이란인도 합세했다. 터키와 중국의 일류 기술자들도 타지마할의 건축에 기꺼이 동참했다. 돔의 설계, 벽체의 설계, 대리석 조각, 모자이크 문양의 설계, 금은세공 장식의 설계 등 각 분야에서 최고의 기술자들이 대거 참여한 것이다. 20세기 초까지만 해도 타지마할의 건축 기술은 베일에 가려져 있었다. 그러나 1960년대에 타지마할 공사에 관한 필사본 문서가 발견되면서 그 비밀이 벗겨졌다. 이 문서에는 타지마할 건축에 이탈리아, 이란, 프랑스를 비롯한 외국 기술자들과 무굴제국의 전문 기술자들이 대거 참여한 것으로 나타났다.

"정말 대단하군요."

"저 집의 애칭이 바로 '마담 뭄타즈' 일세."

"뭄타즈요?"

"샤자한의 왕비 이름이 뭄타즈 마할 아닌가."

정현선은 세자르 집 앞에서 걸음을 멈추었다. 세자르의 집은 고대 알렉산드리아 도서관을 모델로 지어졌다. 유네스코에 남아 있는 알렉산드리아 도서관의 조감도와 건축가의 상상으로 만들어진 합작품이었다. 그래서 이웃 주민들은 세자르의 집을 '작은 알렉산드리아' 라고 불렀다. 세자르의 집에서 가장 볼만한 것은 벽면에 새겨진 세계 각국의 문자들이었다. 이집트의 상형문자, 바빌로니아의 설형문자, 히브리문자, 알파벳, 한자, 한글 등이 벽면을 가득 채웠다. 인류 역사상 가장 위대한 발명품인 문자의 대전시장인 셈이었다.

"저기 경찰이 있어요."

세자르의 집 앞에는 정복을 입은 경찰 두 명이 외부인의 출입을 통제하고 있었다.

"세자르의 집은 당분간 금단의 구역일세. 최 교수, 이쪽으로 오게."

정현선은 세자르 집의 키 높이만 한 담장을 따라 뒤쪽으로 돌아갔다. 건물 뒤쪽 담장 끝에는 나무로 된 커다란 뚜껑이 있었다. 나무 뚜껑을 열자 좁고 기다란 지하 통로가 나왔다.

"여기가 어딥니까?"

"화재에 대비해 만든 비밀 통로라네."

정현선은 어둡고 좁은 길을 따라 안으로 들어섰다. 곧이어 지하 통로가 끝나고 잡동사니가 가득한 지하실이 나타났다. 정현선은 지하실 계단을 밟고 거실 안으로 들어섰다. 마침 거실에는 커튼이 쳐져 있어서 안을 볼 수가 없었다.

'세자르는 자신의 죽음을 예감이라도 했던 것일까.'

세자르의 서재는 깔끔하게 정돈되어 있었다. 방금 대청소라도 한 듯 갈색 원목의 책상에는 먼지 한 톨 없었다. 책상 서랍도 마찬가지였다. 서랍 안의 필기구나 사무용품도 일렬로 반듯하게 자리를 차지하고 있었다.

"최 교수, 자네는 거실 쪽을 맡게. 난 서재부터 찾아볼 테니."

정현선은 세자르의 서재 안을 뒤지기 시작했다. 서가에 꽂힌 책에서부터 서랍, 잡동사니를 모아둔 박스까지 샅샅이 뒤졌다. 그녀가 염두에 둔 것은 세자르의 가방과 그의 집무실로 배달된 익명의 우편물이었다. 세자르의 루이비통 가방은 로잘리가 그의 생일날 선물한 것으로, 세자르에게는 분신과도 같은 것이었다. 정현선은 세자르의 가방과 우편물이 이번 사건을 풀어줄 유일한 실마리라고 생각했다.

얼마나 시간이 흘렀을까. 이마에는 어느새 굵은 땀방울이 맺혔다. 허리에는 통증이 슬그머니 찾아오고 손목이 시큰거렸다. 서재 안을 이 잡듯이 구석구석 뒤져도 가방이나 우편물은 없었다.

거실에서 올라온 최동규도 고개를 내저었다. 낭패였다. 그래도 일말의 기대를 걸고 세자르의 집에 들어왔지만, 아무것도 찾아낸 게 없었다. 하긴 단서가 될 만한 것이 이제 와서 눈에 띨 리가 없었다. 이미 파리 경찰이 세자르의 집을 이 잡듯이 뒤졌을 것은 뻔한 일이 아닌가.

'저, 저것은……!'

서재를 나서려는 순간 서가에 꽂혀 있는 한 권의 책이 눈에 들어왔다. 서가에 꽂혀 있는 수많은 책 중에 유독 그 책만이 거꾸로 꽂혀 있었다. 세자르는 최근에 본 책은 서가에 거꾸로 꽂아두는 버릇이 있었다.

정현선은 서가로 다가가 그 책을 꺼냈다. 책의 제목은 『기메 박물관의 동양 고서 연감』이었다.

'기메 박물관이라면 세자르의 일정표에 나타난 곳이 아닌가.'

『기메 박물관의 동양 고서 연감』은 양장본이었다. 정현선은 검은 가름끈이 있는 곳의 책장을 펼쳤다. 거기에는 '기메 박물관에 소장된 한국 고서의 특징과 유입 과정'이라는 소제목과 함께 다음과 같은 글이 적혀 있었다.

> 인류 역사의 모든 사실이 문서나 책으로 기록되어 후세에 전달되고, 지식이 책을 통하여 널리 전파되었다. 책을 다량으로 찍는데 필요한 금속활자의 발명은 인류 문명의 발전에 지대한 공헌을 했고, 지금도 하고 있다. 이와 같은 중요한 금속활자를 동양에서는 중국보다도 한국에서 가장 먼저 만들었다. 이런 사실은 1973년 제29회 동양학 국제학술 세미나에서 밝혀졌다. 이를 계기로 프랑스 국립도서관은 그해 6월 14일부터 10월 31일까지 4개월 동안 '동양의 보물'이라는 이름으로 여러 나라의 귀중한 책을 전시했다.
>
> 기메 박물관에는 프랑스 국립도서관과 동양어대학 중앙도서관 이외에도 한국의 고서가 다수 소장되어 있다. 기메 박물관에 있는 한국의 고서는 인류학자이며 탐험가인 샤를르 바라가 수집해온 것이다. 그는 1888년 가을, 한국에 도착하여 다음 해까지 머물렀다. 그는 프랑스 정부의 지원으로 인종학에 관한 자료를 집중적으로 수집하고 조사하는 활동을 벌였다. 바라가 수집한 한국의 고서는 1889년 파리의 트로카데로 인류박물관에 전시된 후 1889년 기메 박물관으로 옮겨졌다……

정현선은 글을 읽다말고 맨 아래에 있는 글자를 주목했다. 이것은 세자르가 직접 쓴 것으로 다음과 같은 아리송한 기호가 적혀 있었다.

A. Y. S

MGC 2403

"최 교수, 이것 좀 보게."

정현선이 세자르의 메모를 가리켰다.

"세자르는 중요한 것이 떠오를 때는 책에 즉시 간단한 메모를 하는 버릇이 있었네. 아마 이 책을 보는 도중 무언가 중요한 것이 떠올라 여기에 적어놓은 것 같아."

언제나 그랬듯이 세자르의 메모는 그가 몰두하고 있는 흔적의 또 다른 거울이었다. 그가 연구하거나 관심을 가지고 있는 것은 그의 메모를 통해 곧잘 드러나곤 했다.

'A. Y. S, 그리고 MGC 2403……'

예사롭지 않은 메모였다.

"MGC는 저도 낯이 익은 문자인데요."

최동규는 『기메 박물관의 동양 고서 연감』의 표지를 유심히 살폈다. 그는 빠르게 지난 기억을 더듬었다.

"MGC는 모리스 쿠랑이 만든 『조선서지(朝鮮書誌)』의 목록에 있던 코드 번호입니다."

"쿠랑의 『조선서지』?"

"예. 쿠랑은 『조선서지』에서 한국의 고서를 보관한 장소에 이런 MGC의 문자를 적어놓았습니다."

모리스 쿠랑은 1896년부터 2년 동안 서울에 체류하면서 서울 시내의 서점과 인근 사찰 등을 두루 다니며 한국 고서의 방대한 자료를 수집했다. 이렇게 모은 한국의 고서들을 체계적으로 정리한 책이 바로 『조선서지』였다. 쿠랑이 수집한 고서 중에는 세계에서 가장 오래된 금속활자본인 『직지』도 포함되어 있었다.

"이제 알겠어!"

정현선의 소리쳤다.

"이것은 파리 기메 박물관을 뜻하는 이니셜이야. MGC의 M은 Musee, 즉 박물관이고, G는 Guimet, 기메를 뜻하는 것이고, C은 한국을 뜻하는 Coreen이지."

"기메 박물관이 소장하고 있는 한국 고서라는 뜻이로군요."

"그렇지. 2403은 한국 고서를 뜻하는 목록 번호일 거야."

세자르는 이 책을 보기 위해 기메 박물관을 찾아갔던 것이다. 세자르가 죽기 전에 들렀던 곳, 그 중의 한 곳이 바로 기메 박물관이었다.

3

파리 경시청 지하 강당에는 40여 명의 수사관들이 앉아 있었다. 이들은 헤럴드의 강의를 듣기 위해 모여든 세자르 사건의 전담 수사관들이었다. 맨 뒷좌석에는 오늘의 모임을 주재한 에시앙 검사도 보였다. 이번 사건의 핵심이 '토트'라는 데는 이견의 여지가 없었다. 토트가 부활했든 혹은 누군가 토트를 모방했든 이 '전설의 조직'을 떼어놓고 세자르 사건을 설명할 수가 없었다.

헤럴드는 연단에 올라 좌중을 훑어보았다. 뒷좌석에는 아직 강의를 시작하지도 않았는데 벌써부터 암탉처럼 조는 수사관도 보였다. 맨 앞에 앉은 수사관은 메모지를 펼치고 진지한 표정으로 헤럴드의 얼굴을 주시했다. 그 중에는 어제 그를 찾아온 수사관의 얼굴도 보였다.

헤럴드는 매직펜을 들었다. 그는 흰색 보드판에 토트라는 글자를 큼지막하게 적었다.

"강의에 들어가기 전에 여러분에게 밝혀둘 것이 있습니다. 앞으로 나는 여러분에게 실체도 없는 조직에 대해 말하려고 합니다. 그러니까 이 조직은 지난 2백 여 년 동안 그럴 듯한 풍문으로 떠돌았던 조직입니다. 물론 여기서 말하는 그럴듯한 풍문이란, 오랫동안 제가 추적하여 얻은 결과이기 때문에 어느 정도 신빙성이 있습니다. 그러나 어느 역사책에도 이들에 관한 기록은 나와 있지 않습니다. 저 역시 이 조직에 대해서는 아직 구체적이고 확실한 자료를 가지고 있지 않다는 점을 먼저 밝혀둡니다."

헤럴드의 간단한 인사말이 끝나자 강의실이 웅성거렸다.

"그럼, 우리가 실체도 없는 조직에 대해서 들어야 한단 말이오?"

뒷좌석에서 거드름 섞인 목소리가 들려왔다.

"나는 처음 이 조직에 대해 강의를 해달라는 요청을 받고 무척 망설였습니다. 과연 여러분에게 무엇을 말해야 할지 막막했기 때문입니다. 그러나 곰곰이 따져보니 현재로서는 이 조직의 실체가 있든 없든 그것은 그리 중요한 것이 아니라는 생각을 하게 되었습니다. 제가 할 수 있는 것은 세자르 사건 수사에 조금이나마 도움이 되기 위한 것이지, 이 조직의 실체에 대해 논쟁하려는 것이 아닙니다. 우리가 익히 잘 알고 있는 프리메이슨이나 템플 기사단, 장미십자회 등도 처음에는 그 실체가 분명하지 않은 조직이었습니다. 그러나 이들의 정체를 밝히려는 학자들의 집요한 추적과 노력이 있었기에 오늘날에 와서 어느 정도 이들의 실체가 밝혀진 게 사실입니다. 만약 여러분이 세자르 사건을 수사하면서 '토트'라는 조직의 정체를 밝혀낸다면, 아마 여러분은 역사에 영예롭고 자랑스런 이름을 남기게 될 것입니다."

"대충 무슨 말인지 알아들었으니 어서 시작합시다. 우린 한가한 사람들이 아니오."

'저런 건방진 프랑스 경찰 같으니······.'

헤럴드는 몹시 불쾌했다. 강의를 들으려는 프랑스 경찰들의 태도가 영 못마땅했다. 당장이라도 강의를 때려치우고 싶은 생각이 굴뚝같았지만, 에시앙 검사의 간절한 부탁 때문에 꾹 참았다.

"여기서 토트라고 하는 조직의 이름은 이집트 신화에서 차용한 듯 싶습니다. 토트는 '문자와 기록의 신'으로 알려져 있으며, 그리스 신화의 헤르메스와 동일시되고 있는 이집트의 신입니다. 이 조직이 이집트 신화를 내세운 것은 이들의 역할과도 밀접한 관계가 있습니다. 토트가 처음 탄생된 것은 지금으로부터 약 2백여 년 전으로 거슬러 올라갑니다. 나폴레옹 제정 당시 나폴레옹 군대는 이집트의 한 마을에서 여러분도 잘 아는 로제타 스톤을 발견하게 됩니다. 이 로제타 스톤을 해독한 샹폴리옹이 이 조직의 창설을 처음 제안한 것으로 알려져 있습니다."

"샹폴리옹이 누구요?"

그때 강당 중간에서 김빠진 소리가 또 들려왔다. 헤럴드는 얼굴을 찡그렸다.

"역사 공부를 다시 하셔야겠군요. 미국인인 나도 샹폴리옹을 잘 알고 있는데 문화강국인 프랑스인이 샹폴리옹을 몰라서야 되겠습니까."

헤럴드의 말투는 다분히 조롱기가 섞여 있었다.

"이보게 바스티엥, 샹폴리옹은 이집트의 상형문자를 처음 해독한 사람이잖아. 학교 다닐 때 뭐했어? 맨날 계집 뒤꽁무니나 쫓아다닌 거 아냐? 낄낄."

중간 좌석에 있는 허우대 큰 수사관이 말하자 강의실은 웃음바다가 되었다.

"그렇습니다. 샹폴리옹이 로제타 스톤에 새겨진 이집트의 상형문자를 해독하면서부터 이집트의 신비는 차츰 벗겨졌습니다. 로제타 스톤은 현재 대영박물관에 소장되어 있습니다. 로제타 스톤이 영국으로 건너가게 된 것은 당시 오스만튀르크와의 전쟁으로 곤경에 빠져 있던 프랑스가 전쟁을 종결시킨다는 협상의 대가로 영국에 넘겨주었기 때문입니다. 다행히 로제타 스톤의 탑본이 남아 있어서 샹폴리옹은 20년에 걸쳐 이집트 상형문자를 해독한 것입니다. 그 후 문화재 보호의 중요성을 절실히 깨달은 샹폴리옹은 프랑스 정부에 문화재를 관리할 수 있는 특별 단체의 창설을 건의하게 되는데, 이때 생긴 조직이 바로 토트입니다. 샹폴리옹이 이 단체를 토트라고 이름 지은 것은 '문자의 신'이라는 토트의 고유한 이름과 이집트 상형문자를 해독한 데서 비롯된 것이라고 보면 됩니다. 이처럼 프랑스 정부의 지원을 받아 생겨난 토트는 처음에는 프랑스 식민지나 다른 국가에서 들여온 고대 유물을 잘 관리했으나 점점 그 성격이 변모하기 시작했습니다. 즉 국가 재산인 고대 유물을 밀거래하고 암거래 시장에 비싼 가격으로 내다 판 것이죠. 당시 토트의 회원들은 프랑스의 막강한 실력자로 구성되어 있었기 때문에 프랑스 정부도 이들의 부정행위를 막지 못했습니다. 결국 프랑스 정부는 이들의 폐단을 막기 위해 국가 조직인 문화재 관리국을 따로 설치해 토트의 영향력을 제한하였습니다. 그래도 토트 회원들의 비리가 끊이지 않자 나폴레옹 3세는 토트를 강제 해산시키고 비리를 저지른 자를 가차 없이 처형하였습니다. 이때부터 토트는 지하로 숨어들게 되고 여기서부터 토트는 비밀 조직으로 명맥을 유지하게 됩니다."

"그럼, 그때까지 토트는 실체가 분명했던 조직 아닙니까?"

앞좌석에서 열심히 메모하던 자가 물었다.

"그건 제가 처음에 말했듯이 확실하게 말씀드릴 수가 없습니다. 토트는 처음부터 비밀 조직의 성격을 띠고 결성되었습니다. 왜냐하면 문화재 관리 특성상 다른 국가의 침략에 대비해야 하고 문화재의 목록이나 회원 명단을 외부로 유출해서는 안 된다는 규정이 있기 때문이었습니다. 문화재 목록이나 토트의 회원 구성, 회원들의 업무 등도 그들만이 서로 공유했을 뿐 프랑스 각료조차 이들의 활동 사항을 잘 알지 못했습니다. 이런 은밀하고 비밀스런 조직이었기 때문에 회원들은 정부 몰래 문화재를 밀반출했고, 문화재가 사라져도 그 뿌리를 찾아내기가 쉽지 않았던 것입니다. 나폴레옹 3세는 이 조직을 투명하게 만들기 위해 문화재 관리국을 탄생시켰고, 토트를 해산시켰던 겁니다. 그래서 이들이 활동한 기록은 남아 있지 않으며, 지금까지도 전설적인 조직으로 알려져 있습니다."

헤럴드는 잠시 말을 멈추고 탁자 앞에 있는 물을 마셨다.

"그러나 토트는 지하로 숨은 뒤에 더욱 왕성하게 활동했습니다. 그때가 바로 고고학의 전성시대라고 할 수 있는 19세기 말부터 20세기 초입니다. 지금 전 세계적으로 고대 시대의 찬란한 유물은 대부분 이 시기에 발굴되었습니다. 슐리만의 트로이 유적이나 투탕카멘의 황금마스크, 돈황의 고문서 등 이루 헤아릴 수 없습니다. 이 무렵 문화재 유통은 여전히 밀거래 성격을 띠고 있었으며, 이때 핵심적인 역할을 담당한 조직이 바로 토트였습니다. 당시 토트의 구성원은 식민지 국가의 외교관이나 고고학자, 탐험대원 등 고급 인력이 주도하고 있었고, 프랑스 정부에까지 깊숙이 침투해 있었습니다. 그럼에도 불구하고 토트는 외부에 노출되지 않고 지하에서 은밀히 활동했습니다. 나폴레옹 3세 당시 한 차례 모진 시련을 겪었던 터라 이들은 철저히 토트의 신분을 감춘 채 프랑스 내의 문화재 유통을 장악했던 겁니다."

"그렇다면 토트가 점조직으로 움직인 겁니까?"

"그렇게 봐도 무방합니다."

"토트 회원끼리도 서로 알 수가 없는데 어떻게 문화재 거래를 하거나 그들끼리 접선을 할 수 있습니까?"

"이들의 신분을 알 수 있는 유일한 증표가 바로 '따오기'입니다. 따오기 문양은 토트의 증표이며 상징 심벌입니다. 지금도 이 따오기 문양은 프랑스 국립도서관 지하 별고나 기메 박물관, 동양어대학 등에서 볼 수가 있습니다. 이들은 서아시아와 라틴아메리카 혹은 극동아시아에서 발굴한 희귀본의 속표지나 고미술품 등에 따오기 문양을 새겨 넣었습니다. 이것은 곧 토트의 비밀 회원임을 나타내는 그들만의 약속된 언어이기도 합니다. 토트의 회원 중에는 겉으로 자신의 신분을 드러내지 않았을 뿐 프랑스를 위해 헌신한 학자들도 적지 않습니다. 20세기 초에는 프랑스의 박물관이나 도서관 등 문화재를 보관하고 있는 단체장이 토트의 회원으로 활동하기도 했습니다. 지금도 프랑스가 다른 국가에 비해 세계의 희귀본이나 미술품, 유물 등을 많이 보유할 수 있었던 것도 이들이 음지에서 활동한 덕분입니다. 그러나 몇몇 토트의 비밀 회원은 문화재를 암시장에 내다 팔거나 다른 국가의 외교관과 은밀한 거래를 통해 부를 축적했던 것도 사실입니다. 그런데 며칠 전 살해된 세자르의 넥타이에 토트의 상징인 따오기 문양이 새겨져 있었습니다."

세자르의 얘기가 나오자 갑자기 강당이 술렁거렸다.

"그럼 세자르 관장도 토트의 비밀 회원이었다는 겁니까?"

"그건 저로서도 알 수 없습니다. 제가 말씀드리고 싶은 것은 토트라는 조직이 아직도 건재하고 있거나 누군가 토트를 모방하고 있다는 사실입니다. 그동안 토트는 제2차 세계대전이 끝나고 완전히 해체된 것으로 알려져 있었습니다. 그래서 돈황의 석굴에서 동양의 귀중한 고문서를 가져온 펠리오를 마지막 토트의 비밀 회원이라고도 했습니다."

"토트의 또 다른 특징에 대해 말해주십시오."

"세자르 관장의 살해 배후에 토트가 있다는 것은 세자르의 엄지손발톱을 빼내간 것에서도 찾을 수 있습니다. 방금 말씀드린 펠리오도 돈황의 고문서를 유출한 하역꾼의 엄지손발톱을 제거했고, 예전 파리 왕실 도서관에서 중세의 회화를 외부로 빼돌리려 했던 자도 극형에 처한 뒤 엄지손발톱을 모두 빼냈습니다. 이런 처형 방식은 토트만의 독특한 가해 의식입니다. 즉 토트는 자신들의 존재를 외부에 공공연히 알리는 행위, 토트를 배신하는 행위, 토트를 사칭하고 밀거래를 하는 자들에게는 이처럼 엄지손발톱을 빼내 다른 회원들에게 경고의 표시로 삼았던 것입니다. 프리메이슨이 비밀을 누설한 자를 수은 중독으로 살해한 것에 비해 이들의 살해 의식은 더욱 가혹했습니다."

그 뒤로 헤럴드의 강의는 한 시간 가량 계속되었다. 세자르의 이야기가 나온 후로 강당은 열띤 토론장으로 변했다. 파리 수사관들은 토트의 정체에 대해 집중적으로 캐물었고, 헤럴드는 자신이 알고 있는 범위 내에서 성실하게 답변했다. 수사관들이 가장 궁금하게 여기고 있는 것은, 제2차 세계대전 이후 종적을 감추었던 토트가 어떻게 갑자기 나타났느냐는 것이었다. 그것은 헤럴드가 가장 의아하게 여긴 부분이기도 했다. 헤럴드 역시 토트가 현재까지 존재한다는 것에 대해서는 회의적이었다. 그동안 헤럴드가 조사한 토트의 활동 범위도 20세기 초까지였으며, 그 이후에 토트는 자취를 감추었기 때문이었다. 20세기 중반 이후에 발견된 고문서나 회화품에는 더 이상 토트의 문양을 볼 수 없었다.

19세기 중엽의 프랑스 정부의 기록에는 종종 '따오기 문양을 새겨 넣은 고문서'라든가 '따오기 문양을 행세하려는 자' 등의 표현이 나오는

데, 이는 바로 토트의 비밀 회원들을 지칭하는 말이었다. 19세기 말엽의 중세 연구가이며, 필사본과 고문서에 흥미를 가진 델리슬은 그의 저서에서 '따오기 문양'이 프랑스 문화재의 유통을 어지럽힌다고 밝혔고, 이들을 제거하지 않는 한 수많은 유산이 외부로 유출될 것을 경고하였다. 이에 반해 또 다른 학자는 식민지 국가에서 들여온 고문서나 회화품에 새겨진 이 '따오기 문양'을 보고 그들이 진정한 애국자라는 이중적인 태도를 보이기도 했다.

파리 수사관들은 이번 사건이 토트의 부활보다는 모방 범죄라는데 더 비중을 두고 있었다. 그래서 그들은 이런 모방 범죄가 수사의 혼선을 주려는 범인들의 의도적인 행태라고 입을 모았다.

헤럴드의 강의가 끝나고 수사관들은 거대한 의혹에 사로잡혔다. 그들은 생전 들도 보도 못한 조직과 싸워야 한다는 사실이 믿어지지가 않았다.

헤럴드는 햇빛이 따스하게 내리쬐는 검찰청 휴게실 창가에 앉아 있었다.

"강의 잘 들었습니다. 헤럴드 박사님."

에시앙은 헤럴드 앞자리에 앉았다.

"제대로 준비를 못해 미안합니다."

"아닙니다. 많은 도움이 됐습니다."

"그렇다면 다행이군요. 토트는 워낙에 베일에 가려진 조직이라 저 역시 연구하는 데 어려움이 많았습니다. 학자로서 이런 말을 드리는 게 부끄러운 일입니다만, 제 말을 너무 신뢰하지는 마십시오."

헤럴드는 솔직하게 말했다. 그는 방금 전 강당에서 쏟아지는 수사관들의 질문에 일일이 대답하느라 진땀을 흘렸다. 역시 수사관들은 보통 사람들과 달랐다. 처음에는 어줍지 않은 질문에 한심한 생각이 들었다. 그러나 점점 토트에 접근해갈수록 이들의 질문은 송곳보다 더 날카로워졌다.

"이건 개인적인 질문입니다. 박사님께서는 지금 토트가 존재한다고 믿으십니까?"

"글쎄요…… 그건 저도 뭐라 말할 수 없습니다. 저는 10여 년 동안 토트의 존재를 밝히려고 프랑스 전역을 뛰어다녔습니다. 그런데 제가 가는 곳마다 토트의 거래 흔적이 희미하게 남아 있을 뿐 그들에 관한 세부 자료나 기록은 보이지 않았습니다."

"거래 흔적이라면 어떤 것을 말하는 건가요?"

"문화재 매매 계약서나 대금청구서를 말합니다. 그것이 토트가 활동하고 있었던 유일한 물증이지요. 아마 프랑스 국립도서관에는 토트를 규명할 수 있는 보다 구체적인 자료가 있을 겁니다."

"프랑스 국립도서관이요?"

"그렇습니다. 그곳 지하 별고에는 세계 각국의 귀중한 고문서가 산더미처럼 쌓여 있습니다. 그것들은 지금까지 단 한 번도 외부에 공개된 적이 없는 것들이죠. 이 고문서 중에는 분명 토트에 관한 자료가 있을 겁니다. 프리메이슨의 정체를 밝히게 된 것도 바로 프랑스 국립도서관의 지하 별고에서 발견된 문서 때문이었죠. 이 문서에는 프리메이슨의 강령이나 회원 명부가 정확히 기록되어 있었습니다."

"박사님은 그곳엔 가보지 않았습니까?"

"도서관의 지하 별고는 일반인의 출입을 통제하고 있습니다. 그곳을 드나들 수 있는 도서관 사서도 몇 명 되지 않을 겁니다."

"그런데 범인들은 왜 세자르에게 토트의 문양을 남긴 걸까요?"

"그것은 두 가지로 해석됩니다. 첫째는 희생자에게 이런 문양을 남김으로써 그들만의 연대감을 더욱 결속시키는 효과를 얻을 수가 있죠. 대부분 이런 비밀 조직의 문양은 그들만의 강한 연대감과 결속력, 그리고 회원들 간의 의사 소통의 수단으로도 볼 수가 있습니다. 그런 연대감을 해치는 자에게는 응분의 대가를 보여줌으로써 토트는 더 안전하게 관리되고 유지될 수 있었던 겁니다. 다른 하나는 경고의 표시로 볼 수 있습니다. 희생자뿐만 아니라 그 주변인들에게 보내는 암묵적인 메시지인 셈이죠. 이번 일은 세자르에게만 국한되어 있는 일이 아니라는 겁니다."

"그 말은 곧 세자르도 토트의 존재를 알고 있었다는 뜻이 아닙니까?"

"세자르는 프랑스 국립도서관장이었습니다. 그런 고위 직책에 있는 사람이 토트를 모를 리가 없습니다. 19세기 말까지만 해도 프랑스의 도서관장이나 박물관장 등은 토트의 비밀 회원으로 활동하기도 했습니다. 이들은 식민지 국가의 고서나 회화품 등을 보관하는 일을 맡았죠."

"당시 토트의 거점 지역은 어디였습니까?"

"음. 거점 지역이라기보다는 그들만의 비밀 장소가 있었습니다. 그곳은 마들렌 성당과 몽생미셸 수도원입니다."

"마들렌 성당이요?"

에시앙의 어깨가 들썩거렸다.

"왜 그렇게 놀라십니까?"

헤럴드가 물었다.

"아, 아닙니다. 세자르는 사망하던 그날 마들렌 성당을 방문한 적이 있습니다."

"예? 세자르와 마들렌 성당 간에 특별한 관계가 있습니까?"

"그건 아닌 것 같습니다. 세자르는 평소 잘 알고 있는 신부님을 뵙기 위해서 성당에 간 것으로 보입니다. 계속하시지요."

"마들렌 성당은 건축 당시 토트의 회원들이 성금을 모아 지은 성당으로 알려져 있습니다. 19세기 프랑스 고문서에는 이 성당을 지을 당시의 기록이 지금도 남아 있습니다. 토트 회원들은 식민지 국가에서 모은 희귀 유물들을 취합해 파리 왕실도서관과 박물관에 보내고 나머지는 마들렌 성당의 비밀의 방에 보관하였죠. 그러다가 토트가 해체되면서 이곳에 소장되어 있던 희귀본들은 대학 도서관과 지역 박물관에 기증되었습니다."

"마들렌 성당의 비밀의 방은 어떤 곳입니까?"

"19세기 당시 토트의 비밀 아지트라고 보면 됩니다. 지금은 거의 사용하지 않지만, 한때 이곳은 '가톨릭 처리장'이라고도 불렸습니다. 12세기 이전에 교황이 불온 서적이라고 여긴 책과 가톨릭에 반하는 기록물이 다수 보관되어 있기 때문에 붙여진 이름이죠."

"마들렌 성당은 그런대로 이해가 갑니다만 몽생미셸 수도원은 납득하기가 어렵군요. 그곳은 세계적으로 유명한 관광 명소가 아닙니까? 저 역시 지난 여름 휴가 때 가족들과 몽생미셸 수도원을 다녀왔습니다."

"그럼 이 수도원의 지형적인 특성을 잘 알겠군요. 몽생미셸 수도원은 바다 위에 떠 있는 천연의 요새입니다. 토트가 활약할 당시에는 거대한 형무소로 사용하고 있었지요. 당시 토트가 보유한 문화재를 이보다 더 안전하게 보관할 수 있었던 곳은 없었습니다.

에시앙은 머리가 점점 더 복잡해졌다. 토트의 실체에 접근할수록 한 편의 영화에서나 있을 법한 이야기가 헤럴드의 입에서 술술 나왔다.

"이건 제 생각이니 귀담아듣지는 마십시오."

헤럴드는 잠시 주위를 살핀 뒤 에시앙을 똑바로 바라보았다.

"세자르가 살해된 배경에는 아마 그 주위에 진귀한 유물이 있었을 겁니다."

"진귀한 유물이라뇨?"

"토트는 아무 이유 없이 사람을 살해하는 집단이 아닙니다. 토트가 그들만의 처형 의식을 행할 때는 그 주변에 빠짐없이 진귀한 유물이 있었거든요."

"그럼 세자르가 찾고자 했던 것이⋯⋯."

"아마 귀중한 고서일 겁니다."

그것은 에시앙도 같은 생각이었다. 세자르가 사망 직전 리슐리외 도서관 지하 별고에 자주 출입했다는 소식을 들었을 때부터 그 배경에는 진귀한 고서가 있을 것이라 생각했다. R2P를 조사할 때도 리슐리외 도서관이 소장하고 있는 고서에 수사의 초점을 맞추었다. 그러나 현재로서는 리슐리외 도서관에 고서가 분실되었다는 소식은 접수되지 않았다.

"박사님, 혹시 이 숫자가 뭘 의미하는 지 아십니까?"

에시앙은 세자르의 차에서 발견된 명함을 꺼냈다.

   80, 90, 5, 306, 80, 30

"세자르의 차 안에서 발견된 겁니다. 세자르가 살해되기 전에 급히 적은 것 같습니다."

에시앙은 헤럴드에게 잔뜩 기대를 걸고 있었다. 그가 헤럴드를 개인적으로 만나려고 했던 것도 바로 이 의문의 숫자 때문이었다. 헤럴드는 고대 문자나 기호에 관해서는 전 세계에서 몇 되지 않는 전문가였다.

아라비아 숫자를 바라보는 헤럴드의 눈이 매섭게 빛났다. 첫눈에 봐도 이 아라비아 숫자는 낯이 익었다. 결코 아무 의미 없이 배열한 숫자가 아니었다.

"세자르가 유대계 프랑스인이죠?"

"그렇습니다."

"그렇다면 게마트리아 숫자가 아닐까 생각됩니다."

에시앙은 고개를 흔들었다.

"저희 암호해독부에서도 이것을 게마트리아 숫자로 여기고 면밀히 검토했습니다. 그런데 마땅한 단어가 나오지 않더군요."

"음……."

에시앙은 세자르의 명함을 발견한 후 이 숫자를 암호해독부에 넘겼다. 암호해독부 역시 이 숫자를 게마트리아 숫자로 판단하고 전 요원이

해독에 매달렸다. 그러나 숫자의 비밀은 풀리지 않았다. 무엇보다 세자르가 남긴 숫자 중에 '80'이라는 중복된 숫자와 게마트리아에서 사용되는 숫자 배열이 너무도 동떨어져 있기 때문이었다. 암호해독부는 게마트리아 숫자에서 손을 떼고 다른 기호에 대입해 풀고 있었다.

"시간이 좀 걸릴 것 같군요. 해독하는 대로 연락을 드리죠."

4

독일인이 가장 좋아하는 역사적인 인물로는 괴테와 마틴 루터, 그리고 구텐베르크가 손꼽힌다. 이들은 독일인들의 여론조사에서 항상 다섯 손가락 안에 드는 인물들이다. 그러나 괴테나 마틴 루터와는 달리 구텐베르크는 영국의 대문호 셰익스피어처럼 철저히 베일에 가려져 있다.

셰익스피어는 영국이 낳은 세계 최고 극작가이지만, 그에 관한 자료는 명성에 어울리지 않게 상당히 빈약하다. 셰익스피어가 직접 쓴 일기 한 권, 편지 한 통도 지금까지 전해진 것이 없다. 셰익스피어의 글 중 유일하게 전해지고 있는 것이 소송과 관련된 그의 친필 사인뿐이다. 셰익스피어의 희곡에서는 작가가 매우 뛰어난 학식과 교양을 갖춘 인물이라는 것을 어렵지 않게 발견할 수 있다. 그의 작품은 의학, 박물학, 법률, 외국의 사정에 이르기까지 넓은 분야의 지식을 갖추어야 완성될 수 있다. 그러나 셰익스피어 연구자들은 작은 시골 마을의 식육 처리업자의 아들로 태어난 셰익스피어가 어떻게 그런 해박한 지식을 습득할 수 있었는지 의구심을 품고 있다. 셰익스피어는 시골 중학교를 중퇴했을 뿐만 아니라 그의 부모와 그의 딸도 문맹이었다. 현재 셰익스피어의 친필이라 알려진 것은 총 6개가 전해지는데, 이는 모두 대단한 악필로서 셰익스피어가 제대로 글자 한번 썼던 적이 없는 인물이라는 것을 쉽게 알 수 있다. 게다가 배우 셰익스피어는 단 한 번도 영국을 벗어난 일이 없었다. 그런데 그는 이탈리아의 풍광을 한 치의 오차도 없이 절묘하게 그려내고 있다. 특히 셰익스피어가 쓴 희곡 중에는 궁중 묘사가 자주 등장한다. 이는 궁중 생활에 익숙하지 않은 사람으로서는 결코 쓰기 힘든 것이다. 그래서 훗날 셰익스피어를 연구한 몇몇 학자는 셰익스피어는 가공의 인물이라고 주장했다. 진정한 셰익스피어는 근대 프리메이슨의 창시자의 한 사람이며, 장미십자단의 고위 회원인 프랜시스 베이컨이라는 것이다.

베이컨은 엘리자베스 1세에서 제임스 1세 재임 때까지 사법장관과 대법관을 역임한 인물이다. 따라서 셰익스피어 같은 신분이 낮은 배우에게는 엿볼 수 없는 궁정의 인물 관계와 예의작법에도 정통했다. 뿐만 아니라 베이컨은 셰익스피어 극의 배경이 되는 세계 각국을 방문한 적이 있지만, 배우 셰익스피어는 단 한 번도 영국 밖으로 나갔다는 기록이 없다. 또 베이컨은 16세기 가장 뛰어난 작가이며, 법률가, 그리고 언어학자였다.

독일이 자랑하는 구텐베르크의 인쇄술에 대해서도 여러 의견이 분분했다. 네덜란드 학자인 하드리안 유니우스는 인쇄술을 최초로 발명한 사람이 코스터라고 주장했다. 유니우스는 1565년 『바타비아』라는 책에서 코스터 이야기를 다루었다. 이 책에 따르면 할렘의 상인이었던 코스터는 어느 날 자신의 손자와 함께 숲으로 산책을 나갔다. 그는 거기서 밤나무 껍질에 글자를 새겼는데, 나중에 손자를 즐겁게 해주기 위해 여기에 잉크를 묻혀 글자를 눌러 찍었다. 이것에 착안하여 코스터는 잉크를 개발하고 납과 주석으로 글자를 만들어 처음으로 『인간 구원의 거울』이란 책을 인쇄했다. 코스터의 인쇄 사업은 번창했고, 이를 배우려는 보조공들이 그의 인쇄소 공장에 구름처럼 몰려들었다. 그러나 1441년 크리스마스이브에 코스터의 가족이 교회에 있을 때, 직원 중 한 사람인 요하네스라는 사람이 인쇄소에 들어와 모든 활자를 훔쳐 독일 마인츠로 도망가버렸다. 유니우스는 그가 바로 구텐베르크라고 주장했다.

네덜란드 암스테르담 근교에 위치한 할렘 시 광장에는 코스터의 동상이 세워져 있다. 월계수를 쓰고 로마 복장을 한 코스터는 한쪽 손에 'A' 글자를 치켜들고 있다. 동상 밑에는 '금속 주물 활자를 이용한 인쇄술의 발명가'라는 명패가 붙어 있다. 네덜란드 사람들은 지금도 코스터가 구텐베르크보다 앞서서 세계 최초로 금속활자를 만들었다고 믿고 있다.

'헬마스페르거 문서'에는 최초 인쇄술에 관해 좀 더 구체적으로 언급되어 있다. 현재 남아 있는 1457년의 마인츠판 『시편』에는 푸스트의 이름과 새로운 동업자 피터 쉐퍼라는 사람의 이름이 등장한다. 그 시편은 인쇄 장소와 날짜, 그리고 인쇄자가 명확히 적힌 최초로 인쇄된 책이다. 그러나 최초로 인쇄된 책이라고 알려진 구텐베르크의 성서에는 인쇄자의 이름도, 인쇄 장소도, 날짜도 없다. 이처럼 구텐베르크의 인쇄술은 그 진실이 불확실한 것임에도 불구하고 구텐베르크의 명성에는 전혀 지장을 받지 않고 있다. 후대의 연구자들은 오히려 코스터를 악덕 기업주로, 구텐베르크를 전형적인 몽상적인 발명가로 여기고 있다. 그러나 여전히 구텐베르크가 코스터로부터 인쇄술을 배웠을 가능성은 충분히 존재한다.

이런 구텐베르크의 명성을 보호하고 계승시키려는 독일의 노력은 무척이나 집요했다. 독일인에게 구텐베르크라는 존재는 단순한 인쇄술의 발명자가 아니다. 그들은 구텐베르크를 '지식의 혼'을 불어넣은 인류의 전도사라고 부르고 있다. 유네스코가 『직지』를 세계 최초의 금속활자본이라고 인정했을 때, 이를 가장 못마땅히 여긴 국가가 독일이었다.

파리 주재 독일 대사관은 아침부터 팽팽한 긴장감이 흘렀다. 대사관 직원들은 특별 손님을 맞이하기 위해 평소보다 2시간 가량 일찍 출근했다. 동양 고서 감정가인 중국인 우쉰과 독일 첩보 기관원인 슈츠는 대사관 내의 안가에서 베르만을 기다리고 있었다.

"어서 오십시오."

루트비히 미술관장인 베르만이 안가에 들어서자, 슈츠가 자리에서 일어나 그를 맞이했다.

"슈츠, 얼굴빛이 좋아 보이는군. 요즘 무슨 좋은 일이라도 있나?"

"아닙니다. 이리로 오십시오."

슈츠의 얼굴은 석고상처럼 늘 딱딱하게 굳어 있었다. 베르만은 슈츠가 웃는 것을 단 한 번도 본 적이 없었다. 그러나 슈츠만큼 믿음직한 인물은 없었다.

"암스테르담에 간 일은 어떻게 되었습니까?"

슐츠가 물었다.

"하여튼 네덜란드 사람들은 참으로 이상한 친구들이야. 왜 굳이 이런 행사를 열어서 우리를 피곤하게 하는지 모르겠어."

베르만은 암스테르담 국립도서관에서 열린 '코스터 활자의 재발견' 행사에 들러 잠깐 얼굴만 비추고 왔다. 지난해까지만 해도 '코스터 축제'는 할렘 시에서만 연례 행사처럼 간소하게 치러졌다. 그러나 이번에는 네덜란드 정부까지 나서서 전 세계의 석학들을 초청해 국가적인 행사로 치러지고 있었다.

베르만에게는 참으로 기분 나쁜 행사였다. 도서관 관계자는 아예 노골적으로 구텐베르크가 코스터의 활자를 훔쳐 달아났다고 떠들어댔다. 도저히 두 눈 멀쩡히 뜨고 행사를 지켜볼 수 없어서 베르만은 방명록에 사인만 하고 그곳을 나왔다.

"멍청한 자식들, 그렇다고 역사가 바뀔 수는 없지."

"……."

"구텐베르크는 인류의 지식 혁명을 일으킨 위대한 독일인이 아닌가!"

베르만은 프랑스와 문화재 반환 협상의 책임자였다. 이 협상은 독일 정부에서도 핵심자만이 알고 있는 일급 비밀이었다. 베르만은 쾰른을 떠나기 전에 루트비히 미술관 지하 소장고에 있는 그림들을 마지막으로 둘러보았다. 아쉬운 일이지만 이제 이 예술품과도 작별을 해야 했다.

프랑스에 반환하기로 한 예술품들은 제2차 세계대전 당시 나치의 전

리품 특수부대인 'ERR'이 파리에서 가져온 것이었다. 1940년 프랑스를 접수한 나치는 히틀러와 괴링, 그리고 'ERR'의 수장인 로젠베르크가 핵심이 되어 프랑스에 있는 수많은 예술품을 독일로 가져갔다. 렘브란트, 레오나르도 다빈치의 걸작, 희귀 도서, 고대 유물 등 2만 1천여 점에 이르렀다. 이렇게 독일로 온 미술품은 오스트리아 린츠의 소금 갱도와 괴링의 저택인 카린할, 노이슈반슈타인 성에 나눠 수장하였다. 이때 파리의 예술품을 전문적으로 수집한 기관이 바로 특무 기관인 'ERR'이었다. 이 예술품들은 1994년 독일과 프랑스 정상의 합의 하에 대부분 프랑스로 반환하였으나, 아직도 루트비히 미술관의 지하 소장고에는 이들의 작품이 남아 있었다. 그런데 프랑스는 루트비히 미술관에 있는 예술품들을 찾아내고 끈질기게 반환을 요구해왔다. 독일은 이 예술품이 나치의 약탈품이 아니라 독일 수집가가 정상적으로 파리에서 구입한 것이라고 맞섰으나, 프랑스는 이를 받아들이지 않았다. 프랑스와 독일은 이 예술품을 놓고 2년 전부터 비밀 협상팀이 구성되었다. 독일은 이 예술품을 반환하는 조건으로 그에 상응하는 대가를 찾으려고 했으나 양측의 조건이 맞지 않아 번번이 협상은 결렬되고 말았다. 그러던 중 베르만은 얼마 전 프랑스측의 협상 대표인 피에르로부터 뜻밖의 전화를 받았다.

"당신네들에게 꼭 필요한 물건이 있소. 독일이 원한다면 이 물건으로 이번 협상을 마무리짓고 싶소."

베르만은 피에르의 제안을 흔쾌히 받아들였다. 피에르의 말대로 그것은 독일에게 가장 필요한 물건이었다. 베르만이 급히 파리로 날아온 것도 이 물건을 직접 확인하기 위해서였다. 이 물건이 진품이라면 프랑스와의 지루한 협상도 끝나는 것이었다.

베르만과 우쉰, 그리고 슐츠는 긴장한 빛이 역력했다. 그들의 시선은 하나같이 책상 위에 있는 검은 가방에 고정되어 있었다. 우쉰과 슐츠는 미동도 하지 않고 베르만의 지시가 떨어지기만을 기다렸다. 대사관 안가에 들어온 지 십여 분이 흘렀는데도 베르만은 책상 위의 검은 가방만을 응시하고 있었다.

'구텐베르크의 명예를 지키는 일!'

베르만의 입가에 엷은 미소가 스쳐지나갔다. 세계인들은 독일 민족의 우수성보다는 나치의 만행을 더 잘 기억했다. 반세기가 훨씬 넘었는데도 나치의 기억은 좀처럼 수그러들지 않았다. 베르만은 늘 그것이 안타까웠다. 독일 민족의 우수성을 알리는 것, 그것이야말로 조국이 그에게 남겨준 과제였다.

"자, 시작해보자고."

이윽고 베르만이 낮은 목소리로 말했다. 그와 동시에 슐츠가 조심스럽게 검은 가방을 열었다.

가방 안에서 한 권의 고서를 꺼낸 슐츠는 우쉰에게 눈길을 보냈다. 첫눈에 봐도 그것은 동양의 낡고 오래된 고서임을 알 수 있었다. 누르스름한 겉장의 표지는 오래되긴 했어도 비교적 잘 보존되어 있었다.

우쉰은 흰 장갑을 끼고 고서를 코앞에 갖다놓았다. 종이 재질로 봐서 한국의 고유 종이인 한지가 틀림없었다.

책의 겉표지에는 『동국통감(東國通鑑)』이라고 쓰여 있었다. 우쉰은 책의 제본 상태를 살펴보기 위해 왼쪽 끝에 묶여진 실을 바라보았다. 이 책 역시 여느 한국 고서와 마찬가지로 붉은 실로 엮어져 있었고, 다섯 군데가 묶여 있었다. 이른바 한국 고서에 잘 나타나는 오침안정법(五針安定法)이었다. 한국의 고서는 네 군데나 여섯 군데를 묶은 중국 고서와는 달리 다섯 군데를 묶었다. 가운데에 구멍을 뚫으면 구멍의 위치를 잡기 쉽고, 수에 대한 관념상 짝수보다 홀수를 선호했기 때문이었다.

우쉰은 책을 펼쳤다. 그는 가방에서 확대경을 꺼내 먼저 테두리선을 살폈다. 목판활자의 경우 목재의 테두리선이 떨어져 나간 경우가 있다. 그것은 금속활자와 같이 식자(植字)에 의한 조립이기 때문이다. 그러나 목판본은 테두리 모서리 부분이 붙어 있다. 계선(界線)의 상태는 금속활자본이 좋은 반면에 목판본은 판각 과정에서 계선과 글자를 붙여서 파는 경우가 많다. 같은 글자라도 차이가 있으면 목판활자일 가능성이 크다. 그러나 이 책의 같은 활자는 똑같이 일치했다. 금속활자본이 분명한 것이다.

"이 책은 한국의 중세 시대에 쓰여진 겁니다. 금속활자로 만들어진 책이 틀림없습니다."

"천만다행이로군. 세자르가 이 책을 발표하기 전에 우리 손에 들어왔으니 말이야."

베르만은 안도의 한숨을 몰아쉬었다. 피에르에게 연락을 받은 뒤로 베르만은 제대로 발을 뻗고 잠을 자지 못했다. 세자르가 이 책을 세상에 알릴까봐 노심초사했던 것이다. 이제 이 책도 수중에 들어왔고, 이 책의 존재를 알고 있는 세자르마저 세상을 떠나고 말았다. 모든 고민은 동시에 해결되었다.

"이 책의 간행 연도가……."

그런데 마지막으로 이 고서의 간행 연도를 살피려는 우쉰의 얼굴이 험하게 일그러졌다.

"왜 그런가?"

베르만이 다급히 물었다. 우쉰은 믿어지지 않는 듯 고서를 다시 한 번 면밀히 검토했다.

"이 책이 만들어진 해가 1485년입니다."

"1485년?"

"예."

"확실한가?"

"그렇습니다."

베르만은 자리에서 벌떡 일어났다.

"그럴 리가 없어……. 다시 한 번 확인해보게."

"틀림없습니다."

베르만은 뒤통수를 맞은 것처럼 정신이 아찔했다.

'감히 나를 속이다니…….'

"슐츠, 지금 당장 피에르에게 연락하게."

5

미테랑 도서관 로비로 들어선 에시앙은 거대한 샹들리에 앞에서 걸음을 멈추었다. 반듯하게 깔린 대리석 바닥은 거울처럼 빛이 났다. 파리의 새명물인 미테랑 도서관에 오면 미테랑 대통령의 향취를 느낄 수 있다.

"어서 오십시오."

말쑥한 정장 차림의 중년 사내가 에시앙 앞으로 다가왔다. 그는 프랑스 국립도서관의 부관장인 피에르였다. 에시앙은 피에르의 안내를 받으며 부관장실이 있는 10층으로 향했다.

피에르의 집무실은 도서관 건물의 화려한 외관에 비해서는 작고 아담했다. 에시앙은 피에르의 비서가 가져온 커피를 한 모금 마신 뒤 입을 열었다.

"피에르 부관장님은 토트라는 조직에 대해 들어보신 적이 있습니까?"

"토트라면…… 19세기에 활동했다고 하는 전설의 조직을 말씀하시는 겁니까?"

"예."

"대충 들어서 알고 있습니다만……"

"세자르 관장이 평소 토트에 대해 말씀하신 적은 없었나요? 이를테면 토트에 유달리 관심이 많았다든가……"

"그건 처음 듣는 소리입니다. 이번 사건이 토트와 관련이 있습니까? 토트는 실체가 없는 조직으로 알고 있는데요."

에시앙은 피에르의 눈치를 힐끔 살폈다. 여러모로 석연치 않은 점이 눈에 걸렸다. 세자르가 살해된 후 가장 분주하게 움직인 인물이 바로 피에르였다. 정부의 고위 관계자에게 비공개 수사를 처음으로 제안한 것도 그였고, 세자르의 시신을 파리 국방대학원 부검실에 안치하자고 주장한 것도 피에르였다. 세자르 집무실에 있는 컴퓨터에 복구 불능 시스템을 사용한 것도 바로 피에르일 것이다.

"세자르 관장은 사망하기 전에 리슐리외 도서관에 자주 갔었다고 하더군요. 혹시 세자르 관장이 무슨 일로 그곳에 갔는지 알고 계십니까?"

"……"

"세자르 관장은 한국과의 협상을 앞두고 있던 터라 무척 바빴을 텐데 말입니다."

"그건 저도 잘 모르겠습니다."

"세자르 관장이 리슐리외 도서관에 간 것을 본 일이 있습니까?"

"도서관 사서로부터 들은 적은 있습니다."

"이상한 일이로군요. 최근에 피에르 부관장님과 세자르 관장이 리슐리외 도서관 지하 별고에서 서로 마주친 일이 있었다고 하던데요."

에시앙은 피에르의 얼굴을 똑바로 노려보았다.

"도서관 경비원이 잘못 본 것일까요?"

"아, 생각납니다. 맞아요. 세자르 관장을 봤습니다."

피에르는 어색한 미소를 흘리며 고개를 크게 흔들었다. 에시앙은 그런 피에르의 행동을 놓치지 않았다. 뭔가 켕기는 구석이 있는 사람은 늘 과장된 몸짓을 하게 마련이다. 지금 피에르의 행동이 그랬다.

"도서관 지하 별고에서 두 분이 만난 것은 극히 드문 일이 아닙니까?

그곳은 도서관 사서들도 출입이 제한된 곳으로 알고 있습니다만."

"그렇습니다……."

"피에르 부관장님도 최근 부쩍 도서관 지하 별고에 자주 드나들었다고 하던데, 맞나요?"

"다음 달에 중국 고문서 전시회가 예정되어 있습니다."

"중국 고문서라면 동양학 담당자의 소관이 아닌가요? 피에르 부관장님은 유럽과 라틴아메리카 분야 전문가라고 들었는데요."

"……."

"더군다나 중국 고문서 쪽은 세자르 관장의 책임 분야가 아닌가요?"

"최근 세자르 관장은 한국과의 협상 문제로 신경이 매우 예민해져 있었습니다. 그래서 되도록 다른 일에는 신경 쓰는 일이 없도록 했죠. 제가 중국 고문서에 대해서는 잘 알지 못하지만 고서를 보관하고 정리하는 일은 누구든 할 수 있는 일입니다. 중국 고서 담당자를 만나면 확인할 수 있을 겁니다."

"알았습니다. 저를 리슐리외 도서관 지하 별고로 안내해주십시오."

지하 별고 입구에 들어선 에시앙은 마치 중세의 비밀스런 수도원에 들어서는 느낌이 들었다. 지하 별고로 통하는 입구는 어둡고 침침했다. 좁고 긴 복도에는 발걸음을 옮길 때마다 차가운 냉기가 흘러나왔다. 에시앙은 벌써 세 번째의 보안 시스템을 통과하고 있었다.

처음 에시앙은 리슐리외 도서관의 지하 별고를 마음에 두지 않았었다. 그러나 헤럴드의 이야기를 들은 뒤로는 생각이 바뀌었다. 헤럴드의 말대로 세자르가 살해된 배경에는 '진귀한 고문서'가 있을지도 모를 일이었다. 그것이 토트의 표적이 되었다면, 세자르의 살해 동기는 보다 명확해 보였다.

"경비가 대단히 삼엄하군요."

지하 4층으로 접어들면서 보안 시스템은 지문과 카드 인식기로 출입자를 확인했다.

"이곳의 보안 시스템은 공항 검색대보다 더 철저합니다."

"지하 별고의 고서가 외부에 유출될 염려는 없겠군요."

"괴도 루팡이 온다고 해도 염려 없습니다."

에시앙은 두터운 유리문을 통과한 뒤 주위를 둘러보았다. 사람의 체취는커녕 어떤 살아 있는 생명체도 느껴지지 않았다. 지하 별고는 대륙별로 구성된 총 7개의 문헌실로 이루어져 있었다. 동양학문헌실은 복도 맨 끝에 위치하고 있었다.

"여기가 동양학문헌실입니다."

동양학문헌실의 문은 단단한 철제로 만들어져 있었다. 피에르가 카드 인식기를 대자, 거대한 철제문이 스르르 열렸다.

"여기에 올 수 있는 사람은 누구입니까?"

"관장님과 저, 그리고 각 대륙별 부서의 문헌실 담당 책임자입니다. 일반 사서가 들어오기 위해서는 사유서를 제출한 뒤 승인을 받아야 합니다."

동양학문헌실 안에는 수많은 고서들이 꽂혀 있었다. 밖에서 볼 때는 몰랐는데, 문헌실 안은 그 규모가 매우 크고 넓었다. 가지런히 놓인 대형서가에는 하나같이 진귀해 보이는 책들이 진열되어 있었다. 고서 특유의 책 냄새와 함께 천장 틈새에서는 시원한 바람이 솔솔 새어 나왔다.

"고서를 보관하는 데는 습기가 가장 중요합니다. 자칫 관리를 소홀히 하게 되면 책이 금방 부식될 수 있거든요."

에시앙은 근처에 있는 고서를 손으로 어루만졌다. 순간 그는 직감적으로 세자르의 체취를 느낄 수 있었다. 그것은 수사 검사의 본능이었다.

"대체 이곳에서 세자르 관장이 무얼 했을까요?"

"……."

"여기에 있는 책들은 어떤 책들입니까?"

"주로 중국과 일본, 한국의 고서들을 소장하고 있습니다. 대부분 특별 보관용 고서로 보면 될 겁니다. 아직 한 번도 외부에 소개되지 않은 고서들도 상당수 있습니다."

"마사코라는 일본인을 들어본 적 있습니까? 한때 도서관 사서로 일한 적이 있는데……."

"글쎄요. 잘 기억이 나지 않는군요."

"세자르는 살해되기 이틀 전에 마사코를 찾아갔다고 합니다. 마사코는 30여 년 전 바로 이 동양학문헌실에서 고서를 분류하던 사서였습니다."

"……."

피에르는 입술을 꾹 다물었다. 에시앙은 그런 피에르에게 매서운 눈빛을 던졌다.

'거짓말을 하고 있군.'

피에르가 마사코를 모를 리가 없었다. 피에르나 마사코는 유네스코 산하의 세계문화유산위원회의 회원이었다.

"이번 사건의 열쇠는 마사코가 쥐고 있는 것 같은데 통 연락이 되지 않습니다. 세자르가 사망한 직후 감쪽같이 사라졌거든요."

에시앙은 마사코를 찾기 위해 파리 시내의 모든 호텔을 뒤졌으나 그녀의 행방을 찾을 수가 없었다.

"피에르 부관장님은 세자르가 살해되던 날 저녁 9시쯤에 어디에 있었습니까?"

에시앙은 화제를 돌렸다. 바로 이 시각, 피에르가 세자르 집무실에 들어간 것을 본 목격자가 있었다.

"음…… 저녁 식사 후 제 집무실에 있었습니다."

"혹시 세자르 관장의 집무실에 다녀간 적은 없습니까?"

"……."

반쯤 감은 피에르의 눈꺼풀이 가늘게 떨리고 있었다. 에시앙은 잘 알고 있었다. 피에르가 마땅한 해답을 찾느라고 분주히 머리를 굴리고 있다는 것을.

"이, 있습니다."

"무슨 일 때문에 간 거죠?"

"그러니까…… 세자르 관장님의 컴퓨터에 입력된 전시 일정 관리표를 보기 위해서 잠시 들렀습니다."

'잘 둘러대는군.'

에시앙은 피에르가 제법 임기응변에 능숙하다는 생각이 들었다. 피에르는 세자르 컴퓨터에 자신의 지문이 묻어 있는 것을 이미 알고 있던 것이다.

"좋습니다. 혹시 이런 문양을 본 적이 있습니까?"

에시앙은 따오기 머리가 그려진 문양을 피에르에게 보여주었다.

"이건 토트의 문양 아닙니까?"

"맞습니다. 이 지하 별고에 이런 문양이 새겨진 책이 있습니까?"

"간혹 있긴 한데…… 무슨 일 때문에 그러시죠?"

"듣자하니 이 지하 별고에는 토트의 발자취가 적혀 있는 책이 있을 거라고 하더군요. 이를테면 토트의 회원 명부나 이들 조직의 강령 따위가 적혀 있는 책 말입니다. 그 책을 찾을 수 있습니까?"

피에르는 고개를 절레절레 흔들었다.

"아마 없을 겁니다. 에시앙 검사님이 얼마나 알고 계신 줄은 모르겠지만, 토트는 실체가 분명하지 않는 전설의 조직입니다. 그런 조직의 흔적이 어디에 남아 있겠습니까? 설령 토트라는 조직이 있다고 해도 이곳에 있는 고서를 일일이 확인하는 데는 적어도 몇 년은 걸릴 겁니다."

피에르의 말에도 일리가 있었다. 이 많은 책 속에서 토트의 자료가 남아 있는 책을 찾는 것은 쉬워 보이지 않았다.

"만약 세자르 관장이 여기에 있는 책을 도서관 밖으로 빼돌리려고 한다면…… 그게 가능합니까?"

"불가능합니다. 여기에 있는 책들은 모두 문서 인식시스템에 의해 관리되고 있습니다. 몸은 밖으로 빠져나갈 수 있어도 책은 절대 유출할 수 없습니다. 문서 인식시스템에 탐지가 되어 자동으로 모든 문이 폐쇄됩니다."

"그럼 전시회를 열 때는 이 책들을 어떻게 합니까?"

"문서 인식시스템의 가동을 중단시키면 됩니다."

"혹시 '미셸 고문서 유출 사건'을 알고 계십니까?"

"……."

에시앙이 약간 비아냥거리는 투로 물었다. 피에르가 어찌 이 사건을 모르겠는가. '미셸 고문서 유출 사건'은 리슐리외 도서관의 희귀본이 외부에 유출되어 프랑스가 발칵 뒤집힌 사건이었다.

"히브리어 담당자가 지하 별고에서 히브리어 성경 희귀본을 빼내 미국 크리스티 경매장에 넘기려다가……."

"알고 있습니다."

피에르가 퉁명스럽게 말했다.

"이때는 어떻게 외부로 유출되었던 거죠?"

"도서관 보안시스템에 문제가 있었습니다. 이 사건 이후로 경비 시스템을 전면 재정비했습니다."

에시앙은 피에르의 눈과 손을 번갈아 바라보았다. 피에르의 손끝이 파르르 떨리고 있었다. 피에르는 도서관 경비 시스템 얘기가 나올 때부터 목소리의 높낮이가 달라졌다. 뭔가 켕기는 구석이 있는 것이다.

'오늘은 이쯤 해두는 게 좋겠군.'

처음부터 너무 바싹 조이면 되레 일이 틀어지기 십상이다. 적당한 틈을 보여주어야 용의자들은 움직이게 되어 있다. 앞으로 피에르의 행동도 눈에 띄게 달라질 것이다.

집무실로 돌아온 피에르는 소파에 몸을 파묻었다. 에시앙의 날카로운 질문을 피해가느라 등줄기에 식은땀이 흘러내렸다. 셔츠 목덜미 부분은 어느새 축축이 젖어 있었다. 에시앙이 보내는 야릇한 눈빛에는 검사 특유의 날카로움이 배어 있었다.

'혹시 에시앙에게 빈틈을 보인 것은 아닐까?'

그럴 리가 없을 것이다. 피에르가 알고 있는 슐츠는 매우 주도면밀한 인물이었다. 게다가 그는 독일 첩보기관 출신이 아닌가.

피에르는 에시앙과의 대화에서 한 가지 납득할 수 없는 점을 발견했다. 에시앙은 토트에 무척 집착하고 있던 것이다.

그때 전화벨이 울렸다.

"여보세요."

"슐츠입니다."

"그렇지 않아도 전화를 하려던 참이었소. 베르만 관장은 대사관에 와 있소?"

"그렇습니다."

"음. 이제 됐군. 물건은 확인해봤소?"

"문제가 생겼습니다."

"문제라니?"

"부관장님께서 보내주신 물건은 진품이 아닙니다."

"진품이 아니라니, 그게 무슨 소리요?"

"저희가 감정한 바로는 그 책은 1485년에 만들어진 책이라고 합니다."

"1485년? 그럴 리가 없소."

"물건이 바뀐 듯합니다. 베르만 관장님께서는 이번 협상을 당분간 보류하시자고 합니다."

"이보게, 슐츠."

"다시 연락드리겠습니다."

전화가 끊겼다. 피에르는 멍하니 창밖을 응시했다. 갑자기 어깨가 축 처지고 앞이 캄캄해졌다. 뒤늦게 정신을 차린 그는 서둘러 옷을 갈아입었다.

ა

상트니의 얼굴이 벌겋게 달아올랐다. 마사코를 통해 전달해준 한국의 고서가 진품이 아니라니, 이게 무슨 날벼락 같은 소리인가.

"방금 독일 대사관에서 연락이 왔습니다. 그 책을 감정한 결과 1485년도에 제작된 것이라고 합니다."

피에르가 말했다.

"그럴 리가 없소."

"피에르 선생님, 무슨 착오가 생긴 것 같습니다."

"착오가 생길 이유가 없지 않소. 마사코에게 분명 그 책을 전달해주었소?"

"그렇습니다. 장 르네가 직접 마사코를 마들렌 성당까지 차에 태워주었습니다."

어제 새벽, 리슐리외 도서관 지하 별고에서 책을 빼내 경비 책임자인 장 르네에게 맡겨놓았다. 그리고 정오가 지나 그 책을 마사코에게 전달해주었고, 마사코는 마들렌 성당으로 그 책을 가지고 갔다. 어디에도 착오나 빈틈이 있을 수가 없었다.

"이상한 일이로군. 그 책이 변신술이라도 부렸단 말이오? 어떻게 갑자기 다른 책으로 변할 수 있소."

"마사코와는 연락을 해보셨습니까?"

"마사코는 믿어도 좋을 것이오. 마사코는 그 책이 어떤 책인지, 어디에 이 책이 사용되는지도 모르고 있소."

그렇다면 이게 어찌된 일일까? 피에르는 둘 중 하나라고 생각했다. 비밀의 방에서 누군가 그 책을 바꿔치기했거나 베르만이 농간을 부리고 있는 것이다.

"베르만이 농간을 부리는 것은 아닐까요?"

"……."

"베르만은 속을 알 수 없는 인물입니다. 세자르를 보면 알지 않습니까?"

"마사코는 지금 어디에 있소?"

"13구역 모텔에 있습니다."

"지금 경찰이 마사코를 찾고 있소. 자칫하다가는 우리에게까지 불똥이 튈지 모르오."

"무슨 말인지 잘 알고 있습니다."

"내일 내가 직접 베르만을 만나보겠소."

"위험하지 않을까요? 경찰의 눈에 뜨일 텐데요."

"그건 염려하지 않아도 되오. 내일 베를린 훔볼트 대학에서 행사가 있는데, 베르만도 그 행사에 참석한다고 했소."

상트니는 피에르가 연구실을 나간 뒤 깊은 생각에 잠겼다. 대체 그 책이 어디로 사라졌단 말인가. 혹시 비밀의 방에서 무슨 문제가 생긴 건 아닐까.

'그럴 리가 없어.'

상트니는 고개를 흔들었다. 파리 시내의 요새, 비밀의 방이 어떤 곳인가. 지금까지 비밀의 방에서 있었던 일이 외부로 흘러나간 적은 단 한 차례도 없었다. 그곳은 파리 시내에서 가장 안전한 비밀 장소였다.

비밀의 방은 상트니가 고심 끝에 결정한 장소였다. 접선이나 거래는 늘 꼬리를 남기기 마련이다. 훗날 그 꼬리의 흔적이 거대한 몸통으로 변하기도 한다. 아무리 완벽하게 대처를 한다고 해도 사람의 눈을 피할 수는 없다. 자칫 이번 일이 세상에 알려지는 날에는 몇몇 개인이 아니라 국가의 위신에 치명적인 상처를 입힐 수 있었다. 그래서 선택한 곳이 마들렌 성당의 비밀의 방이었다. 비밀의 방만큼 완벽한 장소는 없었다.

상트니는 마사코가 자꾸 신경이 쓰였다. 일단은 마사코를 만나 무슨 얘기든 들어봐야 할 것 같았다. 상트니가 연구실을 나서려고 할 때 전화벨이 울렸다.

"웬 꼬마가 교수님을 찾아왔는데요?"

경비실에서 온 전화였다.

"꼬마?"

"예, 뭔가 전해줄게 있다는데 연구실로 들여보낼까요?"

"아니오. 나도 마침 나가려는 참인데, 경비실에서 잠깐 기다리라고 하시오."

어디서 온 아이일까? 정문 수위실 안에서 한 아이가 쪽문 유리창에 고개를 빼꼼 내밀었다. 처음 보는 아이였다. 히죽히죽 웃는 아이의 얼굴은 불량기가 잔뜩 배어 있었다.

"아저씨가 상트니 교수님이에요?"

아이는 또렷한 발음으로 그의 이름을 불렀다.

"그래. 무슨 일로 날 찾아왔지?"

"히히, 제대로 찾아왔네요."

아이는 상트니 앞에 불쑥 손을 내밀었다.

"이게 뭐냐?"

"심부름 값부터 줘야죠."

"심부름?"

맹랑한 아이였다. 아이의 다른 손에는 조그만 상자가 들려 있었는데, 누군가 그 봉투를 전해주라고 시킨 모양이었다. 아이는 흥정을 벌이겠다는 듯이 아래턱을 내밀었다.

"옛다."

상트니는 지갑에서 10유로 지폐를 꺼냈다. 그런데 아이는 돈은 받지 않고 얼굴을 찡그렸다.

"왜 그러니?"

"에이, 쫀쫀하게 10유로가 뭐에요."

"10유로가 적어?"

"그 할아버지는 20유로를 줬단 말이에요."

"싫으면 관둬라."

상트니는 다시 지갑에 돈을 넣는 시늉을 했다.

"알았어요. 쫀쫀한 아저씨."

아이는 마지못해 한 발 양보하고 싱겁게 거래를 끝냈다.

누가 이런 걸 저런 아이에게 시켜 보낸 것일까. 상트니는 그 자리에서 상자의 봉투를 뜯었다.

'이, 이것은…… 비천상!'

그것을 보는 순간 서늘한 전율이 빠르게 그의 몸을 휘감았다. 상자 안에는 비천상(飛天像)이 새겨진 목걸이가 담겨 있었다. 이것은 3년 전에 사망한 왕웨이의 목걸이가 아닌가!

비천상은 돈황의 상징이다. 천가신(天歌神) 건달바와 천악신(天樂神) 긴나라가 합쳐져서 남녀 구분이 없고 둘 사이 기능이 통합된 존재다. 구름의 도움은 받되 구름에 의지하지 않으며 바람에 하늘거리는 옷과 채색 허리띠에 의지하여 하늘을 난다. 비천은 그리스 신화에서 무희에 능하고 음악을 주관하는 뮤즈와 같은 존재다. 돈황 석굴에는 이런 비천상을 자주 볼 수 있는데, 춤추며 날아가는 자태가 오묘하고 우아하여 미의 극치를 달리고 있다. 중국에서는 320굴의 비천상을 돈황 벽화의 대표작으로 꼽고 있다.

이 비천상 목걸이는 왕웨이가 늘 몸에 지니고 다녔던 것이다. 도서관 사서들은 비천상을 왕웨이의 상징으로 여겼다. 3년 전 왕웨이가 교통사고로 사망할 당시 그의 유품에서 이 비천상 목걸이가 발견되지 않아 한동안 이런저런 말이 많았다. 그런데 감쪽같이 사라졌던 그 비천상이 다시 나타난 것이다.

상트니는 꼬마를 찾기 위해 빠르게 주위를 둘러보았다. 멀찍이 계단을 내려가고 있는 꼬마의 모습이 눈에 잡혔다. 상트니는 빠르게 계단을 밟고 내려갔다. 학교 정문 앞에 이르러서야 겨우 꼬마를 붙들었다.

"꼬마야!"

상트니는 길게 숨을 몰아쉬었다.

"뭐 먹고 싶은 게 있니?"

꼬마는 상트니의 갑작스런 호의에 당황한 듯 어리둥절한 표정을 지었다. 우선 꼬마에게 환심을 사는 게 중요했다. 꼬마의 태도로 보아 쉽게 입을 열 것 같지 않았기 때문에 당근을 준비했다. 마침 상트니의 눈앞에 레스토랑이 보였다.

"먹고 싶은 게 있으면 마음대로 시켜라."

꼬마는 스파게티를 주문했고, 배가 고팠는지 한 그릇을 단숨에 비웠다.

"더 먹을래?"

꼬마의 눈빛에는 경계심이 사라지지 않았다.

"괜찮아. 마음놓고 먹어."

상트니는 꼬마가 경계심을 풀도록 사람 좋은 표정을 지어 보였다. 꼬마는 곧 아이 특유의 천진스런 얼굴로 돌아왔다.

"이거 정말 먹어도 돼요?"

"그럼."

꼬마는 또 한 그릇을 그 자리에서 가볍게 해치웠다. 한 번 길게 트림을 하더니 깨끗이 비워진 그릇을 아쉬운 눈길로 바라보았다.

"더 사줄까?"

"됐어요."

"그 할아버지가 얼마 주었다고 했지?"

"20유로요."

"난 50유로를 주마."

꼬마의 입이 쫙 벌어졌다.

"그 대신 내가 묻는 말에 솔직히 대답해야 한다. 넌 누구지?"

"저요?"

"그래."

"전…… 그냥 심부름하는 거예요."

"네가 누구냐고 물었다."

"학교 앞 서점에서 일하고 있어요."

그러고 보니 꼬마는 낯이 익은 얼굴이었다.

"누가 이걸 전해주라고 시켰니?"

"말하지 말랬어요."

상트니는 다시 50유로 지폐를 꼬마에게 건네주었다.

"그 할아버지에 대해 말해봐라. 안경을 썼니?"

아이는 고개를 흔들었다.

"모자를 썼니? 중절모?"

"아뇨."

"머리가 길든?"

"짧았어요."

"살이 찐 편이니?"

"아니에요. 마른 편이었어요."

"키가 작으니?"

"아뇨. 무척 컸어요."

아이의 말대로라면 알렉스는 아니었다.

"그럼 그 할아버지의 특징을 말해봐라."

꼬마는 잠시 천장을 올려다보았다. 마음속으로 그 사내를 그리고 있는 모양이었다. 상트니는 50유로를 더 꺼냈다.

"좋아요, 딱 하나만 말씀드릴게요. 턱밑에 점이 있었어요."

"턱밑에 점?"

"예. 아주 커요."

"지금 학교 근처에 있겠구나."

"그건 저도 몰라요."

"그럼 마지막으로 부탁 하나만 하자. 그 할아버지를 다시 만나거든 내 말 꼭 전해라."

"뭐라구요?"

"내가 한 번 만나보고 싶다고."

"알았어요. 이젠 가도 되죠?"

"그래."

아이는 신이 난 듯 콧노래를 부르며 레스토랑을 나갔다.

상트니는 3년 만에 다시 나타난 비천상 목걸이를 물끄러미 바라보았다. 그것은 마치 왕웨이가 저승에서 보낸 사자(使者) 같았다.

7

파리 기메 박물관은 아시아 지역의 유물을 소장하고 있는 동양전문 박물관이다. 이곳은 기메 박물관의 창시자인 에밀 기메가 비단의 도시 리옹에서 비단 제작을 위해 인도, 중국, 티베트 그리고 일본으로 여행을 하면서 모은 유물들이 시초가 되었다. 기메 박물관에는 아시아 각국의 유물이 따로 전시되어 있다. 한국관은 1900년 파리 만국박람회가 시작되면서 탐험가인 샤를르 바라와 주불공사를 지낸 플랑시, 쿠랑 그리고 기메 등의 노력으로 처음 개설되었다. 프랑스에서 한국을 처음 알린 곳이 바로 이 기메 박물관이다.

1백여 평에 달하는 한국관에는 회화와 불상, 고문서 등 1천여 점의 유물을 소장하고 있다. 이 유물들은 대부분 플랑시와 샤를르 바라가 가져온 것들이다. 초창기 기메 박물관이 보관하고 있던 한국의 고문서는 상당수가 현재의 리슐리외 도서관인 파리 왕실도서관으로 자리를 옮겼다. 당시 기메 박물관이 보관하고 있던 서지 목록은 지금도 박물관 서고에 남아 있다.

정현선은 기메 박물관에 올 때마다 마치 고향에라도 온 듯 마음이 차분해졌다. 기메 박물관은 파리에서 처음으로 그녀에게 마음을 연 곳이었다. 파리 유학생 시절 우연히 기메 박물관에 들른 뒤로 그녀의 행로가 정해졌다. 기메 박물관에 전시되어 있던 한국의 고서를 보고 얼마나 큰 감동을 받았던가. 한국관이라고 하기에는 너무도 초라하고 작은, 스무 평 남짓한 공간에서 마주친 한국의 고서는 그녀를 경이로운 고전의 세계로 끌어들였다. 그때처럼 한국의 고서가 아름답고 신비롭게 보였던 적은 없었다. 정현선은 그 뒤로 프랑스 국립도서관을 제집처럼 드나들었고, 거기에서 우연히 동양학 담당자의 눈에 띄어 사서 아르바이트 일을 시작했다. 오늘날 그녀를 있게 한 것도 기메 박물관에 있던 한국의 고서였다.

"박물관이 꽤 크군요."

한국관을 둘러본 최동규는 열람 대기실로 돌아왔다. 한국관은 한 기업가의 적극적인 지원으로 예전보다 전시 시설을 대폭 확장했지만 여전히 중국이나 일본, 인도관 등에 비해 작았다. 박물관 입구 쪽에 있는 캄보디아와 태국관도 한국관보다 진열된 작품 수가 훨씬 많았다.

최동규는 기메 박물관에 오기 전만 해도 아담하고 고풍스런 박물관을 머릿속에 그렸다. 그러나 실제로 박물관에 발을 들여놓고 보니 엄청난 규모에 입을 다물지 못했다. 이런 거대한 박물관을 한 개인이 세웠다는 것이 그저 놀라울 따름이었다. 박물관 안에는 아시아의 영화를 전문으로 상영하는 영화관까지 있었다.

"로렌 박사님. 요청하신 책입니다."

정현선 앞으로 50대 중년의 남자가 다가왔다. 기메 박물관장인 트루에였다.

"고마워요 트루에."

"천만예요. 필요하신 게 있으면 뭐든 말씀하세요."

"최 교수, 이번 일은 특별 케이스네. 박물관에 소장된 고서는 전시회에 나온 서적 이외에는 개인 열람을 금하거든."

정현선은 트루에를 보며 살짝 미소지었다.

'MGC 2403'은 예상대로 기메 박물관이 소장하고 있는 한국 고서의 목록 번호였다. 'MGC 2403'의 책제목은 『한국 중세 시대의 고서 연구』였고, '기메 박물관에 소장된 한국의 고서를 중심으로'라는 부제를 달고 있었다. 이 책의 저자는 샤를르 바라였다.

"샤를르 바라가 누구죠?"

"19세기 말 동양의 각국을 돌아다니던 탐험가였지. 바라는 한자에도 능해 주로 동양의 고문서를 많이 수집했네."

'세자르는 왜 갑자기 이 책을 열람했던 것일까?'

1895년도 발간된 『한국 중세 시대의 고서 연구』는 80여 쪽에 이르는 책자였다. 대략 100여 권에 달하는 한국의 고서를 간단한 해제를 붙여 정리한 것이었다. 이 책은 모리스 쿠랑의 『조선서지』와는 달리 책의 분량도 훨씬 적었다. 더군다나 바라는 서지학의 기초 지식이 없던 터라 책의 서술 방식도 체계적이지 못했다. 그러나 바라는 각 권마다 책의 제목을 한자로 표기했고, 그 옆에 불어로 해제를 달았다.

1) 송조표전총류(宋朝表牋總類), 십칠사찬고금통요(十七史纂古今通要)

2) 자치통감강목훈의(資治通鑑綱目訓義), 동국통감(東國通鑑), 분류보주이태백시(分類補註李太白詩)

3) 문한류선대성(文翰類選大成), 주자어류대전(朱子語類大全)

"선생님, 이건 보통 책이 아닙니다."

서지 목록을 훑어오던 최동규의 눈이 빛났다.

"이 고서들은 조선 시대의 금속활자본을 정리한 것입니다."

"금속활자본?"

"예. 『송조표전총류』는 조선 최초의 동활자인 계미자를 사용하여 간행한 책이고, 『자치통감강목훈의』는 세종 때 만든 갑인자의 대표적인 책입니다."

"그렇군."

바라는 이 책의 해제를 달면서 금속활자본이라는 것은 명기하지 않았다. 바라는 이 책들이 금속활자본이라는 사실은 모르고 있었던 것이다.

"정말 놀라운 일이로군요. 어떻게 이 책들이…… 모리스 쿠랑의 『조선서지』에도 이런 책의 목록은 없었습니다."

최동규는 흥분을 감추지 못했다. 이 책의 마지막 부분에는 조선의 금속활자뿐만 아니라 고려의 금속활자도 보였다. 바로 『직지심체요절(直指心體要節)』이 있었던 것이다.

"선생님, 여기 『직지』도 있습니다."

최동규가 『직지심체요절』 부분을 가리켰다. 정현선은 『직지』를 보자 가슴이 두근거리고 정신이 맑아졌다. 처음 『직지』의 존재를 발견했을 때의 느낌과 너무도 흡사했다.

『직지』가 처음 기록된 것은 모리스 쿠랑의 『조선서지』였다. 쿠랑이 언제, 어떻게 이 책을 손에 넣었는지는 정확하게 알려지지 않았다. 다만 쿠랑이 조선에 부임한 1894년부터 1896년 사이에 이 책을 입수한 것으로만 알려져 있었다. 그러나 프랑스에서 『직지』를 보유하고 있는 인물은 플랑시였다. 1911년 플랑시는 자신이 소장하고 있던 한국의 고문서를 드루오 경매장에서 경매에 붙였다. 이 컬렉션에서 플랑시는 이미 『직지』의 존재를 알고 있었다. 플랑시는 경매 카탈로그의 서문에서 다음과 같이 밝혔다.

> 구텐베르크가 유럽에 경이로운 발명을 하기 훨씬 이전에 한국이 금속 인쇄술을 알고 있었다.

플랑시가 쓴 이 카탈로그의 서문이 『직지』를 찾게 된 결정적인 계기였다. 그 후 『직지』는 골동품 수집가인 베벨이 180프랑에 구입했고, 베벨의 유언에 따라 1950년 파리의 프랑스 국립도서관에 기증되었다.

이 책의 목록에 『직지』가 있는 것은 뜻밖의 일이었다. 원래 『직지』는 처음 28부를 인쇄했다는 기록이 있었다. 그래서 한국에서는 한때 '직지 찾기 운동'을 벌인 적도 있었다. 리슐리외 도서관이 소장하고 있는 책은 두 권 중 하권이었다.

"이 고서들은 어디에 있나요? 기메 박물관에 소장되어 있는 겁니까?"

최동규의 목소리가 떨리고 있었다. 『송조표전총류』나 『자치통감강목훈의』의 원본은 한국에도 몇 권되지 않는 매우 귀중한 책이었다. 만약 『한국 중세 시대의 고서 연구』에 있는 책들이 현존하고 있다면, 이것은 실로 대단한 발견인 것이다. 한국의 고대 문헌에서도 이처럼 금속활자본을 한데 모아 정리한 책은 없었다.

정현선은 바라가 쓴 책의 서문을 유심히 살폈다. 책의 서문에는 서지 목록에 나타난 한국 고서의 유입 과정을 짤막하게 소개하고 있었다.

> 이 책에서 소개하고 있는 서지 목록은 1860년대 한국 왕실 서고에 있던 책들로, 프랑스 해군장교가 가져온 것이다.

"이것은…… 강화 외규장각에서 가져온 책들이네."

"예? 외규장각이요?"

"여기 적힌 한국 왕실 서고는 바로 외규장각을 뜻하는 것이지."

"그럼, 이 책들이 병인양요 때 외규장각에서 강탈한 책들이란 말입니까?"

"그건 아닌 것 같네. 내가 외규장각 의궤 도서를 발견했을 때는 이런 책들은 없었네."

그때 낯익은 문장이 그녀의 뇌리를 강하게 때렸다. 리슐리외 도서관 문헌정보실에서 본 마사코의 1977년 문헌일지였다.

베르사유 별관 창고에서 나무 상자에 들어 있는 70여 권의 동양 고서를 발견하였음. 이 도서에는 프랑스 해군장교와 한국에서 선교활동을 벌이고 있는 프랑스 신부가 쓴 것으로 보이는 친필 편지도 있었음.

'70여 권의 한국 고서, 프랑스 해군장교……'

샤를르 바라가 쓴 서문은 마사코가 작성한 문헌일지와 엇비슷한 내용을 담고 있었다.

정현선은 트루에 관장을 불렀다.

"바라의 책에 적혀 있는 이 한국의 고서는 어디에서 소장하고 있나요?"

정현선이 물었다. 트루에는 책의 목록 번호를 유심히 살폈다.

"이 책들은 1911년에 베르사유 별관으로 옮겨진 책이군요. 그 이전에는 기메 박물관에서 소장하고 있었습니다."

"그럼, 바라가 수집한 책은 아니군요."

"예. 프랑스 해군장교가 1860년대에 한국에서 직접 가져온 책입니다. 처음 이 책들은 기메 박물관에서 보관하고 있었죠. 그때 바라가 기메 박물관에 있는 이 책들을 보고 『한국 중세 시대의 고서 연구』를 작성한 겁니다. 그 후 이 책들은 베르사유 별관 수장고로 옮겨졌습니다."

"세자르 관장도 이 책을 열람하지 않았습니까?"

정현선이 물었다.

"맞아요. 일주일 전쯤인가 박물관에 찾아와 이 책을 열람했었죠."

예상은 벗어나지 않았다. 세자르는 샤를르 바라의 책에서 무언가 실마리를 찾으려고 했던 것이다.

"혹시 세자르가 이 책말고 다른 책을 찾지는 않았나요?"

트루에는 기억을 더듬었다.

"이 책을 열람한 뒤에는 펠리오의 문서를 찾았던 것 같습니다."

"펠리오 문서라면, 돈황의 고문서를 말씀하시는 겁니까?"

"그렇습니다. 중국관에 있는 펠리오관을 한참 동안 둘러보았죠."

"고마워요. 트루에."

트루에가 사라진 뒤 두 사람은 한동안 말이 없었다. 그들의 머리는 방금 바라의 책에서 본 한국 고서 목록으로 꽉 들어차 있었다. 이윽고 최동규가 먼저 말문을 열었다.

"세자르가 지하 별고에서 찾은 책이 이 목록에 있었던 것은 아닐까요?"

"나도 같은 생각이네."

마사코가 베르사유 별관에서 발견한 70여 권의 한국 고서, 샤를르 바라의 책에서 본 한국 고서 목록, 그리고 프랑스 해군장교가 외규장각에서 가져온 한국 고서…… 이 모든 것이 서로 빈틈없이 유기적으로 움직이고 있었다. 세자르가 확인하려고 했던 책은 서서히 그 윤곽이 드러나고 있었다.

기메 박물관을 나서려던 정현선의 눈길이 중국관으로 쏠렸다. 중국관 안에는 돈황의 고문서를 전시한 '펠리오관'이 따로 독립되어 있었다.

펠리오관에서 가장 눈에 띄는 것은 펠리오의 사진이다. 사진 속에는 펠리오가 돈황의 장경동에서 촛불 하나에 의지한 채 돈황의 고문서를 탐독하고 있었다. 펠리오 주위에는 온갖 고문서들이 꽉 들어차 있었다. 펠리오의 눈은 야수처럼 빛나고 있었다. 이 사진은 펠리오의 동료인 사진작가 누에트가 찍은 것이다. 펠리오는 이 석굴에서 무려 2만여 권이나 되는 고문서를 3주만에 독파했다. 책에 열중하는 그의 사진은 언제 보아도 강렬해 보였다. 그러나 중국인들에게 이 사진은 강탈의 흔적, 약탈의 상징이었다.

정현선은 힘없이 기메 박물관을 나왔다. 어느 정도 실마리를 찾긴 했으나, 구체적으로 다가오는 것은 없었다. 되레 그녀의 머리는 온갖 의문 부호들로 가득 찼다. 전설의 책, 프랑스 해군장교, 마사코가 발견한 70여 권의 한국 고서, 『한국 중세 시대의 고서 연구』, 외규장각 도서 등이 부표처럼 이리저리 떠다녔다. 이 의문 부호들은 각자 따로 떨어져 있는 듯이 보이지만, 가만히 살펴보면 한 곳으로 모아지고 있었다.

'세자르가 발견한 한국의 고서는 이 안에 있는 것이다!'

"선생님께 드릴 말씀이 있습니다."

기메 박물관을 나오는데 최동규가 말했다.

"내일부터는 선생님을 돕기가 힘들 것 같습니다."

최동규는 어렵게 말을 꺼냈다. 이제 그에게 남겨진 시간은 사흘밖에 없었다.

"프랑스 협상 관계자들을 만나봐야 할 것 같습니다."

"아, 내가 최 교수의 시간을 너무 빼앗았군. 미안하네."

"아닙니다. 저도 실은 선생님을 돕고 싶습니다만……."

"내가 최 교수의 심정을 왜 모르겠나. 지금까지 도와준 것만 해도 얼마나 고마운지 모르네."

"세자르의 죽음이 정말 한국의 고서와 연관이 있는 걸까요?"

"틀림없네. 여러 정황이 그걸 증명해주고 있어. 그 해답을 말해줄 사람은 바로 마사코지."

마사코를 찾아야 한다. 그녀를 만나지 않고서는 이 무성한 추측을 잠재울 방법이 없었다. 이 온갖 의문에 답을 줄 사람은 마사코 밖에 없었다.

게마트리아 숫자의 비밀

1

뤽상부르 공원은 파리에서 가장 이상적인 산책 장소 중의 하나다. 음악회를 열 수 있는 아담한 정자와 건축가 가르니에가 만든 조마상, 숲 속에 야외 전시장처럼 진열된 문인과 예술가들의 동상은 19세기 파리의 빛나는 유산이다.

마사코는 일요일이면 늘 이 뤽상부르 공원을 찾았다. 개구쟁이들의 웃음과 연인들의 달콤한 밀어를 동시에 볼 수 있는 곳이 바로 뤽상부르 공원이다. 노년의 부부가 산책하는 모습도 빠뜨릴 수 없는 아름다운 풍경이다. 그러나 마사코의 마음은 그 어느 때보다도 복잡하고 혼란스러웠다. 그녀는 검은 선글라스에 모자를 푹 눌러쓰고 있었다. 마사코는 뤽상부르 공원 안의 메디치 분수 앞에 앉아 있었다. 메디치 분수 앞의 잔디에서는 젊은 연인들이 다정한 밀어를 나누고 있었다.

"난 도대체 무슨 말을 하는지 하나도 모르겠어요."

마사코의 얼굴이 벌겋게 달아올랐다. 상트니는 깊은 한숨을 내쉬었다.

"언제까지 내게 숨길 작정이죠? 나도 뭔가를 알아야 할 것 아니예요."

"……."

"그 물건을 준 사람은 누구이며, 그것을 받은 사람은 또 누구죠?"

"마사코, 지금부터 내가 하는 말을 잘 들어요."

상트니는 마사코를 진정시켰다.

"당신이 마들렌 성당에 가져간 물건은 한국의 고서요. 그러니까 우리가 30여 년 전에 베르사유 별관에서 발견했던……."

마사코도 대충 짐작은 하고 있었다. 세자르가 자신의 집에 찾아와 30여 년 전의 일을 집요하게 캐물을 때부터 눈치 채고 있었다.

"그 고서는 프랑스와 독일 간의 비밀 협상에 쓰일 책이었소. 피에르는 프랑스 예술품을 받는 대신 그 책을 독일의 베르만에게 넘겨주기로 한 것이오."

"그 책이 그렇게 중요한 것인가요? 그게 대체 어떤 책이죠?"

"그 정도로만 알고 있어요."

"세자르가 바로 그 책을 찾아낸 것이로군요."

"……."

마사코는 세자르가 그녀의 집을 찾아왔을 때도 막연히 짐작하고 있었다. 그러나 이제 그 실체를 알 것 같았다. 세자르가 그녀에게 확인하려고 했던 것도 30년 전에 발견한 한국 고서의 목록이었다. 마사코는 베르사유 별관에서 발견한 한국의 고서 목록을 자신의 메모지에 적어놓았었다. 그 목록이 적힌 메모지를 보고 환하게 미소 짓던 세자르의 얼굴이 떠올랐다.

"그럼 피에르가 그 책을 차지하려고 세자르를 살해했단 말인가요? 어떻게 피에르가 그런 일을……."

"마사코!"

"나를 모텔로 안내한 사람도 피에르가 시킨 사람이로군요. 당신은 세자르를 살해한 사람이 프랑스 사람은 아니라고 했잖아요."

마사코의 손끝에서 담배꽁초가 타들어가고 있었다.

"진정해요 마사코. 피에르가 어떻게 세자르를 살해할 수 있겠소."

"그럼 누구죠?"

"베르만이오. 베르만은 세자르가 그 한국의 고서를 세상에 밝히려고 하자, 그의 입을 막으려고 살해한 것이오."

"아……."

"세자르가 좀 더 신중하게 처신했으면 이런 일은 없었을 것이오."

"그 책은 지금 어디에 있어요?"

"나도 모르겠소. 베르만은 당신이 전해준 그 가방 안에 다른 한국의 고서가 들어 있었다고 했소."

"예? 그럼, 나를 의심하는 건가요? 난 당신이 시키는 대로 금고 안에 그 가방을 넣어두었어요."

"당신을 의심하는 것이 아니오."

마사코는 답답했다. 점점 깊이를 측정할 수 없는 늪에 빠져드는 기분이었다.

"이 일은 우리 말고 또 누가 알고 있죠?"

마사코가 물었다.

"피에르 이외에는 아무도 없소."

"정말 이상한 일이로군요."

"어쩌면 베르만이 프랑스 예술품을 반환하지 않으려고 농간을 부리고 있는지도 모르오."

그건 아닐 것이다. 베르만은 협상에 관한 한 원칙을 지키는 인물이다. 그가 술책을 부렸다면, 다시는 협상 테이블에 나올 수 없을 것이다.

"마사코, 이걸 좀 보시오."

상트니는 낮에 꼬마에게서 받은 비천상 목걸이를 내밀었다. 그것을 본 마사코는 주춤 뒤로 물러섰다.

"이, 이것은 왕웨이……!"

"기억하겠소?"

상트니가 물었다.

"이 목걸이를 어떻게 잊겠어요. 이게 어디서 난 거죠?"

"어떤 꼬마가 가지고 왔소. 누군가 꼬마를 시켜 내게 보낸 것 같소."

마사코는 아직도 믿어지지 않는 듯 비천상 목걸이를 뚫어지게 바라보았다.

"왕웨이가 교통사고를 당했을 때 이 목걸이가 사라졌잖아요."

"그러게 말이오."

비천상 목걸이는 왕웨이에게는 분신과도 같은 것이었다. 왕웨이가 사망한 후 이 목걸이는 끝내 발견되지 않았다. 그런데 이 목걸이가 3년 만에 다시 나타난 것이다.

"대체 누가 이 목걸이를 보내온 걸까요?"

마사코의 목소리가 가늘게 떨렸다.

"나도 어떻게 된 일인지 모르겠소."

상트니는 느낌이 좋지 않았다. 세자르의 죽음에 이어, 까맣게 잊고 있었던 왕웨이까지 나타나다니…… 게다가 한국의 고서는 감쪽같이 사라지지 않았는가.

"마사코, 어찌됐든 당분간은 외출을 자제하고 모텔에 머물도록 해요. 경찰이 당신을 찾고 있어요."

"알았어요."

"그리고 앞으로 휴대전화는 절대 사용하지 말아요."

마사코는 고개를 끄덕였다.

"신용카드도 마찬가지요."

상트니는 품안에서 봉투를 내밀었다.

"이게 뭐죠?"

"돈이오. 당분간 쓰기에는 부족하지 않을 거요."

"괜찮아요. 저도 쓸 만큼은 있어요."

상트니는 봉투를 마사코의 주머니에 찔러 넣었다.

"일단 그 한국의 고서를 찾는 게 중요하지 않나요?"

마사코가 물었다.

"물론이오. 그렇지 않아도 내일 베르만을 만날 것이오. 베르만을 만나면 모든 일이 다 풀릴 테니 그때까지만 참고 기다려요."

상트니는 잠시 주위를 둘러보았다. 호숫가에는 개구쟁이 꼬마들이 모형 배를 띄우고 함박 미소를 짓고 있었다.

"마사코, 혹시 내게 무슨 일이 생기거든 아비뇽에 내려가도록 해요."

갑자기 상트니의 얼굴이 무언가 단단하게 각오를 한 듯 비장하게 변했다.

"아비뇽이요?"

"아비뇽 내 집에는 우물 옆에 느티나무 한 그루가 있소."

마사코는 눈을 똑바로 치켜들고 상트니를 바라보았다. 상트니의 얼굴에는 원인모를 두려움이 물감처럼 퍼져 있었다.

2

19세기 베를린이 유럽 문화의 중심으로 자리 잡게 된 데는 '박물관 섬'을 빼놓을 수 없다. 유네스코가 지정한 세계문화유산인 박물관 섬은 슈프레 강에 있는 섬으로, 다섯 개의 박물관이 모여 있는 특이한 문화 공간이다. 이 박물관이 조성되기까지는 무려 1백년이라는 세월이 걸렸다. 박물관 섬에서 조금 더 걸으면 훔볼트 대학이 나온다. 한때 베를린 대학이라고 불렸던 훔볼트 대학은 1806년 나폴레옹 침공 이후 1809년 훔볼트 형제가 자비로 세운 대학이다.

박물관 섬과 함께 베를린 문화의 상징이 된 것은 훔볼트 대학 건너편에 있는 바벨광장이다. 이 광장에는 1933년 나치의 분서를 상징하는 조형물이 있다. 광장 한가운데는 사방 1미터 정도 되는 정사각형 모양의 구멍이 뚫려 있으며, 그 구멍은 두꺼운 유리로 덮여 있어 관람객은 발로 딛고 서야 안을 들여다볼 수 있다. 그 안에는 널찍한 지하실과 일렬로 늘어서 있는 서가가 보인다. 이른바 '지하도서관'인 셈이다. 그런데 그 서가에는 책이 한 권도 꽂혀 있지 않은 채 텅 비어 있다.

나치의 광기가 극에 달한 시절, 훔볼트 대학에 다니던 청년 나치당원들은 마음에 들지 않은 책들을 도서관에서 끄집어내 이 책들을 광장에서 화형을 시켰다. 10만의 베를린 시민 앞에서 이들은 2만 여 권을 불살랐다. 그날을 기억하기 위해, 그 책들을 불사른 그 자리에 이 지하도서관을 만든 것이다.

훔볼트 대학에서는 해마다 유럽의 지식인들을 초청해 조촐한 행사를 벌이고 있었다. 대부분 나치의 만행을 기억하자는 취지의 행사이다. 반세기가 훨씬 넘었는데도 나치는 독일 지식인에게 악령과도 같은 존재였다. 그들은 나치의 그늘에서 벗어나고자 한 해도 거르지 않고 이런 행사를 치르고 있는 것이다. 그러나 이런 행사의 배경에는 문화강대국으로 도약하려는 독일의 야심이 숨어 있다.

만찬장 분위기는 한껏 달아올랐다. 만찬장 무대에는 관현악 5중주로 구성된 훔볼트 대학생들의 연주가 흐르고 있었다. 술잔을 나르는 종업원들이 손길도 점점 바빠지고 있었다.

"여기, 위스키 한 잔 더."

상트니는 종업원에게 위스키를 주문했다. 만찬이 시작되었을 때부터 상트니는 줄곧 독한 위스키를 찾았다.

"상트니, 이 비천상이 뭔 줄 아나? 바로 나를 지켜주는 수호신일세."

어디선가 왕웨이의 목소리가 들려왔다. 베를린으로 오는 동안 왕웨이의 비천상 목걸이는 한시도 그의 곁을 떠나지 않았다. 상트니는 양복 주머니에 손을 집어넣어 목걸이를 만지작거렸다.

누구일까? 이걸 전해준 사람은. 여러 얼굴이 차례차례 떠올랐다. 알렉스, 프랑크, 아르뎅, 자이팽…… 그러나 어느 누구 하나 선뜻 잡히는 인물이 없었다.

상트니는 만찬장 주위를 둘러보았다. 베르만은 만찬장 중앙에서 사람들과 대화를 나누고 있었다. 사람들 틈에서 베르만의 웃음소리가 가장 크게 들려왔다. 상트니는 몇 번이나 베르만 주위를 어슬렁거렸지만, 좀처럼 그와 독대할 기회를 찾지 못했다.

"상트니!"

등 뒤에서 와인 잔을 들고 있는 노신사가 그를 불렀다. 알렉스였다.

"알렉스 선생님."

"하하. 여기서 자네를 만날 줄은 몰랐네."

"그런데 여긴 어쩐 일로……."

"자네만 초대를 받은 줄 아나. 나도 정식으로 초대장을 받고 왔네. 하하."

알렉스는 소리 내어 웃었다. 독일의 초청 대상에서 알렉스가 빠지는 경우는 없었다. 알렉스는 프랑스에 실존하는 마지막 레지스탕스였다.

독일이 이런 상징적인 인물을 초대하지 않을 리가 없었다.

"독일과의 협상은 어떻게 돼가고 있나?"

알렉스가 귓속말로 물었다. 상트니는 어깨를 움찔거렸다.

"뭘 그리 놀라나."

"……."

"피에르에게 대충 얘기 들었네. 듣자하니 협상이 거의 마무리 단계에 들어갔다는 소리를 들었네만."

"그런데 그게……."

"왜, 무슨 문제라도 생긴 건가?"

"아, 아닙니다."

"자네가 피에르에게 힘을 실어주게. 피에르는 아직 이런 경험이 적지 않은가."

"알았습니다."

"여기까지 왔으니 베르만에게 인사라도 하고 가야하지 않겠나?"

알렉스의 시선이 베르만이 있는 쪽으로 향했다.

상트니는 알렉스를 똑바로 쳐다보지를 못했다. 알렉스는 늘 부담스러운 존재였다. 한때는 알렉스를 인생의 스승으로 모실 정도로 잘 따른 적이 있었다.

상트니는 30년 전 그날을 생생히 기억하고 있었다. 동양학문헌실의 지하 별고에는 네 사람이 마주 앉아 있었다. 알렉스, 왕웨이, 마사코, 그리고 상트니 자신이었다. 알렉스는 세 사람에게 나지막이 속삭였다. 왕웨이에게는 불법체류자의 딱지를 떼어주겠다고 약속했다. 마사코에게는 파리 대학 진학을, 상트니에게는 정식 직원으로 채용하겠다고 약속했다. 한동안 모두들 말이 없었다. 침묵은 긍정의 또 다른 표현이었다. 그때 알렉스는 두 가지 조건을 내세웠다. 마사코가 베르사유 별관에서 발견한 나무 상자에 대해서는 일체 말하지 말 것, 어떤 경우에도 이것을 손대지 말 것 등이었다.

그러나 두 달 전 상트니는 30년 가까이 지켜온 약속을 그 스스로 깨고 말았다. 독일과의 협상을 성사시키기 위해서는 어쩔 수 없는 선택이었다.

"상트니, 지금 묵고 있는 호텔이 어딘가?"

갑자기 알렉스가 경계심이 가득 담긴 목소리로 물었다.

"콩코드 호텔입니다."

알렉스가 얼굴을 바짝 들이댔다. 그의 입에서 가쁜 숨이 흘러나왔다.

"내가 하는 말 잘 듣게. 오늘 만찬회가 끝나면 호텔을 다른 곳으로 옮기도록 하게."

"예? 호텔을 옮기라니요?"

"이유는 묻지 말고 내가 시키는 대로 하게. 알겠나?"

"……."

알렉스는 그렇게 뜬금없이 말하고 아랫입술을 잘게 깨물었다. 상트니는 알렉스의 표정만으로도 그의 감정 상태를 짐작할 수 있었다. 그런 알렉스의 태도는 자신의 지시를 반드시 따르라는 암묵적인 명령이 숨겨져 있었다. 그때 그들 앞으로 베르만이 다가왔다.

"베르만은 솔직 담백한 친구지. 원칙을 어기는 것을 가장 싫어하거든.

상트니, 내 말 명심하게. 호텔을 꼭 옮겨야 하네."

알렉스는 상트니에게 자리를 피해주려는 듯 베르만이 오는 반대편으로 사라졌다.

9시가 넘어서면서 만찬장 분위기도 파장에 이르고 있었다.

상트니는 훔볼트 대학 앞에 있는 한 카페에 들어섰다. 카페 안은 썰렁했다. 창가 쪽에 젊은 연인만이 한 테이블을 차지하고 있을 뿐이었다.

"룸이 어디에 있습니까?"

상트니가 종업원에게 물었다.

"이리로 오십시오."

상트니는 종업원을 따라 좁은 복도로 걸어갔다. 종업원이 그를 안내한 곳은 복도 끝의 작은 룸이었다.

"여깁니다."

"고맙소."

카페 룸 안에는 베르만과 슐츠가 나란히 앉아 있었다. 베르만은 다리를 꼰 채 담배를 피우고 있었다. 상트니는 그의 여유 있는 모습을 보자, 울컥 분노가 치밀어 올랐다.

'무지막지한 나치의 후예 놈들 같으니. 사람 목숨을 파리 목숨만도 못하게 여기다니.'

세자르의 죽음은 상트니 자신에게도 책임이 있었다. 일주일 전, 피에르로부터 불행한 소식이 전해졌다. 세자르가 지하 별고에서 독일과의 협상에 쓰일 한국의 고서를 발견했다는 것이었다. 그때만 해도 상트니는 세자르와의 담판을 염두에 두고 있었다. 독일과의 협상 과정을 설명하고 왜 그 책이 필요한지, 프랑스를 위한 길이 무엇인지 세자르를 설득할 생각이었다. 그러나 베르만이 먼저 나서서 일을 그르치고 말았다. 평소 베르만의 태도를 수상하게 여겼지만, 세자르를 살해할 줄은 몰랐던 것이다.

"어서 오시오. 상트니."

베르만은 기다렸다는 듯이 시계를 보았다.

"10분이나 늦었구려."

상트니는 베르만의 인사를 거들떠보지도 않았다.

"한국의 고서가 진품이 아니라니, 그게 대체 어찌된 일이오?"

상트니가 자리에 앉으며 물었다.

"그걸 나에게 물으면 어찌하오? 이걸 보시오."

테이블 위에는 한국의 고서가 한 권 놓여 있었다.

"이게 피에르가 보낸 책이오."

상트니는 고서의 겉표지를 바라보았다. 그것은 한국의 고서이기는 하지만, 그들이 협상 품목으로 제시했던 책이 아니었다.

"기가 막힐 노릇이로군."

"다른 말은 듣고 싶지 않소. 나는 그 한국의 고서만 있으면 되오."

상트니는 베르만을 매섭게 노려보았다. 도무지 베르만의 말을 어디까지 믿어야 할지 가닥이 잡히지 않았다.

'지금은 때가 아니야.'

상트니는 애써 끓어오르는 마음을 진정시켰다. 베르만을 만나면 꼭 따져 물어볼 것이 있었다. 세자르를 살해한 것은 베르만의 명백한 실수였다. 그것은 한국의 고서가 세상에 알려지는 것을 막을 수는 있으나, 경찰을 끌어들여 일을 더욱 복잡하게 만들고 있었다. 그러나 중요한 협상을 앞두고 베르만에게 세자르 사건을 추궁하고 싶지 않았다. 일단은 협상을 완벽하게 마무리짓는 것이 순서였다. 협상을 끝낸 뒤에 세자르의 죽음에 대해 따져도 늦지는 않았다.

"베르만, 난 이번 협상이 잘 진행되기를 바라고 있소."

상트니는 차분한 어조로 말했다.

"그건 나도 마찬가지요."

"이번 문제는 우리만이 국한된 문제가 아니오. 그 책이 밝혀지는 날은 당신들도 적지 않은 상처를 입을 것이오."

"말하려는 요점이 뭐요?"

베르만이 신경질적으로 쏘아붙였다.

"난 지금도 그 책의 행방에 대해 의문을 가지고 있소. 내가 묻는 말에 솔직히 말해주시오. 비밀의 방에서 우리가 전달해준 그 가방을 가지고 온 사람이 누구요?"

"접니다."

슐츠가 무뚝뚝하게 말했다.

"당시 상황을 듣고 싶소."

슐츠는 베르만을 힐끔 쳐다보았다. 베르만은 말해도 괜찮다는 듯이 고개를 끄떡였다.

"오후 6시쯤 피에르 부관장님이 일러준 대로 비밀의 방 8번 금고에 있는 검은색 가방을 가져왔습니다. 그것이 전부입니다."

슐츠는 간단명료하게 말했다.

"그 안에서 다른 일은 없었소?"

"없었습니다."

"지금 당신은 우리가 그 책을 빼돌린 것으로 의심하는 것이오?"

베르만은 더 이상 못 참겠다는 듯이 엉덩이를 들썩거렸다.

"……."

"허허, 이건 좀 지나친 것 같군. 우리를 한낱 사기꾼으로 몰아세우다니. 슐츠. 그만 일어나세."

베르만은 자리에서 일어났다.

"내 말은 그게 아니오."

상트니는 이마에서 흘러내리는 땀을 닦았다.

"베르만, 내게 시간을 더 주시오. 반드시 그 책을 찾겠소."

베르만은 룸을 나가면서 마지막으로 한 마디를 툭 내던졌다.

"한국의 고서가 없으면 협상도 없는 것으로 하겠소."

상트니는 탁자 위에 놓인 물 컵을 단숨에 비웠다.

3

로잘리는 오늘도 집에 들어오지 않았다.

어젯밤, 친구 집에서 자겠다는 간단한 안부 전화만 왔을 뿐이었다. 수화기에서 전해져오는 로잘리의 목소리에는 힘이 하나도 없었다. 세자르의 죽음은 로잘리에게 너무도 큰 충격이었다. 더군다나 세자르의 사체를 직접 목격했으니, 얼마나 가슴이 아팠을지 짐작하고도 남았다.

'어제는 얼마나 또 많은 눈물을 흘렸을까?'

가슴 한구석이 뻥 뚫린 듯이 허전했다. 정현선은 휑한 눈길로 창문 밖을 내다보았다. 그때 낯익은 두 명의 사내가 집 쪽으로 터벅터벅 다가오고 있었다. 그들은 얼마 전에 찾아온 파리의 형사였다.

"무슨 일로 또 왔소?"

정현선이 퉁명스럽게 물었다.

"다시 찾아와 죄송합니다. 불편하시더라도 저희들과 함께 가주셨으면 합니다."

"아직도 내게 볼 일이 남아 있는 것이오? 그때 다 조사하지 않았소."

"그게…… 윗분의 명령이라……."

키가 작고 뚱뚱한 형사가 멋쩍은 듯 머리를 긁적거렸다.

"부탁합니다. 박사님."

세자르가 사망한 날 이들이 집으로 찾아왔을 때는 단 10분도 채 되지 않아 조사가 끝났다. 형식적인 조사에 불과했다. 최근에 세자르를 본 적이 있는지, 세자르와는 어떤 관계인지 등등 간단한 질문만 하고 물러갔다.

"알았소."

그들이 정현선을 데리고 간 곳은 검찰청에 마련된 특별 수사팀 본부였다.

"어서 오십시오. 로렌 박사님."

사무실에 들어서자 다부진 체격의 한 사내가 호의적인 얼굴로 그녀를 맞이했다. 사내의 이목구비는 그리스 조각상을 보는 것처럼 윤곽이 또렷했다.

"이렇게 직접 오시라고 해서 죄송합니다. 저는 에시앙 검사라고 합니다."

에시앙은 정현선에게 자리를 권했다.

"박사님께 도움을 청할 일이 있어서 불렀습니다."

정현선의 반응은 시큰둥했다. 에시앙의 사무실에 들어서기까지 그녀는 한 차례 검문을 받았고, '출입 금지 구역'이라는 팻말을 두 번이나 지나쳤다. 정현선은 경찰이 왜 세자르 사건을 이처럼 비밀리에 수사하는 것인지 못마땅했다.

"박사님께서는 세자르 관장과 친분이 두터운 관계라고 들었습니다."

"그렇습니다. 세자르는 친동생과도 같았습니다."

정현선이 세자르를 처음 만난 것은 국립고문서학교에서였다. 프랑스의 국립고문서학교는 프랑스의 소수 정예 엘리트를 양성하는 학교로 실력 외에는 철저하게 평등하며 아무런 차별도 받지 않았다. 세자르 같은 유대계 프랑스인도 이곳에서는 전혀 차별이 없었다. 당시 정현선은 프랑스 국립도서관을 나와 소르본 대학에서 박사 과정을 밟고 있었다. 국립고문서학교에서 그녀에게 동양의 고문서에 관한 특별 강의를 의뢰했는데, 그것이 세자르를 처음 만나게 된 인연이었다. 정현선은 지금도 맨 앞자리에 앉아 총명한 눈빛으로 자신을 바라보던 세자르를 기억하고 있었다.

"세자르의 사망에는 여러 가지 의문점이 있습니다. 박사님께서도 잘 알고 계시죠?"

"뭘 말씀입니까?"

정현선은 에시앙의 눈을 똑바로 쳐다보며 말했다.

"세자르가 살해된 것 말입니다."

"……."

"박사님께서도 세자르의 죽음에 의문을 품고 있던 것 아닙니까? 그래서 최 교수와 함께 루브르 골동품 상가나 기메 박물관에 간 것이고요."

'미행한 사람이 바로 파리 경찰이었군.'

정현선은 몹시 불쾌했다. 난생 처음 당해보는 미행이었다.

"파리 경찰은 할 일이 그렇게도 없습니까? 무고한 사람의 뒤를 미행이나 하고. 더군다나 최 교수는 한국의 협상 대표인 사람입니다."

"죄송합니다. 미리 박사님께 말씀을 드려야 했는데 그만 시기를 놓치고 말았습니다."

"이건 외교적으로도 큰 결례입니다. 정식으로 사과하지 않으면 한국 대사관에 알리겠습니다."

정현선은 매섭게 쏘아붙였다.

"오해하지 마십시오. 저희는 박사님의 안전을 위해 신변 보호를 하려던 것이었습니다."

"신변 보호라고요?"

정현선은 기가 막힌다는 듯이 코웃음을 쳤다.

"저희에게도 피치 못할 사정이 있었습니다. 불쾌했다면 진심으로 사과드리겠습니다. 다음에는 절대 이런 일이 없을 겁니다."

에시앙의 정중한 태도에 정현선의 불쾌감은 다소 누그러졌다.

"날 부른 이유가 뭔지 말해보세요."

한숨을 돌린 에시앙은 자세를 고쳐 앉았다.

"저희는 이번 사건을 비공개로 수사하고 있습니다. 박사님께서도 앞으로 세자르가 살해된 것에 대해서 비밀로 해주셨으면 합니다."

정현선은 고개를 끄떡였다.

"마사코라는 일본인을 알고 계십니까?"

"도서관에서 함께 일한 적이 있습니다."

"박사님께서는 세자르 관장이 사망하기 이틀 전에 마사코 집을 급히 찾아갔다고 했는데, 맞습니까?"

"그래요."

"세자르 관장이 무슨 일로 마사코의 집을 찾아간 걸까요?"

"그때도 말했지만 그 이유는 저도 잘 모릅니다."

"세자르 관장과 마사코는 평소에도 연락을 하는 사이였습니까?"

"아닙니다. 서로 잘 모르는 사이였어요. 세자르가 마사코 얘기를 꺼낸 것은 그날이 처음이었어요."

"세자르 관장이 마사코를 찾아간 것은 이번 사건과도 깊은 관련이 있는 것으로 보입니다."

그것은 정현선도 같은 생각이었다.

"로렌 박사님. 이것 좀 보십시오."

에시앙은 감식반에서 찍은 사진을 정현선에게 내밀었다.

'오, 이럴 수가!'

정현선의 양손이 부르르 떨려왔다. 로잘리의 말대로 정말 세자르의 엄지손톱이 없었다.

"이건 토트의 전형적인 가해 의식이라고 합니다."

"토트?"

"예. 박사님께서는 토트라는 조직에 대해 들어본 일이 있습니까?"

"도서관에서 일할 때 토트에 대해 들은 기억이 있어요."

정현선이 토트 조직에 대해 처음 전해들은 것은 아주 오래 전이었다. 동양학문헌실에서 고서 정리를 하다가 가끔 속표지에 새겨진 따오기 문양을 발견하곤 했다. 이 따오기 문양은 하나같이 속표지 우측 아래에 새겨져 있었다. 그러나 도서관 내에서 이 따오기 문양에 대해 아는 사람은 없었다. 그때 그녀에게 유일하게 따오기 문양에 대해 설명해주는 사람이 있었는데, 그가 바로 당시 프랑스 국립도서관장이었던 알렉스였다.

"우리 후손에게 위대한 유산을 물려준 이들이 바로 토트지. 그들이야말로 진정한 애국자가 아닌가!"

알렉스는 토트의 열렬한 팬이었다. 그는 도서관 안의 수많은 고서 중에서도 토트의 문양이 새겨진 고서를 가장 아꼈다.

"그럼, 세자르가 토트에게 살해당했다는 겁니까?"

"아직 확신할 수는 없지만, 현재로서는 토트에 초점을 맞추고 있습니다."

에시앙은 이번엔 비닐봉지에서 세자르의 줄무늬 넥타이를 꺼냈다. 넥타이 중간에 따오기 문양이 선명하게 새겨져 있었다.

"오오!"

정현선은 세자르의 넥타이를 뚫어지게 바라보았다. 그것은 바로 세자르가 프랑스 국립도서관장에 취임한 날 그녀가 선물한 넥타이였다.

"이 따오기 문양은 토트의 상징 심벌입니다. 이 두 가지로 보아 토트가 개입한 흔적이…… 박사님, 괜찮으십니까?"

에시앙은 말을 멈추었다. 정현선의 얼굴이 갑자기 창백해지고 두 눈의 초점이 흐려졌다.

"박사님!"

"괘, 괜찮아요."

정현선은 양다리에 힘이 쭉 빠지는 것을 느꼈다. 마치 몸에 있는 모든 에너지가 훌훌 달아난 듯한 느낌이었다. 로잘리에게 대충 말은 들었어도 세자르가 이토록 처참하게 살해된 줄은 몰랐다. 정현선은 겨우 정신을 가다듬었다.

"몸이 안 좋으시면 오늘은……."

"아니에요…… 계속 말씀하세요. 제가 도울 일이란 게 뭐죠?"

"정말 괜찮겠습니까?"

"예."

에시앙은 세자르의 명함을 꺼냈다.

"세자르의 명함이로군요."

"명함 뒤를 보십시오."

80, 90, 5, 306, 80, 30

"이 명함은 세자르의 차 안에서 발견된 겁니다. 세자르는 살해당하기 전에 명함에 적은 숫자를 통해 무언가를 말하려고 했던 것 같습니다."

80, 306, 30…… 낯이 익은 숫자들이었다.

"이건 게마트리아 숫자 같군요. 세자르는 평소 게마트리아 숫자를 즐겨 사용했거든요."

에시앙의 얼굴에는 실망한 빛이 역력했다.

"게마트리아 숫자 말고 다른 기호의 의미는 없습니까?"

"글쎄요."

"이젠 됐습니다."

에시앙은 정현선에게 할 말이 더 남았으나 오늘은 이대로 보내는 것이 도리라고 여겼다. 세자르의 사진과 넥타이를 본 뒤로 정현선의 얼굴에는 핏기가 하나도 보이지 않았다.

"제가 한 번 풀어보죠."

"게마트리아 숫자는 아닌 것 같습니다."

정현선은 명함 뒤에 적힌 숫자를 수첩에 메모하고 자리에서 일어났다.

"박사님, 잠깐만요."

사무실을 나서려고 하자, 에시앙이 정현선을 불렀다.

"마사코가 갈 만한 곳을 알고 계십니까?"

정현선은 고개를 절레절레 흔들었다.

정현선은 하늘을 올려다보았다. 강렬한 햇빛이 그녀의 눈 위로 쏟아졌다. 그녀는 감전된 사람처럼 꼼짝도 하지 않았다. 그녀의 가슴 한구석에서는 무언가 뜨거운 것이 철철 넘쳐흐르고 있었다.

"박사님, 차에 타세요. 저희가 댁까지 모셔다 드릴게요."

키가 작은 형사가 말했다.

"고맙지만 사양하겠어요."

정현선은 천천히 지하철 역 쪽으로 걸음을 옮겼다. 문득 사진에서 본 세자르의 사체가 떠올랐다. 엄지손톱이 빠져 있는 세자르의 사진을 본 순간 거대한 불기둥이 가슴속에서 불끈 솟아오르고 있었다. 그것은 일찍이 그녀가 경험해보지 못한 거대한 분노였다. 어느새 그녀의 몸은 심장이 타들어갈 것처럼 뜨겁게 달아오르고 있었다.

정현선은 에시앙의 사무실을 나오면서 홀로 다짐했다. 반드시 세자르를 살해한 범인을 찾겠다고. 로잘리를 위해서도, 그리고 비통하게 숨진 세자르를 위해서라도 반드시 범인을 잡고 말리라.

지금까지 사람을 미워하면서 살아본 적이 없었다. 40년 넘게 파리에 살면서 이처럼 분노를 느낀 적도 없었다. 세자르의 참혹한 사체를 보는 순간, 세자르가 겪었을 고통을 범인에게 그대로 되돌려주고 싶었다.

'눈에는 눈, 이에는 이.'

그것은 마누법전의 원리였다. 마누법전의 형법은 받으면 받은 대로 돌려준다는 의미로도 해석된다. 가령 간통죄는 남자의 성기를 달구어 철 침대에 눕혀 죽이고, 여자일 경우에는 발갛게 달구어진 철제 막대를 음부에 쑤셔 넣었다. 이 형법은 죄의 대가로 손과 발, 코와 귀 등을 잘라

내어 형법의 기틀을 다졌다. 더구나 이와 같은 형벌 끝에 죽게 되면 죽은 뒤에도 비참한 모습으로만 이 세상에 재생할 수 있고, 다시 죽음의 고통을 맛보아야 한다고 기록되어 있다.

정현선은 입술을 깨물었다. 그녀는 자신이 해야 할 일을 빠르게 찾기 시작했다.

4

정현선은 커다란 종이를 펼치고 그 안에 숫자를 차례대로 적어나갔다.

80, 90, 5, 306, 80, 30

"이 숫자가 아빠의 사인을 밝혀낼 수 있을까요?"

로잘리가 물었다. 에시앙의 사무실에 다녀오자, 로잘리가 집에 들어와 있었다. 로잘리는 어제 밤새도록 울었는지 눈이 퉁퉁 부어 있었다.

"그건 나도 장담할 수 없어. 일단 세자르가 죽기 전에 남긴 것이니 매우 중요한 것일 거야."

"저도 도울게요. 게마트리아 해독법은 아빠에게 배워 저도 조금은 알고 있어요."

게마트리아는 알파벳에 숫자를 배당해서 단어가 만드는 숫자로 행불행을 점치는 것이다. 알파(*A*)=1, 베타(*B*)=2, 감마(*Γ*)=3, 에타(*H*)=8, 테타(*θ*)=9, 아이오타(*I*)=10, 카파(*K*)=20, 람다(*Λ*)=30, 뮤(*M*)=40, 뉴(*N*)=50, 로(*P*)=100, 시그마(*Σ*)=200, 타우(*T*)=300, 오메가(*Ω*)=800 등으로 매겨진다. 이 방식을 따르면 로마 황제 네로의 이름은 악마의 상징 숫자인 666이 된다. 제2차 세계대전을 일으키고 수많은 유대인을 학살한 히틀러의 이름도 666이다.

히틀러가 666이라는 숫자를 얻은 데는 또 다른 게마트리아의 방식이 취해졌다. 가장 쉬운 게마트리아는 A를 1로 하고 B, C, D를 2, 3, 4로 하여 Z가 26의 값을 얻는 방법이다. 그리고 여기에 99를 더한 방법이 있다. 그러면 알파벳은 다음과 같은 숫자를 얻는다.

A	B	C	D	E	F	G	H	I	J	K	L	M
100	101	102	103	104	105	106	107	108	109	110	111	112

N	O	P	Q	R	S	T	U	V	W	X	Y	Z
113	114	115	116	117	118	119	120	121	122	123	124	125

이를 바탕으로 Hitler의 기본 값을 정리하면 다음과 같다.

H(107)+I(108)+T(119)+L(111)+E(104)+R(117)=666이 된다.

컴퓨터에서 쓰이는 ASCII 코드에 사용되는 게마트리아의 영문자의 코드 값은 다음과 같다.

A	B	C	D	E	F	G	H	I	J	K	L	M
65	66	67	68	69	70	71	72	73	74	75	76	77

N	O	P	Q	R	S	T	U	V	W	X	Y	Z
78	79	80	81	82	83	84	85	86	87	88	89	90

1583년도에 생긴 게마트리아는 헬라어를 본떠서 만든 로마 알파벳에 근원을 두고 있다. A에서 I는 1~9로, K에서 S까지는 10, 20~90으로, T에서 Z까지는 100~500으로 구성되어 있다.

A	B	C	D	E	F	G	H	I	K	L	M
1	2	3	4	5	6	7	8	9	10	20	30

N	O	P	Q	R	S	T	U	X	Y	Z
40	50	60	70	80	90	100	200	300	400	500

1630년에는 다음과 같은 게마트리아도 활용되었다. A는 1에서 시작하여 B는 6으로 하고 그 다음부터는 알파벳의 자리값에다 그 다음 수를 곱한 것이다. 즉 C는 세 번째 자리이니까 3이라 하고 여기에 다음 수인 4를 곱하면 12가 된다. D는 네 번째 자리값인 4라 하고, 여기에 다음 숫자인 5를 곱하면 20이 되는 것이다. R은 자리값이 17이고 여기에 다음 숫자인 18을 곱하면 306이 되는 것이다.

A	B	C	D	E	F	G	H	I	K	L	M
1	6	12	20	30	42	56	72	90	110	132	156

N	O	P	Q	R	S	T	U	W	X	Y	Z
182	210	240	272	306	342	380	420	462	506	552	600

세자르의 명함에 적힌 숫자인 80, 90, 5, 306, 80, 30의 숫자는 위의 게마트리아 방식대로 하면 공통점을 찾을 수가 없다. 숫자가 각기 흩어져 있는 것이다.

세자르는 유대계답게 평소에도 게마트리아를 즐겨 사용했다. 그런데 그는 여러 게마트리아 해독법을 사용했다. 즉 위에 열거한 1583년에 헬라어를 본떠 만든 해독법, 1630년 해독법, 기초 해독법 등을 다양하게 사용했던 것이다. 그리고 알파벳이 중복되어 있는 것은 반드시 각기 다른 게마트리아 해독법을 혼용해서 사용했다. 정현선은 게마트리아 해독법을 세자르로부터 배웠기 때문에 그가 즐겨 사용하는 법을 잘 알고 있었다.

정현선은 차분하게 80, 90, 5, 306, 80, 30을 해독하기 시작했다. 일단 80에 가능한 알파벳은 P와 R이 있다. 다음 90에 해당하는 알파벳은 S와 I가 있다. 5의 알파벳은 E가 있다. 306의 알파벳은 R밖에 없다. 그 다음의 80은 역시 P와 R이 있다. 30의 알파벳은 M과 E가 있다.

이 알파벳을 모두 정리하면 80은 P와 R, 90은 S와 I, 5는 E, 306은 R, 80은 P와 R, 30은 M과 E가 되는 것이다. 여기에서 중복되는 80은 각각 알파벳에 P와 R이 하나씩 들어가게 된다. 그리고 5와 306은 하나뿐이니

E와 R이 된다.

이를 다시 정리하면 RSERRM, RIERPM, PSERRM, PIERPM, PSERRE, PIERPE, RSERRE, RIERPE…… 등 수많은 알파벳 단어가 나온다. 이를 좀 더 좁혀서 5의 E와 30의 M, E는 알파벳 E가 중복되지만 세자르가 즐겨 쓰는 중복 게마트리아 해독에 따라 30의 M은 탈락된다. 이와 같은 방법으로 80의 P와 R, 306의 R에 따라 뒷부분의 80의 R은 탈락한다.

이를 정리하면 80, 90, 5, 306, 80, 30에서 80은 P가 되고, 90은 S와 I, 5는 E, 306은 R, 80은 R, 30은 E가 되는 것이다. 이처럼 숫자를 정리하면 나중에 PSERRE와 PIERRE만이 남는다.

"앗!"

정현선은 종이에 적힌 알파벳을 바라보았다. PIERRE, 피에르가 아닌가.

"피에르 아저씨?"

로잘리가 자지러지듯이 소리쳤다.

"이, 이게 어떻게 된 거죠? 피에르 아저씨가 아빠를 살해한 거예요?"

"로잘리, 진정해라. 다시 한 번 해봐야겠다."

정현선은 뭔가 잘못된 것이라고 생각했다. 피에르가 세자르를 살해했다는 것은 도저히 있을 수가 없는 일이다. 그들은 프랑스의 지성을 대표하는 인물들이 아닌가.

'숫자의 암호를 잘못 해석한 것일까?'

정현선은 다시 숫자를 배열하고 차분하게 암호를 풀어나갔다. 그러나 몇 차례 반복해도 같은 알파벳이 나왔다. 오류는 없었다.

5

'프랑스의 정원'으로 불리는 루아르 계곡에 접어들자, '잠자는 숲 속의 공주'의 무대가 된 위세 성이 모습을 드러냈다. 위세 성은 하늘로 솟아오른 첨탑이 주변 경치와 절묘한 조화를 이루고 있었다. 동화 속의 성처럼 그 주변이 너무 조용해 정말 공주가 잠만 잘 수밖에 없을 정도로 고요했다.

헤럴드는 위세 성 앞에 있는 한 상점 안으로 들어갔다. 이곳에서는 관광객을 상대로 '잠자는 숲 속의 공주' 인형을 팔고 있었다.

"창하오!"

헤럴드는 상점 안에서 인형을 진열하고 있는 창하오를 큰 소리로 불렀다. 창하오의 입이 쩍 벌어졌다.

"헤럴드."

헤럴드는 창하오를 진하게 포옹했다.

"이게 얼마 만인가? 3년은 됐지?"

"그래. 리옹에서 헤어진 뒤 처음이야."

그들이 처음 만난 것은 5년 전 마르세유에서였다. 당시 헤럴드는 토트가 남긴 흔적을 찾아 마르세유까지 흘러 들어왔다. 창하오는 중국 정부에서 파견한 학예관으로, 프랑스에 약탈된 중국 문화재의 정보를 비밀리에 수집하고 있었다.

19세기 유럽 열강들은 이제 갓 개방을 시작한 '미지의 대국'에 탐사대를 보내 닥치는 대로 중국의 유물을 수집했다. 프랑스에 있는 중국 문화재는 파리 기메 박물관과 퐁텐블로, 그리고 프랑스 국립도서관 등 세 군데에서 소장하고 있었다. 기메 박물관에는 중국 최초의 원시 자기부터, 명청의 청화(靑花), 오채자(五彩瓷)에 이르기까지 각 왕조의 유명한 명품들을 소장하고 있다. '푸른 샘물'이라고 불리는 퐁텐블로의 중국관은 나폴레옹 3세의 왕후가 건립한 곳으로, 이곳에는 중국의 원명원(圓明園)에서 강탈한 중국 문화재가 있다. 원명원은 청나라 건륭 황제가 프랑스 베르사유 궁전을 본떠 세운 황실 정원이다. 1860년 제2차 아편전쟁 당시 베이징에 쳐들어온 영국·프랑스 연합군이 이곳을 불태운 뒤 대부분의 유물을 약탈해 갔다. 퐁텐블로의 중국관에는 중국 역대 명화, 금은 장신구, 자기, 향로, 편종, 보석과 금은기물 등 약 3만 여 점을 소장하고 있다. 프랑스 국립도서관에는 펠리오의 돈황 고문서를 비롯하여, 청나라 궁중화가인 심원(沈源)과 당대(唐岱)가 공동으로 그린 비단본 「원명원사십경도」 등 다수의 목각본과 회화를 소장하고 있다.

 중국 정부는 2000년 이후부터 유럽에 있는 중국 문화재의 현황을 파악하는 작업을 벌여왔다. 이런 작업은 정부 특사인 학예관들을 중심으로 이루어졌다. 창하오는 중국 정부가 파견한 베이징대학 출신의 학예관이었다. 창하오가 맡은 분야는 회화와 고서 등이었는데, 그가 중점을 두었던 것은 프랑스 국립도서관에 있는 돈황 고문서였다.

 헤럴드와 창하오의 인연을 맺어준 것도 돈황의 고문서였다. 당시 헤럴드는 펠리오의 행적을 추적하고 있었고, 창하오는 돈황의 고문서 정보를 수집하고 있었다. 창하오는 헤럴드를 만나자마자 곧 그의 파트너가 되었다. 토트의 실체를 밝혀내는 것은 프랑스에 있는 중국 문화재의 소재를 파악하는 길과도 직접적으로 연결되어 있었다. 그러나 3년 전 그들은 토트의 실체를 밝혀내지 못하고 리옹에서 헤어지고 말았다. 창하오가 먼저 토트에게서 손을 뗐고, 뒤이어 헤럴드마저 손을 놓았다.

"미안하네 헤럴드. 자넨 정말 내겐 둘도 없는 파트너였는데."

"……."

"아쉬움이 많이 남아."

창하오의 눈빛에는 여전히 미련이 남아 있었다.

"아직도 왕웨이 사건을 마음에 두고 있는 건가?"

"그걸 어떻게 잊을 수 있겠나."

창하오는 길게 한숨을 내쉬었다. 창하오가 토트의 추적에서 손을 떼게 된 것은 왕웨이의 갑작스런 죽음 때문이었다. 왕웨이는 프랑스 국립도서관의 동양학 책임자로 창하오에게 많은 정보를 제공해주고 있었다. 그들은 돈황 고문서에 각별한 애정을 갖고 있었던 것이다.

왕웨이의 얘기가 나오자 창하오는 마음이 씁쓸해졌다. 왕웨이의 사인을 밝히기 위해 뛰어다니던 지난날이 어슴푸레 떠올랐다. 그러나 창하오의 끈질긴 노력에도 불구하고 왕웨이 사건은 단순 교통사고사로 종결되고 말았다.

"난 지금도 프랑스 경찰을 신뢰할 수 없네. 헤럴드, 그건 자네도 잘 알지?"

"물론이지."

"프랑스 경찰은 왕웨이의 사건을 조사한 것이 아니라 오히려 결정적인 증거물을 은폐했어."

창하오가 토트의 추적에서 손을 뗀 것도 왕웨이의 죽음을 목격한 뒤부터였다. 결코 목숨을 잃을 두려움 때문이 아니었다. 프랑스에서 중국의 문화재를 찾는다는 것이 얼마나 무모하고 위험한 것인지를 알았기 때문이었다.

"난 지금도 왕웨이를 생각하면 죄를 짓는 기분이야."

"내 어찌 자네 기분을 모르겠나."

그 후 창하오는 중국 정부와도 사이가 멀어졌다. 그는 중국 정부가 왕웨이의 사인 조사에 적극 나서지 않는 것을 못마땅하게 여겼다. 창하오는 다시 중국으로 돌아가지 않고 리옹에서 만난 프랑스 여자와 결혼하여 이곳에 정착했다.

"헤럴드, 날 찾아온 이유가 뭔가? 설마 다시 일을 시작하려는 것은 아니겠지?"

창하오는 우울한 기분을 바꾸려는 듯 환하게 미소 지었다.

"후후, 제대로 봤군."

"저, 정말인가?"

"자네도 얼마 전에 세자르 관장이 죽은 걸 알고 있지?"

"음. 심장마비로 사망한 것 말인가?"

"이걸 보게."

헤럴드는 세자르의 사진을 내밀었다.

"이, 이것은?"

세자르의 사진을 본 창하오는 자신의 눈을 의심했다. 세자르의 넥타이에 토트의 문양이 선명하게 찍혀 있던 것이다.

"이게 어찌된 일인가?"

"토트가 부활한 것일세."

"그, 그럴 리가……."

"창하오, 세자르는 토트의 비밀 회원일 수도 있어. 프랑스 국립도서관이라는 자리는 토트에게는 가장 잘 어울리는 자리가 아닌가."

"제2차 세계대전 이후 토트는 완전히 자취를 감추지 않았나?"

"나도 그런 줄 알았네. 그런데 이리 다시 나타나 우리를 애타게 부르고 있지 않은가. 이 두 눈으로 똑똑히 목격한 이상 가만히 있을 수 없지."

"그럼, 자네 정말로?"

"두말하면 잔소리지. 창하오, 자네의 도움이 필요하네."

창하오는 난처한 표정을 지었다.

"저길 보게."

상점 앞에는 이제 겨우 네 살 정도 되어 보이는 아이가 장난감을 갖고 놀고 있었다.

"오십이 되어 본 늦둥이일세. 저 아이를 두고 내가 어디를 갈 수 있겠나?"

헤럴드는 가는 한숨을 토해냈다.

"헤럴드, 난 지금 생활에 만족하고 있어. 왕웨이 사건이라면 발 벗고 나서겠지만, 토트나 세자르 사건에는 솔직히 관심이 없네."

"자네 생각이 그렇다면 할 수 없지."

헤럴드는 실망한 표정을 지었다.

"미안하네."

"아니야. 그러면 자네가 가지고 있는 자료라도 보여줄 수 있나?"

"그야 어렵지 않지. 들어오게."

창하오의 다락에는 지난 3년 동안 모은 문서들이 빼곡히 쌓여 있었다. 헤럴드와 함께 뛰어다니면서 어렵게 모은 귀중한 자료들이었다. 창하오는 이 문서들을 중국 정부에 알리지 않고 홀로 간직하고 있었다.

헤럴드는 상자 안에 쌓여 있는 자료들을 훑어보았다. 창하오는 꼼꼼한 성격답게 중국 고서와 한국 고서, 그리고 일본 고서를 따로 정리하고 있었다. 헤럴드는 창하오가 분류해놓은 자료 중에서 한국 자료를 집중적으로 뒤적거렸다.

"세자르 사건이 한국 고문서와 관련이 있나?"

창하오가 물었다.

"세자르는 한국 고문서에 매우 밝은 사람이야. 더군다나 세자르는 한국과 고문서 협상을 앞두고 있었네."

한국 고문서를 뒤척이던 헤럴드의 눈에 한 장의 편지가 들어왔다. 1860년대에 쓰인 편지였다.

"구스타브 로즈 제독이라면?"

"19세기 중국 즈푸에 머물렀던 프랑스 해군의 총책임자지. 그가 중국에서 강탈해간 고문서도 적지 않은 분량이네."

"로즈 제독이 한국에도 침략하지 않았나?"

"맞아. 아마 1866년일 걸세. 거기 편지에 잘 나타나 있지."

겉으로 보기에 꽤 가난해 보이는 이 마을은 각하에게 보내드릴 만한 것이 별로 없습니다. 그러나 한국 국왕이 간혹 거처하는 저택에는 아주 중요한 것으로 여겨지는 수많은 서적들로 가득 찬 도서실이 있습니다. 우리 군대는 공들여서 포장한 340권을 수집하여 이를 각하께 보내드리오니 부디 이를 왕실도서관에 잘 소장했으면 합니다.

그것은 1866년 11월 17일 한국의 강화 섬에서 로즈 제독이 프랑스 해군성 장관에게 보낸 친필 편지였다. 이 로즈 제독의 친필 편지 끝에는 토트의 상징 로고가 선명히 새겨져 있었다. 그것은 따오기 문양과는 또 다른 로고였다.

문양의 원 둘레에는 다음과 같은 글이 적혀 있었다.

Tracking history of their heritage

"로즈 제독도 토트의 비밀 회원이었군."
헤럴드는 혼잣말로 중얼거렸다.

6

퐁네프 다리 입구에 들어선 정현선은 주위를 두리번거렸다.

누구보다 시급히 찾아야 할 인물은 루앙과 마사코였다. 이들은 한 가지 공통점을 가지고 있었다. 루앙은 세자르가 사망하기 전에 만났던 사람이었고, 마사코는 세자르가 사망한 뒤 감쪽같이 자취를 감춘 사람이었다. 루앙은 그날 이후 아예 골동품 가게를 닫고 어디론가 사라져버렸다. 정현선은 인근 골동품 가게 주인으로부터 어렵게 루앙의 소재를 알아냈는데, 그곳이 바로 퐁네프 다리의 헌책방이었다. 루앙의 아내는 퐁네프 다리에서 헌책을 팔고 있던 것이었다.

'최동규 교수라도 있으면 좋으련만……'

정현선은 최동규가 없는 것이 아쉬웠다. 게마트리아 숫자를 해독했을 때 가장 먼저 최동규가 떠올랐다. 누군가에게 이 문제를 탁 터놓고 의논할 상대가 필요했던 것이다. 로잘리는 워낙 큰 충격을 받았는지 하루 종일 말이 없었다.

이제 홀로 세자르 사건에 뛰어들어야 한다. 혼자 생각하고 혼자 판단하고 혼자 결정해야 한다. 더 이상 최동규에게 시간을 뺏을 수가 없었다. 그 바쁜 일정에도 시간을 내준 것이 여간 고마운 일이 아니었다.

'뭔가 오류가 있는 것은 아닐까?'

정현선은 게마트리아 숫자 해독에서 피에르의 이름이 나온 것을 에시앙에게 알려야 할지 한동안 망설였다. 그러나 당분간은 에시앙에게 알리지 않고 좀 더 지켜보기로 했다. 무엇보다 그 숫자를 정말 세자르가 썼는지 의심스러웠기 때문이었다. 에시앙의 사무실에서는 경황이 없던 터라 그 숫자가 세자르의 필적인지 두 눈으로 확인하지 못했다.

정현선은 다리 입구에서부터 부키니스트들의 헌책방을 유심히 살폈다. 요즘은 예전과 달리 이곳에서 진귀한 고서가 나오지 않았다. 그녀가 도서관 사서로 지낼 때만 해도 세계 각국의 고문서들이 제법 많이 나와 있었다. 그러나 요즘은 잡지책이나 월간지들이 그 자리를 대신하고 있었다.

정현선은 기마상 앞에 있는 헌책방에서 낯익은 얼굴을 발견했다. 루앙이었다. 정현선은 천천히 루앙에게 다가갔다.

"루앙!"

"……!"

루앙은 그녀를 멍하니 바라보기만 했다.

"잠깐 시간 좀 내주겠어요?"

루앙은 이미 체념한 듯 가게에서 얌전하게 나왔다. 정현선은 다리 입구에 있는 노천카페에 자리를 잡았다.

"세자르가 사망하기 이틀 전에 루앙의 가게에 찾아온 적이 있죠?"

"…….'

"세자르 혼자 왔나요?"

"…….'

"무슨 일 때문에 세자르가 찾아온 거죠?"

"…….'

몇 차례나 질문을 해도 루앙의 입은 열리지 않았다. 그런 루앙의 심정을 모르는 바는 아니었다. 고객과의 약속이 누설되거나 알려진다면, 루브르 골동품 상가에서는 더 이상 영업을 할 수가 없었다. 그러나 지금은 상황이 전혀 달랐다. 루앙의 입을 열기 위해서는 세자르의 사망 원인을 밝히는 수밖에 없었다.

"루앙, 세자르는 살해됐어요."

"예?"

루앙의 반응은 즉시 나타났다.

"난 루앙이 고객의 비밀을 지켜주리라는 것을 잘 알아요. 하지만 이번 경우는 달라요. 비밀을 지켜줄 고객이 사라졌잖아요. 세자르는 잔혹하게 살해당했어요."

정현선은 의자를 바짝 루앙 앞으로 끌어당겼다. 상대와의 거리는 가까울수록 좋다. 그의 숨소리조차 느껴질 정도로 하나가 되어야 하는 것이다.

"루앙, 한 가지만 말해줘요. 세자르가 찾아왔었나요?"

루앙의 눈빛이 흔들리고 있었다.

"예. 세자르가 죽기 이틀 전에 저희 가게에 왔었습니다."

"세자르가 무슨 일로 온 거죠?"

"한국의 고문서 감정을 의뢰했습니다."

"그게 어떤 고문서인가요?"

"그것도 저도 잘 모릅니다. 한국의 고문서라는 것밖에는."

"그래서 감정을 했나요?"

"못 했습니다. 하필 그날 고서 감정가가 자리를 비웠거든요. 그래서 이틀 뒤에 세자르 관장과 11시에 다시 만나기로 약속을 하고 헤어졌습니다."

"이틀 뒤라면 세자르가 사망한 바로 그날이로군요."

"네. 그날 세자르 관장은 약속 시간이 되어도 나타나지 않았습니다."

"루앙도 세자르가 의뢰한 그 고문서를 봤을 것 아니에요."

"실물은 보지 못하고 사진으로만 봤습니다."

"사진이요?"

"로렌 박사님도 잘 알다시피 리슐리외 도서관 지하 별고의 도서는 도서관 밖으로 가지고 나올 수 없잖아요. 그래서 세자르 관장은 그 고문서의 사진을 가져왔습니다."

"세자르가 고문서 사진을 찍은 건가요?"

"그런 것 같아요. 사진을 크게 확대해서 가져왔어요."

"그게 어떤 책이죠?"

"제가 아는 것은 그것밖에 없습니다. 이게 정말 제가 아는 전부예요."

"고마워요, 루앙."

"세자르 관장은 정말 살해된 겁니까?"

정현선은 고개를 끄떡였다.

"대체 누, 누가 그런 짓을……."

"저도 그 범인을 찾고 있어요."

예상대로였다. 세자르가 골동품 상가에 나타난 것은 한국의 고서를 감정하기 위해서였다. 최종적으로 그 고문서가 진품인지 감정할 전문가가 필요했던 것이다.

한 가지 납득이 가지 않는 것은 과연 사진으로도 고문서의 진위를 감정할 수 있느냐는 것이었다. 보통 고문서 감정은 진품이 아니고서는 확실한 감정을 내릴 수가 없다. 고문서 감정에서 가장 중요한 부분이 제작 연대인데, 이는 종이 재질을 보지 않고서는 판단할 수가 없는 것이다. 과연 사진만으로도 감정할 수 있는 것이 무엇일까.

그때 휴대전화가 울렸다.

"로렌 박사님, 에시앙입니다. 하하."

에시앙의 목소리는 어린아이처럼 들떠 있었다.

"세자르 명함 뒤에 있는 숫자가 해독되었습니다."

"예? 어, 어떻게…… 뭐라고 나왔나요?"

"피에르입니다."

정현선은 자신의 귀를 의심했다. 그것은 세자르를 알지 못하면 결코 풀 수 없는 것이었다.

"누, 누가 그것을 풀었죠?"

정현선의 목소리가 떨리고 있었다.

"헤럴드 박사입니다."

7

수사팀은 활기를 띠기 시작했다. 풀죽어 있던 수사관들도 이제야 할 일을 찾은 듯 분주하게 뛰어다녔다. 그들의 눈빛은 하나같이 굶주린 늑대처럼 번뜩였다. 헤럴드 박사의 단 한 마디는, 그들에게는 구원의 소리요 메시아가 보내는 축복의 소리였다. 여전히 풀어야 할 의문은 산더미처럼 남아 있지만, 그것만으로도 턱없이 밀려드는 갈증을 채워주기에 충분했다.

'코앞에 범인을 두고도 몰랐다니.'

에시앙은 기가 막혔다. 리슐리외 도서관에서 친절하게 안내를 해준 피에르를 떠올리자, 분노가 울컥 치밀어 올랐다. 가증스럽고 뻔뻔한 인간이었다. 세자르를 저리 잔혹하게 살해하고도 천연덕스럽게 안내를 하다니.

"일단 피에르를 심문하는 게 좋겠습니다."

오랜만에 프랑수아의 얼굴에도 화색이 돌았다. 파리의 최고 베테랑 형사답지 않게 헛물만 켜고 있던 그는 수사가 진행되는 동안 내내 풀이 죽어 있었다.

그러나 에시앙은 서두르지 않았다. 세자르의 명함에 적힌 숫자를 해독한 것으로는 충분하지 않았다. 자칫 하다가는 어렵게 잡은 월척을 놓칠지도 모를 일이었다.

"이봐 프랑수아, 피에르 홀로 세자르를 살해할 수는 없는 일이야."

"공범이 있다는 소린가요."

"그래. 피에르를 체포하는 것은 공범자들에게 도주할 기회를 주는 것이나 다름없어. 피에르를 최대한 활용해야 해."

피에르는 이제 월척에서 미끼로 이용할 인물이 되었다. 최소한 두세

명, 어쩌면 하나의 거대 조직을 일망타진하게 될 지도 모른다.

"알았습니다. 일단 피에르의 신병을 확보하겠습니다."

"절대 눈치 채지 못하도록 하게."

'피에르가 토트의 비밀 회원이었단 말인가?'

20세기 초 토트의 비밀 회원이 되는 것은 결코 쉬운 일이 아니었다. 토트의 비밀 회원은 직위에 어울리는 확실한 인물만 받아들였다. 프랑스 국립도서관의 부관장이라는 자리는 토트의 회원으로서는 조금도 부족하지 않았다. 만약 피에르가 토트의 비밀 회원이라는 것이 드러나면, 그동안 베일에 가려졌던 토트의 실체도 밝혀질 것이다. 어쩌면 이번 사건은 21세기 최대의 사건으로 기록될 지도 모른다.

에시앙은 묘한 희열에 사로잡혔다. 그런 감정은 일찍이 한 번도 경험해보지 못한 아주 색다른 흥분이었다. 지금까지 크고 작은 사건들을 많이 수사했지만, 이처럼 흥분되는 수사는 처음이었다.

얼마 지나지 않아 피에르에 관한 정보가 속속 올라왔다. 보고서 중에 가장 관심을 끈 것은 피에르가 은밀히 독일과 문화재 협상을 벌이고 있다는 내용이었다.

'비밀 협상이라……'

"피에르는 2년 전부터 독일과 문화재 반환 협상을 극비리에 추진하고 있었습니다. 최근에 협상이 성사 단계에 접어든 것으로 알려져 있습니다."

프랑수아가 말했다.

"독일 대표는 베르만이라고 했나?"

에시앙이 보고서를 훑어보며 물었다.

"예. 어제까지 파리에 머물러 있었습니다."

"협상을 하기 위해 온 것인가?"

"아직 그것은 확인하지 못했습니다."

"피에르는 애국자로군."

보고서에는 피에르가 독일 협상에 얼마나 전력을 기울이고 있었는지 잘 나타나 있었다.

"피에르가 왜 세자르를 살해했을까요?"

프랑수아가 물었다.

"아직 단정하기에는 일러. 다만 피에르가 이번 사건에 관여하고 있는 것은 분명해 보여."

피에르는 하나하나 껍질을 벗길수록 의문점이 줄줄이 새어나왔다. 그러나 여전히 풀리지 않는 것은 세자르 사건과의 연관성이었다. 피에르와 세자르 사이는 그리 매끄러운 편은 아니었으나 죽음으로 몰고 갈 정도의 극한 관계는 아니었다. 그들 사이에 다른 무언가가 있지 않으면 그들의 관계를 설명할 길이 없었다. 피에르와 세자르를 연결해줄 수 있는 것, 그것이 이번 사건의 핵심으로 보였다. 에시앙은 그것이 헤럴드가 말한 '진귀한 고문서'일 것으로 확신하고 있었다.

그런데 수사팀이 작성한 보고서에는 뜻밖의 인물이 눈길을 끌었다.

"상트니는 누군가?"

"파리 대학 교수입니다. 최근 피에르와 자주 접촉했던 인물입니다. 그는 이번 독일과의 비밀 협상에서 막후 실력자로 알려져 있습니다."

"막후 실력자?"

"예. 실질적인 협상 대표는 피에르이지만 상트니의 역할이 더 컸다고 합니다. 베르만과 협상 날짜를 잡은 것도 상트니였습니다. 상트니 역시 30년 전에 마사코와 함께 프랑스 국립도서관의 사서를 지냈던 인물입니다."

"마사코와 함께?"

비밀 협상의 막후 실력자, 피에르와의 막역한 관계, 마사코와의 친분, 프랑스 국립도서관 사서 출신…… 상트니의 이력이 이번 사건과도 묘하게 맞물리고 있었다.

"상트니의 소재는 파악되었나?"

"현재 훔볼트 대학의 초청으로 베를린에 머물고 있습니다. 이번 행사에서는 베르만도 참가하고 있는 것으로 알려져 있습니다."

"이것 참, 갈수록 태산이로군. 협상 때문에 베를린에 간 건가?"

"그런데 상트니나 마사코에게는 한 가지 공통점이 있더군요."

"으응?"

"이들은 30년 전 동양학문헌실 담당자였는데, 다른 도서관 사서들에 비해 아주 빠르게 출세의 길을 걸었다고 합니다."

"그게 무슨 소리야?"

"마사코는 도서관 사서를 그만두고 파리 대학에 진학한 뒤 정식 교수로 임용되었습니다. 상트니 역시 아르바이트 사서에서 정식 직원으로 채용되었고, 훗날 마사코처럼 교수가 되었습니다."

"그게 무슨 문제라도 된다는 건가?"

"도서관 사서에서 대학 교수로 곧장 진출하는 것은 흔치 않은 경우라고 합니다. 당시 이들을 두고 도서관 사서들 사이에서는 많은 말들이 있었다고 합니다. 그들에게 보이지 않는 특혜가 있었다는 것이죠. 도서관에 오래 재직 중인 사서 출신들은 다 알고 있는 사실입니다."

"특혜라……"

"당시 누군가 그들의 뒤를 봐주고 있다는 소문이 끊이지 않았다고 합니다."

"알았네. 상트니에 대해 좀 더 조사해보게."

수사 도중에 의외의 인물이 등장하는 것은 흔한 경우이다. 이런 뜻밖의 인물로 수사 전체의 밑그림이 뒤바뀌기도 한다. 일선 수사관들이 가장 어려움을 겪을 때가 바로 뜻밖의 인물이 등장했을 때이다. 에시앙은 긴장의 끈을 놓지 않았다.

훔볼트 대학 앞의 선술집은 매우 소란스러웠다. 벽 모서리에 매달린 스피커에서는 고막이 터질 듯한 락음악이 끊이지 않았다. 술에 취한 젊은이는 비좁은 통로를 가로막고 몸을 마구 흔들어댔다. 그들은 마치 고장난 폭주기관차 같았다.

상트니는 일부러 젊은이들이 모여드는 선술집을 찾았다. 오늘 단 하루만이라도 벗어나고 싶었다. 사라진 한국의 고서, 왕웨이의 비천상, 세자르의 죽음, 베르만…… 이 모든 골치 아픈 문제에서 잠시만이라도 해방되고 싶었다. 그러나 한 번 가라앉은 기분은 좀처럼 회복되지 않았다.

"한 잔 더 주시오!"

상트니는 바텐더에게 위스키 잔을 내밀었다. 그는 평소 주량의 두 배 이상을 마시고 있었다.

"취하셨습니다. 손님."

"오늘은 마음껏 취하고 싶소."

"무슨 좋은 일이라도 있습니까?"

바텐더가 잔을 채우며 물었다.

"좋은 일? 후후. 그렇소."

모든 것이 뒤죽박죽이었다. 위스키 술잔 속에 마사코의 얼굴이 보였다.

'마사코를 끌어들이는 게 아니었어.'

상트니는 이번 일에 마사코를 끌어들인 것을 후회했다. 한국 고서의 운반책으로 마사코를 추천한 것은 바로 그였다. 공연히 마사코도 이번 일에 끼어들어 집에도 들어가지 못하고 모텔 신세를 지고 있었다. 세자르가 죽기 전에 마사코의 집을 찾아가지 않았어도 마사코는 이번 일과는 아무런 상관이 없는 사람이었다. 이번엔 술잔 속에 왕웨이의 얼굴이 비추었다. 상트니는 양복 주머니에서 왕웨이의 비천상 목걸이를 꺼냈다.

'불쌍한 왕웨이.'

그동안 왕웨이의 죽음을 까맣게 잊고 지냈다. 왕웨이의 죽음에는 여러 의혹이 있었지만, 상트니는 애써 그의 죽음을 외면하고 방관했다. 왕웨이와의 오랜 우정을 생각한다면 그렇게 남의 일 보듯이 외면할 수는 없는 일이었다. 그러나 상트니는 매정하게 왕웨이의 죽음을 그의 기억에서 지워버렸다.

상트니는 두 잔을 더 비우고 자리에서 일어났다.

오랜만에 취한 탓인지 몸이 말을 듣지 않았다. 상트니는 몇 걸음 더 걷다가 길가에 있는 나무 의자에 털썩 주저앉았다. 몸도 마음도 천근처럼 무거웠다.

그때 맞은편 거리에서 희미한 물체가 그의 눈에 잡혔다. 검은 바바리코트의 사내, 낯이 익었다. 바바리코트의 사내는 전신주에 기댄 채 물끄러미 하늘을 올려다보고 있었다.

저 친구는 딴청을 피우고 있는 것이다! 상트니는 정신을 한데 모으려고 고개를 세차게 흔들었다. 그러나 술기운 때문에 좀처럼 정신이 집중되지 않았다. 점점 두 눈의 초점이 흐려지고 사내의 모습이 이리저리 흔들거렸다.

'날 미행하고 있는 게 분명해.'

상트니는 느낌만으로도 알 수 있었다. 선술집을 나선 뒤부터 그 사내는 줄곧 뒤를 따라오고 있었다. 아니, 선술집에서도 그를 잠깐 본 것 같았다. 술집 구석에서 홀로 맥주를 마시면서 줄곧 그에게 시선을 던지던 바로 그 사내였다. 왕웨이의 비천상 목걸이를 전해준 사람이 아닐까?

그건 아니다. 꼬마는 그 사람이 턱밑에 점이 있는 할아버지라고 했다.

갑자기 술이 확 깨고 폭포수 밑에 앉은 것처럼 정신이 번쩍 들었다. 상트니는 천천히 몸을 일으킨 뒤 걸음을 옮겼다. 그와 동시에 그 사내도 맞은편 거리에서 꿈틀거리기 시작했다. 사차선 차도를 사이에 두고 상트니와 바바리코트의 사내는 일정한 보폭으로 걷고 있었다.

거리는 한적했다. 오고가는 사람들도 별로 없었다. 상트니가 묵고 있는 콩코드 호텔까지는 5분은 더 걸어가야 했다. 상트니는 거의 뛰다시피 빠르게 걸음을 옮겼다. 사내의 발걸음도 빨라졌다.

숨이 턱밑까지 차올랐다. 상트니는 뒤도 돌아보지 않고 앞만 보고 내달렸다. 어느새 그의 몸을 흠뻑 적시고 있던 취기가 싹 사라지고 그 자리를 오싹한 공포가 들어찼다. 이윽고 그의 눈앞에 호텔 건물이 들어왔다. 바로 코앞에 있는 호텔이 까마득히 멀게만 느껴졌다. 상트니는 있는 힘을 다해 계단을 뛰어올라 호텔의 유리 회전문을 열었다.

호텔 로비 안으로 들어선 그는 길게 숨을 골랐다. 바바리코트의 사내는 호텔 주변을 어슬렁거리며 휴대전화로 누군가와 통화를 하고 있었다.

'대체 저 사람은 누굴까?'

상트니는 호텔에 체크인을 하기 위해 데스크로 다가갔다.

"1105호 열쇠 부탁합니다."

호텔 지배인은 열쇠와 함께 손바닥 크기만 한 작은 상자를 내밀었다.

"이게 뭡니까?"

"어떤 손님이 1105호 손님이 오면 전해주라고 했습니다."

상트니는 바짝 긴장했다. 자신이 이 호텔이 묵고 있는 것을 아는 사람은 몇 명 되지 않았다.

포장지를 뜯어내는 상트니의 손이 가늘게 떨렸다. 심장이 걷잡을 수 없이 뛰고 손바닥에 촉촉한 땀이 배어들었다. 이윽고 상자 안에 있는 물건을 확인하는 순간, 심장이 그대로 멎었다.

"이, 이것은……?"

상자 안에 들어 있는 것은 바로 사람의 엄지손톱이었다. 그리고 그 옆에 낯익은 한 장의 사진이 누워 있었다.

상트니는 마법에 걸린 사람처럼 꼼짝하지 못했다. 끈끈한 점액질이 발바닥에 착 달라붙은 것처럼 발길이 떨어지지 않았다. 모든 신경이 한꺼번에 마비된 것 같았다.

'호텔을 옮기도록 하게.'

그때 알렉스가 만찬장에서 남긴 말이 떠올랐다.

새벽 1시. 마사코는 잠을 이루지 못하고 뒤척거렸다.

'언제까지 모텔에 머물러야 하나.'

모텔에 투숙한지 벌써 사흘 째였다. 마사코는 상트니를 만나는 일 외에는 한 번도 외출한 일이 없었다. 그녀에게 모텔은 창살 없는 감옥과 다름없었다. 그때 요란한 전화벨 소리가 울렸다.

"마사코, 나요."

상트니였다. 상트니의 목소리를 듣는 순간, 갑자기 불길한 기운이 온몸으로 빠르게 퍼져갔다.

"무, 무슨 일이에요?"

"왕웨이는 교통사고로 사망한 것이 아니오."

"갑자기 그게 무슨 소리죠?"

"왕웨이는 살해된 것이오."

"상트니, 제발 차분하게 말해봐요."

"……."

"상트니, 상트니."

"마사코, 어서 모델을 옮기도록 해요."

그 소리만 남기고 전화가 끊어졌다. 갑자기 이 무슨 뜬금없는 소리인가. 마사코는 모텔 안의 수화기를 들고 상트니의 휴대전화에 전화를 걸었다.

상트니의 휴대전화는 꺼져 있었다. 날이 밝아올 때까지 수차례 전화를 걸었지만, 전화는 연결되지 않았다.

위험한 함정

1

"이집트의 상형문자, 아시리아의 설형문자, 마야의 상형문자 등 고대 문자는 누가 지배자인지를, 그 지배자가 얼마나 위대한지를, 그의 권위가 얼마나 드높은 곳에 있는지를 백성에게 상기시키기 위해 이용되었습니다. 곧 고대의 지배자들에게 있어서 문자란, 자신의 힘과 권위를 증명하기 위한 하나의 선전 도구였던 것입니다……."

소르본 대학 강당의 열기는 뜨거웠다. 오늘의 강연 주제는 '고대문자의 기능과 수단'이었다. 특별 강사로 나온 헤럴드는 마이크를 손에 쥐고 열변을 토하고 있었다. 정현선은 강당 뒷좌석에 앉아 헤럴드의 강의를 듣고 있었다.

'헤럴드는 게마트리아 숫자를 어떻게 해독했을까?'

어떤 숫자나 기호이든 암호 해독에는 한계가 있기 마련이다. 서로 약속한 사람과 한두 글자만 다르게 고쳐 쓰거나 사전에 약속한 방법에 따라 순열을 바꾸면 절대로 풀릴 수 없는 것이 암호의 특성이다. 읽지 못하는 문자는 곧 암호와도 같다. 암호 분석은 결코 쉬운 일이 아니다. 작성자가 정한 원칙이나 기준을 알지 못하면 여간해서 그 내용을 파악하기 힘들기 때문이다.

헤럴드의 강연이 끝나자 우레와 같은 박수가 쏟아졌다. 정현선은 서둘러 강당을 빠져나갔다. 그녀는 대학 강당 대기실에서 헤럴드가 나오기를 기다렸다.

암호기법 중에 가장 손쉬운 방법은 글자의 순서를 바꾸는 것이다. 이를 전자(轉字)라고 한다. 물론 암호문을 주고받는 당사자들은 문장을 암호화하고 해독하는 방법에 대해 사전에 약속을 정한다. 정현선은 세자르가 위급한 순간에도 게마트리아 숫자를 사용한 것은 바로 자신에게 보여주기 위한 것이라고 여겼다. 그것은 곧 세자르와 그녀 사이의 약속된 언어였던 것이다. 그런데 그들만이 알고 있는 이 게마트리아 숫자를 헤럴드가 해독한 것이다.

"헤럴드 박사님."

정현선은 헤럴드가 대기실에서 나오자 그에게 다가섰다.

"로렌 박사님 아니십니까?"

헤럴드가 그녀를 보고 아는 체를 했다.

"저를 아십니까?"

"물론이지요. 하하."

헤럴드는 그녀에게 환한 미소를 지어 보였다. 헤럴드는 강당에서 볼 때는 잘 몰랐는데 가까이서 보니 매우 강인한 얼굴이었다. 눈가에 깊이 팬 주름은 꽤나 고집스런 인상이었다.

"전 로렌 박사님의 열렬한 팬입니다."

"예?"

"하하. 로렌 박사님의 저서는 제가 가장 아끼는 책 중 하나입니다. 특히 『활자에 담긴 인류의 유산』을 감명 깊게 읽었습니다."

"아, 그렇군요."

그들은 강당 휴게실로 자리를 옮겼다.

"박사님께서는 어떻게 세자르의 숫자를 해독했습니까?"

정현선이 단도직입적으로 물었다. 헤럴드는 휴게실로 오는 동안 다음 약속이 있는지 자주 시계를 바라보았다. 정현선은 서두르지 않을 수가 없었다.

"음. 우선 세자르 관장이 유대계 프랑스인이라는 데서 힌트를 얻었습니다. 그런데 숫자를 게마트리아식으로 배치를 해보니 상당히 차이가 있더군요. 아무리 연결을 해도 제대로 된 알파벳 단어가 나오지 않았습니다."

헤럴드의 얼굴은 진지했다.

"그때 마침 하버드 대학에 있을 때 유대계 교수가 한 말이 떠오르더군요. 그 교수 역시 게마트리아 숫자를 즐겨 사용했는데, 가끔 같은 알파벳 문자가 겹칠 때는 다른 게마트리아 숫자를 사용했지요. 그러니까

1630년에 사용된 게마트리아 해독법과 1583년에 헬라어를 본떠서 만든 게마트리아 해독법을 혼용해서 사용한 거죠. 하하. 저도 혹시나 해서 그 교수가 사용하던 방법을 써봤는데 용케 제대로 된 알파벳 단어가 나오더군요."

"그게 피에르라는 단어입니까?"

"그렇습니다."

"정말 대단하군요. 전 이 숫자를 아무도 풀지 못할 것이라고 생각했습니다."

"운이 좋았을 뿐입니다."

"그럼 박사님께서는 세자르의 살해범이 피에르라고 보십니까?"

"글쎄요. 세자르의 숫자를 해독했다고 해서 피에르가 범인이라고 단정 지을 수는 없죠. 그러나 이번 사건에 피에르가 관여한 것은 분명해 보입니다."

"어떤 면에서 그렇죠?"

"허허. 그렇게 물으시니 뭐라 답변하기가 곤란하군요. 저 역시 이번 사건을 예의 주시하고 있었습니다. 어쩌면 이번 사건은 피에르라는 한 개인이 아니라 조직 차원에서 움직이고 있는지도 모릅니다."

"토트를 말씀하시는 거군요."

"그렇습니다. 피에르는 토트의 비밀 회원 자격을 충분히 갖추고 있습니다. 세자르 역시 마찬가지입니다."

"그것은 박사님께서 잘못 보신 것 같군요. 세자르는 토트의 비밀 회원일 리가 없습니다. 더군다나 토트는 그 존재가 불확실한 조직이 아닙니까?"

"그렇지 않습니다. 토트는 유령 조직이 아니라 분명히 이 땅에 존재했던 조직입니다. 세자르의 넥타이에 새겨진 토트의 문양이 그걸 증명해주고 있습니다."

헤럴드는 단호하게 말했다.

"사실 저는 토트를 연구하는 동안 다른 고고학자들로부터 토트에 빠진 미치광이라는 소리도 들었습니다. 변변한 자료나 역사적인 증거물도 제시하지 못했으니 그런 소리를 듣는 것도 당연한 일이죠. 그런데 이제야 비로소 토트가 그 모습을 드러내기 시작했습니다."

"그게 세자르 사건이라는 건가요?"

"그렇습니다. 저로서는 토트의 존재를 밝힐 수 있는 절호의 기회인 셈이죠. 이것은 결코 토트를 모방한 단순 살인사건이 아닙니다."

정현선은 기분이 몹시 불쾌했다. 헤럴드는 세자르 사건을 자신의 연구에 이용하려고 했던 것이다. 그러나 그녀는 불쾌한 내색을 하지 않았다.

"다음에 기회가 된다면 로렌 박사님께 그동안 제가 모은 토트의 자료를 보여드리겠습니다. 거기에는 토트의 문양이 새겨진 한국의 고서도 있습니다. 로렌 박사님도 이 한국 고서에 대해서는 잘 알 겁니다."

"전 무슨 말을 하는지……."

"세자르 사건의 배경에는 토트와 한국의 고서가 복잡하게 연결되어 있을 겁니다."

헤럴드는 시계를 보더니 자리에서 일어섰다.

"미안합니다. 급히 가볼 곳이 있어서."

정현선은 허탈했다. 아직 헤럴드에게 할 말이 너무 많이 남아 있었다.

"오늘 저녁 시간 어떻습니까?"

그런데 마침 헤럴드가 먼저 약속을 청해왔다.

"저도 로렌 박사님께 드릴 말씀이 있습니다."

헤럴드는 약속 장소를 정한 뒤 강당 휴게실을 빠져나갔다. 정현선은 헤럴드가 남긴 말을 천천히 곱씹었다.

'토트 문양이 새겨진 한국 고서?'

헤럴드는 어떻게 세자르 사건에 한국 고서가 있다는 것을 알고 있을까?

2

'멍청한 파리 경찰 같으니라고.'

헤럴드는 절로 웃음이 나왔다. 게마트리아 숫자 해독은 그리 어렵지 않은 암호였다. 그런데 암호해독부라는 전문 부서가 그것 하나 풀지 못한다니 한심한 생각이 들었다.

"박사님, 기분이 어떻습니까?"

운전석에 앉은 토머스가 빙그레 웃으며 말했다.

"10년은 더 젊어진 기분이야."

헤럴드는 아드레날린이 마구 솟구치는 것 같았다.

"토머스, 어서 따라잡게. 이러다가 놓치겠어."

헤럴드는 눈앞에 있는 검은색 벤츠를 가리켰다. 그들은 미테랑 도서관에서부터 피에르의 차량을 뒤쫓고 있었다.

"염려 마십시오. 미행하는 데는 자신 있습니다."

피에르의 차는 콩코드 광장을 지나 개선문 쪽으로 향하고 있었다.

"피에르가 이번 사건에 핵심 인물인 줄은 몰랐습니다. 전 처음에 R2P를 의심하고 있었거든요."

"피에르는 국가관이 투철한 친구야. 개인을 먼저 생각하는 요즘 프랑스인들과는 다르지."

"아마 피에르는 지금 독일 대사관으로 가고 있을 겁니다."

"나도 같은 생각이네."

헤럴드는 세자르의 살해범이 피에르라는 데는 반신반의했다. 아직 피에르에게서 세자르를 살해할 만한 마땅한 명분을 찾지 못하고 있던 것이다. 그러나 피에르가 토트의 비밀 회원이라면 세자르의 살해 명분은 충분히 있었다.

그때 차가 신호등에 걸렸다.

"박사님, 이걸 좀 보십시오."

토머스가 가방에서 서류 뭉치를 꺼냈다.

"이게 뭔가?"

"세자르 사건의 중간 수사보고서입니다."

"이걸 어디서 구했나?"

"파리에서 돈으로 해결되지 않는 게 어디 있습니까? 하하. 프랑스 놈들은 돈이라면 아마 마누라도 팔아치울 겁니다."

토머스는 프랑스 사람을 그리 좋아하지 않았다. 겉으로는 고상한 척해도 그의 눈에는 돈만 밝히는 속물로만 보였다. 지금까지 그가 파리에서 특파원으로 활동하는 동안 돈으로 해결되지 않은 것은 거의 없었다. 그래서 토머스는 AP통신 파리 지사에 '부대비용'을 따로 청구할 정도였다.

헤럴드는 세자르 사건의 중간 수사보고서를 훑어 내려갔다. 이들은 이번 사건의 암호명을 '블랙홀'이라고 부르고 있었다. 그러나 보고서에는 눈길을 끌만한 내용이 없었다. 세자르가 리슐리외 도서관 지하 별고에 출입했다는 것이나, 골동품 상가 거리에 나타났다는 것, 한국 고서에 관심이 많다는 것, 피에르가 은밀히 독일과 협상을 벌이고 있는 것 등 헤럴드도 익히 다 알고 있는 내용이었다. 이 보고서에는 토트에 대한 설명도 있었는데, 그것 역시 헤럴드가 그들에게 들려준 내용을 정리한 데 지나지 않았다. 그나마 유일하게 눈길을 끄는 것은 마사코라는 이름이었다.

"마사코는 누군가?"

"30년 전에 프랑스 국립도서관 사서를 지낸 일본인입니다. 저도 보고서에 쓰여진 것 외에는 잘 모릅니다."

보고서는 마사코를 매우 중요한 인물로 지목하고 있었다.

"루앙은 만나봤나?"

"세자르가 사망하기 이틀 전에 한국의 고서를 감정하려고 골동품 가게에 나타났었다고 합니다."

"음. 역시 한국의 고서가 문제였어."

"이번엔 5백 유로나 들었어요."

"으응?"

"루앙이라는 그 친구는 아예 노골적으로 돈을 요구하더군요. 하하. 그런데 세자르가 가져온 것은 책의 원본이 아니라 사진이었다고 합니다."

"사진?"

"지하 별고에서 책을 촬영한 뒤 확대한 사진을 가지고 왔다는군요."

"아직 파리 경찰은 이 사실을 모르고 있는 것 같군."

세자르 중간 수사보고서에는 세자르가 루앙을 만난 부분이 없었다. 헤럴드는 조수석에 몸을 깊숙이 파묻었다.

'사건의 열쇠는 한국의 고서다!'

한국의 고서는 세자르에게나 토트에게 매력적인 물건이었다. 헤럴드가 스트라스부르를 떠날 때 한국의 고서 자료를 일일이 챙긴 것도 그런 이유 때문이었다. 게다가 창하오에게서도 한국 고서와 관련된 자료를 많이 얻어왔다.

"로렌 박사도 냄새를 맡은 것 같습니다. 루앙은 어제 로렌 박사를 만났다고 하더군요. 로렌 박사는 세자르와 아주 가깝게 지냈던 사람입니다."

"방금 로렌 박사를 만나고 오는 길이야."

"예?"

"소르본 대학에 나를 찾아왔었어."

"뭐라고 하던가요?"

"로렌 박사는 피에르를 의심하는 것 같지 않아. 자칫 범인들의 함정에 빠질지 모른다고 걱정하더군. 나도 피에르가 마음에 걸려."

"그런데 차가 왜 이리 막히는 거야?"

토머스는 창문을 내리고 고개를 내밀었다. 엘리제 궁전 앞에 접어들면서부터 차는 꼼짝도 하지 않았다. 인도변에는 피켓을 든 흑인들이 허연 이를 드러내며 가두 행진을 벌이고 있었다. 인종차별을 반대하는 피켓 시위였다. 요즘 들어 파리 시내는 단단히 중병에 걸려 있었다. 엊그제도 인종 차별에 반대하는 흑인들과 일자리를 보장하라는 아프리카 이민 2세들이 합세하여 연일 시위를 벌이고 있었다. 차는 엘리제 궁전을 벗어나자 겨우 꿈적이기 시작했다.

"이런 제길!"

토머스가 갑자기 차를 유턴 방향 쪽으로 급히 돌렸다. 피에르의 차는 우회전 신호를 받으려고 우측 방향등을 켜고 있었다.

"토머스, 왜 그러나? 피에르 차는 우회전을 하려고 하잖아."

"피에르가 눈치 챈 것 같습니다."

"뭐야?"

"저기 녹색 차를 보십시오."

피에르의 차량 뒤에는 녹색 차가 바짝 뒤쫓고 있었다. 피에르 차는 미행을 눈치 챘는지 방금 전부터 같은 길을 반복해서 돌고 있었다.

"파리 경찰 차 같습니다."

"저런 바보 같은!"

헤럴드는 분을 참지 못하고 씩씩거렸다. 토머스는 미행을 포기하고 센 강변 쪽으로 차를 몰았다.

3

팔레 로와이얄 정원에 둘러싸인 레스토랑 앞뜰은 최고 명당으로 손꼽히는 곳이다. 이곳에서는 숲의 맑은 공기를 맡고 새소리를 들으면서 미식의 즐거움을 누릴 수 있다.

"역시 프랑스 요리가 최고야!"

아보카도 과일에 담긴 붉은 새우를 깨끗이 비운 헤럴드는 만족한 듯 환하게 웃었다. 헤럴드가 앉아 있는 식탁 옆에서 시원한 분수 물줄기가 솟아올랐다.

"오늘은 정말 운이 좋았어요. 여기서 식사를 하려면 한 시간은 기다려야 하는데. 하하."

헤럴드는 디저트로 나온 알록달록한 셔벗을 입에 갖다 대었다. 정현선은 뜨거운 염소 치즈가 담긴 샐러드를 대충 먹은 뒤 커피를 주문했다.

"로렌 박사님, 브리야 사바랭이라고 들어봤나요?"

정현선은 고개를 가로 저었다.

"사바랭은 프랑스 식탁 문화의 창시자입니다. 그가 남긴 말 중에 이런 말이 있어요. 새로운 별을 발견하는 것보다 새로운 요리를 발견하는 것이 더 행복하다. 어때요?"

"갈릴레이가 들으면 무덤에서 나올 소리로군요."

"그런가요? 하하."

정현선은 헤럴드가 커피를 주문하자, 휴게실에서 못 다한 얘기를 꺼냈다.

"박사님께 여쭈어볼 게 있습니다."

"말씀하십시오."

"세자르 사건은 토트와 한국의 고서가 복잡하게 연결되어 있다고 했는데, 그게 뭘 뜻하는 것이죠?"

헤럴드는 가볍게 미소 지었다.

"로렌 박사님은 어디 한 군데 미쳐본 적이 있습니까?"

"……."

"10년이라는 세월은 결코 짧은 세월이 아닙니다. 아까 낮에도 잠깐 말씀드렸듯이 전 토트에 반쯤 미쳐 있었습니다. 토트에 관한 자료라면 닥치는 대로 모았죠. 전 이번 세자르 사건과 관련된 여러 사안 중에 한국의 고서가 가장 핵심적인 요소라고 생각합니다."

"한국의 고서요?"

"왜 그렇게 놀라십니까? 로렌 박사님도 저와 생각이 같은 줄 알았는데, 아닌가요?"

헤럴드의 짙은 눈썹이 꿈틀거렸다. 헤럴드의 눈빛은 이렇게 말하고 있었다. 피차 알고 있는 사이에 더 이상 시험에 들게 하지 말자고.

"로렌 박사님도 루앙을 만나지 않았습니까?"

"아!"

정현선은 가볍게 탄성을 질렀다. 헤럴드는 이미 루앙도 알고 있었던 것이다.

"맞아요. 루앙을 만났습니다."

"그 사진의 필름은 찾았습니까?"

"아직."

정현선은 루앙을 만난 뒤 미테랑 도서관과 리슐리외 도서관, 세자르 집 주변의 필름 현상소를 모두 뒤졌다. 그러나 세자르가 필름을 현상한 곳은 찾아내지 못했다.

"그 사진이 한국의 고서라는 데는 이의가 없겠죠?"

잠시 그들 사이에 무거운 침묵이 흘렀다. 침묵이 흐르는 동안 정현선은 무엇이 헤럴드를 이토록 미치게 했는지 곰곰이 생각했다. 그것은 아마 열정일 것이다. 열정은 모든 것을 흡수하는 신비로운 힘이 있었다. 정현선이 외규장각 도서에 빠져든 것도 그런 열정이 있기 때문이었다.

"루앙에 대해서는 경찰에게 말했나요?"

정현선이 물었다.

"아닙니다. 솔직히 전 파리 경찰을 신뢰하지 않습니다. 그들의 관심 대상은 저와는 다르거든요."

그것은 정현선도 마찬가지였다.

"로렌 박사님께 한 가지 제안을 하겠습니다. 우리 서로 협력하는 게 어떨까요? 우리가 이번 사건을 바라보는 관점은 서로 다를지 몰라도 어차피 목적은 같지 않습니까?"

"협력이라면."

"서로 부족한 부분을 채워주는 것이죠. 전 사실 한국 고서에 대해서는 잘 알지 못합니다. 다만 그 책이 토트와 밀접한 관계가 있다는 것만 알고 있을 뿐입니다. 19세기 말 프랑스로 유입된 동양의 고서는 대부분 토트와 관련이 있는 책들입니다. 한국의 고서도 예외는 아니죠. 다시 말해 세자르와 한국의 고서, 그리고 토트는 서로 밀접하게 연결되어 있습니다. 이 세 가지에 엮여 있는 문제를 하나하나 풀어나간다면 세자르 사건을 해결할 수도 있습니다. 그러기 위해서는 우린 서로 힘을 합쳐야 합니다."

"정보를 서로 공유하자는 건가요?"

"바로 그겁니다."

헤럴드는 이번 사건의 급소를 정확히 짚어내고 있었다.

"로렌 박사님은 한국 고서가 프랑스로 유입된 과정을 잘 살펴보십시오. 그러면 분명 이번 사건의 실마리를 찾을 수 있을 겁니다."

"알았어요. 저도 박사님께 모든 걸 말하겠어요."

"참, 박사님이라는 호칭은 듣기가 거북하군요. 그냥 헤럴드라고 불러요."

"그게 좋겠군요. 그럼 저도 로렌이라고 부르세요."

정현선은 파리 경찰보다 헤럴드가 더 믿음직해 보였다. 파리 경찰은 세자르의 사인을 숨겼을 때부터 믿음이 가지 않았다. 정현선은 자신이 알고 있는 세자르 주변의 이야기를 차분하게 말해주었다. 세자르가 사망하기 전에 자신을 찾아왔던 일에서부터 기메 박물관에 찾아간 일까지 헤럴드에게 털어놓았다.

"마사코라는 일본인은 누굽니까?"

잠자코 정현선의 말을 듣던 헤럴드가 물었다.

"30년 전에 도서관에서 함께 일했던 사서입니다."

"파리 경찰은 마사코를 중요한 인물로 지목하고 있던데요."

"그럴 겁니다. 마사코는 세자르가 사망한 뒤부터 갑자기 종적을 감추었거든요."

"왕웨이와도 함께 근무했었나요?"

"네. 모두 동양학문헌실에서 일했죠. 근데 왕웨이를 어떻게 알죠?"

"직접 본 적은 없지만 토트를 추적할 때 내 파트너에게 들은 적이 있습니다. 왕웨이는 돈황의 고문서에 관심이 많았다면서요?"

"맞아요. 그럼 왕웨이가 3년 전에 교통사고로 사망한 것도 알고 있겠군요."

헤럴드는 고개를 끄덕였다.

"내 파트너는 왕웨이의 죽음에 의문을 가지고 있었어요."

"그래요? 세자르도 죽기 전에 왕웨이의 죽음에 의문을 나타냈어요. 아니, 아예 살해당한 것이라고 단정을 내리더군요."

헤럴드의 말은 정현선의 귀에 쏙쏙 들어왔다. 우연의 일치인지 몰라도 왕웨이마저 알고 있다면, 이번 사건을 풀어나가기가 한결 수월할 것 같았다.

"이번 사건은 왕웨이 사건과도 관련이 있는 것 같군요. 그런데 세자르가 보던 책에서 발견한 이니셜은 무엇입니까?"

"A. Y. S입니다."

"A. Y. S라……."

헤럴드는 고개를 가로저었다.

"세자르가 책에 메모를 하는 것은 드문 경우죠. 게다가 이것은 빨간 펜으로 적혀 있었어요. 그건 무척 중요하다는 것을 나타내는 것이죠."

정현선은 문득 세자르의 명함이 떠올랐다.

"세자르의 명함을 보셨죠?"

"예."

"무슨 색깔로 쓰여 있었죠?"

"파란색 펜이었습니다."

정현선의 입에서 신음소리가 새어나왔다. 드디어 오류의 실체를 밝혀 낼 수 있을 것 같았다. 그것은 자신의 실수가 아니라 그 누군가 인위적으로 만든 함정이었다.

"왜 그래요, 로렌?"

"그럼, 게마트리아 숫자는 세자르가 적은 게 아닙니다."

"예?"

"세자르는 파란 펜을 쓰지 않아요."

4

"상트니 교수가 실종되었습니다."

전화를 받은 셀리옹은 잠이 확 달아났다. 수사본부의 벽시계는 새벽 5시를 가리키고 있었다.

"지금 누구라고 했습니까?"

"상트니입니다. 베를린의 콩코드 호텔에 묵고 있는 상트니 교수요."

제보자의 목소리는 다소 떨리고 있었다.

'상트니는 독일과의 협상의 막후 실력자가 아닌가!'

셀리옹은 직감적으로 이건 보통 제보가 아니라는 생각이 들었다. 수사팀은 피에르를 조사하는 과정에서 상트니의 행적에도 수사의 초점을 맞추고 있었다. 그러니까 바로 어제, 상트니는 훔볼트 대학 초청으로 베를린 비행기에 오른 것으로 확인되었다. 그런데 상트니가 실종되었다니. 더욱 놀라운 것은 제보자가 어떻게 수사팀의 전화번호를 알고 있었느냐 하는 것이었다.

"제보를 주신 분의 성함은 어떻게 되죠?"

"……."

"상트니가 실종된 것을 어떻게 알았습니까?"

"……."

"여보세요. 제 말 듣고 있습니까?"

"……."

수화기에서는 거친 숨소리만이 흘러나오고 있었다. 그리고 잠시 후

전화는 달랑 끊기고 말았다.

익명의 제보 전화가 온 뒤로 수사팀은 바짝 긴장했다. 밤샘 근무에 지쳐 있는 수사관들은 베를린 콩코드 호텔에 긴급히 연락을 했고, 곧이어 상트니가 사라진 것을 확인하였다. 상트니가 사라진 시각은 새벽 1시 무렵이었다.

아침 8시, 긴급 보고를 받은 에시앙은 고개를 갸웃거렸다. 보통 실종 사건은 담당 관할 구역의 경시청으로 접수되는 것이 관례였다. 그런데 셀리옹이 받은 전화는 특별 수사팀의 직통 전화번호였다.

"제보자가 수사본부의 직통 전화번호를 어떻게 알았을까요?"

셀리옹이 물었다.

"글쎄, 제보자는 수사본부의 진행 상황을 잘 알고 있는 것 같군"

수상한 제보였다. 익명의 제보자는 수사팀의 진행 상황을 훤히 꿰뚫어 보고 있는 것이다. 상트니의 행적을 조사한 것이 불과 하루밖에 되지 않았다. 게다가 상트니가 실종된 곳은 베를린인데, 굳이 파리에 있는 수사팀에 연락한 것을 보면 제보자는 세자르 사건을 잘 알고 있는 사람이 분명했다.

"제보자의 목소리는 어땠나?"

"나이가 좀 들어 보이는 목소리였습니다. 의외로 차분하게 말을 하더군요."

에시앙은 고민에 빠졌다.

"수사팀을 베를린에 파견해야 하지 않겠습니까?"

"프랑수아에게 연락하게."

프랑수아가 콩코드 호텔에 도착한 것은 오후 2시 무렵이었다. 상트니가 묵은 1105호에는 이미 독일 경찰이 도착해 조사를 벌이고 있었다.

"저희에게도 상트니의 실종 신고가 들어왔습니다."

키가 큰 금발의 베를린 형사가 말했다.

"그게 언제쯤이죠?"

"정오 무렵이었습니다."

"제보를 한 사람은 누구입니까?"

"신원은 밝히지 않았습니다."

"제보자의 목소리는 어땠나요? 나이가 좀 들어 보이는 목소리가 아니었습니까?"

"맞습니다. 젊은 목소리는 아니었어요."

그는 수사본부에 걸려온 익명의 제보자와 같은 사람일 것이다. 프랑수아는 베를린 경찰의 협조를 얻어 함께 방 안을 조사했다. 상트니가 묵었던 1105호의 탁자 위에는 한 장의 사진과 목걸이, 그리고 작은 상자가 놓여 있었다.

"이건 사람의 손톱이 아닙니까?"

상자 안을 들여다본 베를린 형사가 놀란 듯이 소리쳤다.

손톱을 보는 순간 프랑수아는 세자르를 떠올렸다.

"여기 사진과 목걸이도 있네요."

베를린 형사가 상자 옆에 있는 사진과 목걸이를 가리켰다. 사진은 아주 오래전에 찍은 사진 같았고, 목걸이에는 비천상이 새겨져 있었다.

"호텔 지배인은 만나봤습니까?"

프랑수아가 물었다.

"곧 이리로 올 겁니다."

잠시 후 호텔 지배인과 어제 근무를 섰던 데스크 직원이 들어왔다.

"상트니 씨는 언제 들어왔습니까?"

베를린 형사가 물었다.

"자정 무렵이었습니다. 술이 많이 취해 있던 것 같았어요."

"별 다른 행동은 없었나요?"

"열쇠를 받아들면서 자꾸 유리창 밖을 쳐다봤어요. 1105호 손님은 호텔에 들어설 때부터 누군가에게 쫓기고 있는 듯이 보였습니다."

"이것은 상트니 씨가 가지고 있던 겁니까?"

프랑수아가 손톱이 들어 있는 케이스를 가리켰다.

"아닙니다. 이 상자는 어제 10시경에 어떤 사람이 호텔 데스크에 맡기고 간 겁니다. 1105호 손님이 오면 전해주라고 했습니다."

"그 손님의 인상착의를 기억하십니까?"

"나이가 좀 들어 보이고 키가 컸습니다."

"이걸 전해주면서 다른 말은 없었나요?"

"별 다른 말은 없었습니다. 음, 그리고 보니 이런 말을 한 것 같군요."

데스크 직원은 잠시 뜸을 들인 뒤 말했다.

"이 선물을 받으면 1105호 손님이 무척 좋아할 거라고 했어요."

5

에시앙은 두 손을 탁자 위에 가지런히 올려놓았다.

"헤럴드 박사가 토트의 전문가인 줄은 알았지만, 이런 암호도 척척 풀어낼 줄은 몰랐습니다. 세자르의 사인을 외부에 알리지 말자고 처음으로 주장했던 사람도 바로 피에르였습니다."

"세자르의 명함을 다시 볼 수 있습니까?"

정현선이 물었다.

"그러죠."

정현선은 명함에 새겨진 숫자를 면밀하게 관찰했다. 역시 달랐다.

"이건 세자르가 쓴 게 아닙니다."

정현선이 단정적으로 말했다.

"그게 무슨 소립니까?"

"이 숫자는 세자르의 필적과는 다릅니다."

정현선은 세자르의 서재에서 가져온 노트를 에시앙 앞에 내밀었다.

"명함에 적힌 필적과 여기 세자르의 노트를 비교해보십시오."

에시앙은 명함과 노트를 나란히 탁자 위에 올려놓았다. 그랬다. 그것은 필적 감정의 문외한이 봐도 엄연히 달랐다.

"세자르가 위급한 상황에서 급하게 숫자를 적었다고 해도 필적은 달라지지 않습니다. 사람에게는 고유의 DNA가 있듯이 필적도 마찬가지입니다."

"……."

수사 계통에서 잔뼈가 굵은 에시앙이 그런 초보적인 상식을 모를 리가 없었다.

"숫자의 필적 중에 가장 식별이 쉬운 것이 바로 9라는 숫자입니다. 여기 명함에 적힌 9는 오른쪽에서 왼쪽으로 기울어져 있습니다. 그러나 세자르는 왼쪽에서 오른쪽으로 9라는 숫자를 적었습니다. 여기 8이라는 숫자도 마찬가지입니다. 필적의 획순이 서로 다릅니다."

"……."

"그리고 세자르는 결코 색깔 있는 펜으로 글을 적지 않습니다. 세자르는 중요한 부분을 체크할 때 빨간 펜으로 적는 것을 제외하면 모든 글은 검은 펜으로 씁니다. 세자르에게는 이 명함에 적힌 것처럼 파란 펜이 아예 없습니다."

에시앙의 얼굴이 종잇장처럼 구겨졌다. 그는 고개를 떨어뜨리고 세자르의 명함만 뚫어지게 바라보았다.

"이것은 범인들이 피에르를 궁지에 넣으려는 의도로 보입니다. 이 명함에 게마트리아 숫자를 적어 넣어 경찰의 수사방향을 역이용하려고 했던 것이죠. 만약 경찰이 이 어려운 게마트리아를 풀게 되면 피에르는 영락없는 범인으로 몰리게 됩니다. 아마 범인들은 세자르가 게마트리아 숫자를 즐겨 사용하고 있다는 사실도 잘 알고 있던 것 같습니다."

에시앙은 심한 모멸감을 느꼈다. 세자르의 차 안에서 나온 유일한 단서마저도 범인들의 농간이라니. 세자르의 숫자는 이번 사건의 단서가 된 것이 아니라, 오히려 범인들에게 호되게 당한 꼴이 되고 말았다. 검사가 된 이후 이처럼 범인들에게 철저히 농락당하기는 처음이었다. 범인들은 곳곳에 의문의 암초를 깔아놓고 수사팀과 은밀한 게임을 즐기고 있는 것 같았다.

'어떻게 수사의 가장 기초적인 필적 감정조차 하지 않았을까?'

뭔가에 단단히 홀리지 않고서는 이럴 수가 없었다. 그러나 흥분은 금물이다. 이럴 때일수록 침착해야 한다. 범인들이 노리는 것이 바로 이런 혼란이 아닌가.

"범인은 왜 하필 피에르를 지목한 것일까요?"

에시앙이 물었다. 에시앙은 정현선의 판단력에 적잖이 놀라고 있었다.

"범인은 매우 계산적이고 치밀한 성격의 소유자입니다. 피에르 역시 이번 사건과 무관하지 않다는 것을 우회적으로 입증하고 있는 게 분명합니다. 범인은 세자르와 피에르를 동시에 잘 알고 있는 사람이 아닐까 여겨집니다. 그리고……."

정현선은 잠시 말을 끊었다.

"그리고 뭡니까?"

에시앙이 말꼬리를 붙잡고 늘어졌다.

"아, 아닙니다."

정현선은 범인이 자신에 대해서도 잘 알고 있을 것이라는 말을 하려다가 그만두었다. 이런 게마트리아 숫자를 해독하는 경우는 흔치 않았다.

"그럼 의외로 범인은 가까운 곳에 있을지도 모르겠군요."

"그건 장담할 수 없습니다."

그때 전화벨이 울리고 에시앙이 수화기를 덥석 집어들었다.

"프랑수아? 베를린에 간 일은 어떻게 되었나? 손톱? 아, 알았네."

에시앙은 프랑수아와 몇 마디 더 나눈 뒤 전화를 끊었다.

"박사님은 상트니라는 이름을 들어본 적이 있습니까?"

에시앙의 목소리는 착 가라앉아 있었다.

"오래전에 프랑스 국립도서관 사서를 지낸 사람 아닙니까?"

"맞습니다. 박사님은 상트니와 함께 근무한 적은 없었나요?"

"그는 제가 도서관을 그만둘 무렵에 새로 들어온 사람 같습니다. 저도 얼굴을 본 적은 없어요."

"상트니가 베를린에서 실종되었습니다. 상트니는 피에르와도 각별한 관계를 유지하고 있었습니다."

화제가 점점 30년 전의 동양학문헌실로 좁혀지고 있었다. 정현선은 문득 왕웨이의 죽음에 의문을 나타낸 세자르의 말이 떠올랐다.

"그럼, 혹시 왕웨이에 대해서는 알고 있습니까?"

정현선이 물었다.

"왕웨이요?"

"예. 왕웨이도 도서관 사서 출신입니다. 그는 마사코, 상트니와 함께 동양학문헌실에서 근무했었죠. 그런데 왕웨이는 3년 전에 교통사고로 사망했습니다."

"왕웨이가 세자르 사건과 관련이 있다는 겁니까?"

"세자르는 사망하기 전에 왕웨이의 죽음에 의문을 품고 있었어요. 교통사고로 사망한 것이 아니라고 했죠. 왕웨이는 사망할 당시 동양학문헌실의 책임자였습니다."

에시앙은 갑자기 머리가 빠개지는 듯한 통증을 느꼈다. 상트니에 이어 새로운 인물이 전면에 등장하고 있었다.

 왕웨이는 또 누구인가!

♧

 사진 속에는 세 명의 남녀가 환하게 웃고 있었다. 사진 배경이 되는 곳은 오벨리스크 첨탑이 있는 콩코드 광장이었다. 마사코를 가운데에 두고 양옆에는 상트니와 왕웨이가 다정하게 어깨동무를 하고 있었다.

 아주 오래된 사진이었다. 이들의 옷차림새만 보아도 70년대에 찍은 사진이라는 것을 금방 알 수 있었다. 상트니와 왕웨이는 장발에 청바지를 입고 있었고, 마사코는 둥근 파마머리에 무릎 길이의 흰색 치마를 입고 있었다. 70년대 유행했던 젊은이들의 모습이었다.

 "상트니에게 배달된 손톱은 세자르의 것으로 밝혀졌습니다."

 프랑수아가 말했다. 에시앙은 문득 헤럴드의 말이 떠올랐다.

 '이 손톱은 토트의 경고 메시지로 해석할 수 있습니다……'

 세자르 사건은 점점 예기치 않은 방향으로 흘러가고 있었다. 세자르는 어느새 주변 인물로 물러서고 의외의 인물이 중심 안으로 들어와 수사 방향을 조율하고 있었다.

 "상트니가 베를린에서 마지막으로 만난 사람이 베르만입니다."

 "베르만?"

"행사가 끝나고 훔볼트 대학 앞 카페에서 만났다고 합니다. 상트니는 베르만과 헤어진 뒤 호텔로 들어왔습니다. 그때가 자정 무렵이었죠."

"상트니는 호텔에서 실종된 건가?"

"호텔 지배인은 상트니가 호텔을 나가는 것을 보지 못했다고 합니다."

"그게 무슨 소리야? 그럼 상트니가 감쪽같이 증발했다는 말이야?"

"……."

에시앙은 갈피를 잡지 못했다. 뜻밖의 인물들이 잠복하고 있는 세균처럼 하나둘씩 수면 위로 떠오르고 있었다. 세자르 사건은 일과성으로 그친 것이 아니라 여전히 진행 중이었다. 에시앙의 고민은 바로 여기에 있었다. 어디까지 그 파장이 이어질지 도무지 감이 오지 않았다. 처음 사건을 맡을 때부터 에시앙은 세자르 사건을 단순 살인사건으로 보지 않았다. 프랑스 국립도서관장이라는 자리는 매우 상징적인 자리로, 그것 하나만으로도 이번 사건이 몰고 올 파장은 엄청난 것이었다.

"왕웨이의 사인에 대해서는 알아봤나?"

에시앙은 사진 속에 있는 왕웨이를 뚫어지게 바라보았다. 정현선이 과제를 내주듯이 툭 내던지고 간 말이 그의 심기를 건드렸다. 그녀의 말 속에는 수사를 좀 제대로 하라는 듯한 조롱기가 섞여 있는 것 같았다.

"왕웨이는 3년 전 교통사고로 사망한 것으로 나와 있습니다. 그런데 그의 죽음에는 석연치 않은 점이 있던 것 같습니다."

"그게 뭔데?"

"사고사가 아니라는 것이죠. 왕웨이는 그 무렵 중국 정부에서 파견된 학예관과도 자주 모임을 가졌던 것으로 알려져 있습니다. 중국에서 파견한 학예관들은 프랑스 내에 있는 중국 문화재 정보를 비밀리에 파악하고 있었습니다. 그래서 왕웨이는 당시 도서관장인 프랑크와도 종종 마찰이 있었다고 합니다."

"왕웨이가 문화재 정보를 중국으로 유출했다는 소린가?"

"그것은 잘 모르겠습니다. 어찌됐든 당시 도서관 사서들 사이에는 왕웨이의 죽음을 두고 이런저런 말이 많았다고 하는군요. 왕웨이가 사망하고 한 달 가량 지나서는 중국 정부까지 나서서 왕웨이의 죽음에 의문을 제기하기도 했습니다. 그렇지만 왕웨이 사건은 결국 교통사고사로 종결되었습니다."

"수사팀은 구성되었나?"

"예. 수사 책임자는 줄리앙 검사였습니다. 그런데 중도에 수사팀이 해체된 것으로 나와 있더군요."

"알았네."

마사코, 상트니 그리고 왕웨이…… 대체 이들은 어떤 사연을 가지고 있단 말인가. 왕웨이는 3년 전에 사망했고, 상트니는 실종 중이며, 마사코는 종적을 감추었다. 누구 하나 겉으로 분명하게 드러나는 사람이 없었다.

파리경시청 지하 창고 문서보관실에는 파리에서 발생한 강력사건 파일을 보관하고 있다. 이 파일은 보통 종결 사건 파일과 미제 사건 파일로 나뉘어지는데, 왕웨이 사건 파일은 미제 사건 파일로 분류되어 있었다.

에시앙은 미제 파일철에서 왕웨이 사건 파일을 찾아냈다. 안에는 현장 사진과 부검 사진, 검안서, 수사진행보고서 등 각종 수사 자료가 담겨 있었다. 왕웨이 사건은 일반 형사 사건과는 달리 그 분량이 꽤 많았다.

최종 수사보고서에 적혀 있는 왕웨이의 사인은 교통사고로 인한 과다 출혈이었다. 그런데 검안서에는 왕웨이가 기관 식도가 막혀 질식사한 것으로 나와 있었다. 그뿐만이 아니었다. 수사진행보고서에도 교통사고와는 무관한 수사에 초점을 맞추고 있었다. 왕웨이가 타살된 것에 더 큰 비중을 두고 수사를 했던 것이었다.

'교통사고로 위장한 것이로군.'

왕웨이는 교통사고를 당하기 전에 이미 목이 졸려 죽었던 것이다. 누군가 그의 시신을 차에 태웠고, 도로에 주차해 있던 그의 차량을 트럭이 들이받은 것이다. 트럭 운전사는 졸음 운전에 과실치사로 6개월의 형기를 받았다. 에시앙은 현장 사진을 꼼꼼히 훑어보았다.

'이것은?'

30여 장 되는 현장 사진에서 에시앙의 눈길을 확 잡아끄는 사진이 하나 있었다. 그것은 초동 수사 때 감식반이 찍은 것으로, 왕웨이의 목 부분에 초점을 맞춘 사진이었다. 왕웨이의 넥타이에도 그 문양이 있었다. 따오기 문양, 바로 토트의 심벌이었다.

7

"로잘리, 이게 뭐니?"

로잘리는 집에 들어서자마자 어깨에 맨 배낭을 훌렁 뒤집었다. 그러자 배낭 안에 있는 잡동사니가 우르르 쏟아져 나왔다. 정현선의 두 눈이 휘둥그레졌다.

"집에서 가져온 거예요."

"거긴 경찰들이 지키고 있을 텐데."

"지하 통로로 들어갔죠. 할머니도 화재를 대비해 만든 지하 통로 아시죠? 이것들은 아빠의 비밀 상자에서 가져온 것들이에요."

"비밀 상자?"

"예. 아빠는 지하실에 비밀 상자를 두었어요. 제가 어렸을 때부터 비밀 상자 얘기를 자주 하곤 했죠."

정현선도 세자르에게 비밀 상자 얘기를 들은 기억이 났다.

"혹시 이 안에 할머니가 찾는 게 있을지 몰라 가져온 거예요."

정현선은 그런 로잘리의 마음을 이해했다. 이제 이틀 후면 로잘리도 파리를 떠나야 했다. 하버드 대학이 시험 기간이라 더 이상 파리에 머무를 수가 없었다. 로잘리는 미국으로 돌아갈 날이 코앞으로 다가오자, 온종일 분주하게 움직였다. 세자르의 사인을 밝히는데 자신이 조금이나마 도움을 주어야 한다고 생각한 것이다.

바닥에는 온갖 잡동사니가 넘쳐흘렀다. 앨범, 일기장, 소도구 등 아주 오래된 물건들이 지난 세월의 향수를 자극했다. 정현선은 그것들을 하나 하나 꺼내보았다.

"아빠는 중요하기는 한데 잘 사용하지 않는 물건은 이 안에 두었어요. 평소 건망증이 심해 이런 물건들을 찾을 때 고생을 했기 때문이죠. 이 비밀 상자도 할아버지에게 물려받은 것이라고 했어요."

"수고했다. 로잘리."

"할머니, 아빠 얘기를 해주세요."

"아직은 잘 모르겠어. 그러나 세자르는 지하 별고에서 무언가 중요한 것을 발견한 것 같구나."

"경찰들은 대체 뭘 하고 있는 거죠?"

로잘리의 눈빛이 매섭게 빛났다.

"피에르 아저씨는 확실히 아니죠?"

"그래. 게마트리아 숫자를 적은 것은 아빠가 아니었어. 아빠의 필적과는 달랐거든."

"그럼 누가 피에르 아저씨를 모함하려고 한 거죠?"

잡동사니를 이것저것 뒤지던 정현선이 작은 수첩 하나를 꺼내 올렸다. 여러 잡동사니 중에서 그것만이 세자르의 것과 무관해 보였다. 슬쩍 들춰본 수첩 안의 글씨는 세자르의 필적과는 너무도 달라 금방 짚어낼 수 있었다. 게다가 이 수첩은 그리 오래된 것 같지도 않았다.

"이 수첩은 뭐니?"

"그건 저도 처음 보는데요."

정현선은 수첩 안에 적혀 있는 내용을 들여다보았다. 아련한 기억 한가운데 낯익은 필체가 마치 살아 있는 생명체처럼 이리저리 꿈틀거렸다. 갑자기 호흡이 거칠어지고 심장 박동이 거칠게 뛰기 시작했다.

그것은 왕웨이의 필체였다. 아무리 오랜 시간이 흘렀어도 정현선은 왕웨이의 필체를 똑똑히 기억하고 있었다. 그는 도서관 내에서 최고의 악필로 손꼽히는 사서였다. 로잘리가 가져온 비밀 상자 안에는 수첩뿐만 아니라 그의 편지도 있었다.

'바로 이것이었어!'

익명의 제보자가 세자르에게 보낸 우편물은 왕웨이의 수첩과 편지였던 것이다. 이 편지와 수첩을 본 뒤로 세자르는 리슐리외 도서관 지하 별고를 출입했던 것이다.

정현선은 마음을 가라앉힌 뒤 차분히 수첩 속의 내용을 읽어 내려갔다.

'HCD+227'은 현장의 『대당서역기』만큼 위대한 책이다.

수첩이나 편지 속에 있는 문장 중에 'HCD+227'이라는 기호가 가장 많이 눈에 들어왔다. 짐작컨대 그것은 돈황의 고문서가 틀림없었다.

정현선은 서둘러 옷을 갈아입었다.

5

귀국 날짜는 이틀 앞으로 다가왔다. 그러나 아무런 성과도 진전도 없었다. 발이 닳도록 뛰고 또 뛰어도 돌아오는 대답은 약속이라도 한 듯이 단 하나였다. 무기한 연기. 그것은 일방적인 통보였고, 그런 통보 앞에서 최동규는 어찌할 바를 모르고 발만 동동 굴렀다. 도무지 프랑스 협상 관계자들과는 대화가 통하지 않았다. 한국 대사관 직원의 말대로 비밀 협상을 논의해보려고 해도 말할 기회조차 주지 않았다.

최동규는 파김치가 된 몸을 침대에 눕혔다. 세자르의 갑작스런 사망이 진정되기까지는 적지 않은 시간이 필요해 보였다.

똑똑.

노크 소리가 들려왔다. 최동규는 몸을 일으켰다.

"선생님!"

문 앞에는 정현선이 우뚝 서 있었다.

"들어가도 괜찮겠나?"

"어, 어서 오세요."

"미안하네. 경황이 없어서 연락도 못하고 이리 찾아왔네."

"무슨 일이 있으세요?"

정현선은 잠시 숨을 크게 들이마셨다.

"세자르가 받은 그 익명의 우편물을 찾았네."

정현선은 품안에서 왕웨이의 수첩과 편지를 꺼냈다.

"이것은 왕웨이가 적은 것일세."

"왕웨이라면 3년 전 교통사고로 사망했다고 하던 동양학문헌실의 책임자 말인가요?"

"그렇지. 세자르는 사망하기 전에 왕웨이가 살해된 것으로 의심하고 있었네. 여기 내용을 보니 그 이유를 알 것 같아."

최동규는 손바닥만한 수첩과 편지를 훑어내려갔다. 최동규의 얼굴이 붉게 달아올랐다.

"'HCD+227'이 무얼 말하는 겁니까?"

"돈황의 고문서인 것만은 분명한데. 왕웨이는 자신만이 알고 있는 암호를 쓴 것 같네."

"암호요?"

"왕웨이는 이 수첩이나 편지가 외부에 알려지는 것을 염려했던 것 같아. 편지를 보니 매우 급박한 상황이라는 게 눈에 띄거든. 여길 보게."

> 루빈 선생님. 이번 협상이 잘되면 중국으로 가고 싶습니다. 그러나 협상이 잘 풀리지 않으면 전 매우 난처하고 위급한 상황에 처할지도 모릅니다. 부디 중국 정부에서도 이 책과 저에게 관심을 가져주기 바랍니다.

"협상이라면 누구와 한다는 거죠?"

"아무리 수첩과 편지를 찾아도 그런 인물은 나오지 않았어. 다만 '프랑스의 실력자'라고만 되어 있지."

> 협상의 카드는 제게도 있습니다. 프랑스의 실력자도 제가 가지고 있는 비장의 협상 카드를 알고 있기 때문에 저의 제의를 쉽게 거절할 수 없을 겁니다. 왜냐하면 'HCD+227'보다 더 중요한 한국의 고서를

제가 잘 알고 있기 때문입니다. 그동안 이 책은 '전설의 책'으로 알려져 있었습니다. 'HCD+227'은 프랑스 국립도서관의 서지 목록에도 없는 책입니다."

"프랑스 국립도서관의 서지 목록에도 없는 책이라면, 이건 보통 책이 아니군요."

"왕웨이는 이 책이 『대당서역기』와 견줄 만한 책이라고 했네."

정현선은 이번엔 작은 수첩을 내밀었다. 그 수첩에는 'HCD+227'에 관한 내용이 간략하게 적혀 있었다.

"오호, 이것은 정말 놀라운 일이에요."

최동규는 수첩과 편지를 번갈아 보면서 탄성을 멈추지 않았다. 수첩과 편지에 담긴 글은 길지 않았으나 그 안에는 엄청난 내용이 적혀 있었다.

"선생님, 제가 'HCD+227'이 무슨 책을 말하는지 알아보겠습니다."

정현선은 그게 가능한지 눈빛으로 물었다.

"지금 파리에서는 돈황학 국제 세미나가 열리고 있습니다. 한국에서도 돈황학 세미나에 참가한 교수가 있는데, 바로 박정민 교수입니다. 박 교수는 돈황학에 대해서는 한국 최고의 권위자입니다. 일단 이 편지와 수첩을 한 부 복사해야겠군요."

'HCD+227', 과연 이 암호는 무슨 책을 말하는 것일까?

정현선이 왕웨이의 편지에서 가장 주목했던 것은 'HCD+227'과 함께 '전설의 책'이라는 문구였다. 이 또한 세자르가 마지막으로 남긴 말이 아닌가.

정현선은 두 주먹을 슬며시 움켜쥐었다. 어둠의 장막이 서서히 걷히고 희미하게나마 한줄기 빛이 스며들고 있었다. 이 암호가 풀리는 날, 숱한 의혹의 실타래도 자연스럽게 풀릴 것이다. 그리고 베일에 가려져 있는 '전설의 책'의 정체도 드러날 것이다.

창문 밖에는 둥근 보름달이 에펠탑 꼭대기에 위태롭게 걸려 있었다.

〈2권에 계속〉

國政亦如此。凡事有豫，民之患者姑且不舉，而及民敗國危而後急欲救變，則其於扶遊也難成，可不慎耶。

雷說

天鼓震時，人心同畏，故曰雷同子之間雷始為，民膽及反覆，自非未見所娚能於後輙雖體矣。任一事有男娚者子掌諳無偉見筆父日逐禍目未嘗不非之女於行路中遇失色，則意不欲迎，低頭背面而走，然其所以低頭背面題示能無心者，此拘目慾者，开父有一事未冤人情

程子說

家有頹虞不堪支者，況二間乎？不得已慮當擇其先壞者整理之。若兩間俱擬壞，又不知先擇其一間為先整理，勢必兩間俱壞矣。于是緝理其一間為一兩間，亦令換其支柱、樑、棟，是謂理也。

其漏蔽又者，攘補搖採，皆為挢不可用，故其貴者，煩其經一兩者，屋材皆完固可復用，故其貴者。

于其是謂之曰：其在人身亦甫知非而不遽改，則其敗己不啻，若木之挢蔽不用，過勿憚改，則未嘗復為善。人不當若屋材可復用，非特先掙

新於後心方安也